KB239137

**애니멀
크래커스**

Animal Crackers
by Hannah Tinti

Copyright ⓒ Hannah Tinti, 2004
Korean Translation Copyright ⓒ MUNHAKDONGNE Publishing Corp., 2007

Korean Edition is published by arrangement with Hannah Tinti c/o
The Marsh Agency Ltd. through Duran Kim Agency, Seoul.
All rights reserved.

이 책의 한국어판 저작권은 듀란킴 에이전시를 통해
Hannah Tinti c/o The Marsh Agency Ltd.와 독점 계약한 (주)문학동네에 있습니다.
저작권법에 의하여 한국 내에서 보호를 받는 저작물이므로
무단 전재 및 무단 복제를 금합니다.

이 도서의 국립중앙도서관 출판시도서목록(CIP)은
e-CIP 홈페이지(http://www.nl.go.kr/cip.php)에서 이용하실 수 있습니다.
(CIP제어번호: CIP2007000961)

애니멀
크래커스

한나 틴티 소설 | 권영미 옮김

문학동네

나의 부모님

헤스터 틴티, 윌리엄 틴티에게

이 책을 바친다

| 차례 |

애니멀 크래커스

코끼리를 목욕시킬 시간이다. 조셉은 호스를 끌어왔고, 나는 코끼리 메리수를 쿡쿡 찔러 우리 밖의 목욕 장소로 몰아간다. 헙, 헙 소리를 내며 나는 빗자루로 메리수를 찌른다. 코끼리를 몰고 거리로 나서고 싶은 마음도 있었지만, 조심해야 한다. 메리수는 바로 전임 사육사의 발을 밟아 뼈를 으스러뜨린 적이 있다. 나는 내 전처가 코끼리의 커다란 귀를 들어올리고 속삭이는 모습을 상상해본다. 거기를 밟아버려.

처음 일을 시작했을 때 직원들은 내게 맥주를 사주면서 자기들의 흉터를 보여주었다. 그들은 당장은 아니지만 나도 곧 이렇게 될 거라고 했다. 진짜 조심해야 한다고도 했다. 동물을 다루는 일을 하는 사람은 누구나 어딘가에 이런 흔적이 있다.

조셉은 커다란 동물은 커다란 애물단지나 다름없다고 말한다. 그는 남의 말 하듯이 담담하게 말했지만 그것은 자신에게 일어난 일이기도 했다. 열여덟 살 때 그가 캄보디아에서 군 복무를 하며 겪었던 일 말이다. 그는 자신이 무사히 돌아왔다고 말했다. 순회 서커스단의 세네갈 사자가 물어뜯어간 팔 한쪽을 제외하면 그는 무사했다. 그에게는 팔꿈치 밑으로 팔 끄트머리가 조금 남았을 뿐이다. 나와 마찬가지로 조셉에게도 아내가 있었던 적이 있다. 이제는 더이상 사진에 담을 수 없지만. 조셉의 부인은 그를 떠나 역시 캄보디아에 파병되었던 병사에게 갔다. 조셉은 늘 자기 잘 못이라고 말한다. 사자를 원망하지는 않는다.

날씨가 더운 탓에 나는 금세 땀범벅이 된다. 우리는 메리수의 다리를 문질러 씻는다. 그러는 동안 조셉은 군 복무를 할 때 만난 친구(일몰 때 그의 아내와 차를 몰고 떠난 친구 말고) 앨의 이야기를 해준다. 조셉이 해주는 정글 이야기를 들으며 나는 호스를 땅에 대고 물을 쏘아 진흙탕을 만든다. 메리수는 진흙탕에서 뒹구는 것을 좋아한다. 메리수가 진흙탕을 한줌 코에 품었다가 등 위로 뿜어내자 나는 긴 손잡이가 달린 솔을 들고 등을 문지른다. 메리수가 입을 벌리고 나를 본다. 나는 고맙다고 인사하는 거라 생각한다.

조셉의 친구 앨은 프놈펜 근처에 주둔하고 있었다. 그는 뒷골 목에서 일 달러를 주고 앵무새 한 마리를 사서 길렀다. 앵무새는 그의 어깨 위에 앉아 꽥꽥 소리를 내거나 깃털을 정돈했다. 하지만 대부분은 그저 주위를 둘러보고 발을 앞뒤로 까딱까딱할 뿐이었다. 앨은 앵무새에게 명령에 따라 용변을 보도록 가르쳤다. 친구들한테 농담을 던지도록 가르쳤고, 그가 좋아하지 않는 사람한테는 다른 농담을 하도록 가르치기도 했다.

어느 날 그들이 술집에 앉아 있을 때의 일이었다. 여기저기 마음대로 날아다니던 앵무새가 갑자기 앨의 어깨 위에 앉더니 반짝거리는 하얀 물똥을 갈겨댔다. 처음 있는 일이라 조셉은 웃었다. 하지만 앨은 가만히 앉아 스패클* 같은 하얀 액체가 초록색 위장 군복 위로 흘러내리는 것을 뚫어져라 쳐다보았다. 그러고는 말했다. 나는 죽게 될 거야. 그리고 정말 죽었다. 누군가 오토바이에 부비 트랩을 설치해놓아서 그가 시동을 걸자 폭발했던 것이다. 그후 조셉은 앵무새가 주인을 찾아 이리저리 날아다니는 것을 보았다고 했다. 결국 그는 화가 나서 앵무새를 후려쳐 나무에서 떨어뜨리고 목을 비틀어버렸다. 조셉에게 아직 두 팔이 있을 때의 일이다.

나는 조셉의 기분을 살폈지만 화가 난 것 같지는 않다. 그는 메리수의 발을 가로질러 스펀지를 밀어넣더니 바다소의 지느러미 발에도 이런 둥근 발톱이 있다고 말한다. 그리고 바다소가 코끼리

---

* 구멍이나 균열을 메우는 데 쓰는 화학제품.

의 가장 가까운 친척이 틀림없다고 말한다. 나는 메리수가 돌연 그 엄청난 무게를 이겨내고 물 위를 둥둥 떠다니는 모습을 상상해 본다. 코끼리도 수킬로미터를 헤엄칠 수 있다고 조셉은 말한다. 어쨌든 코끼리들은 물에 가라앉지 않을 거라는 것을 알고 있다.

샌디는 원숭이 집을 담당하고 있다. 왼쪽만 보면 대단히 매력적인 여자다. 하지만 얼굴을 돌리면 오그라든 피부와 뺨에서 턱까지 활처럼 이어지는 하얀 흉터가 보인다. 고릴라가 물어뜯은 자국이다. 그 흉터는 바로 입 옆을 지나고 있었기 때문에 웃을 때면 피부가 당겨져서 아직도 뭔가가 얼굴에 매달려 있는 것처럼 보인다.

그녀는 대학에서 생물학과 동물학을 전공했다. 졸업 후에는 한 교수의 보조 연구원으로 채용되어 아프리카의 정글로 향했다. 동물에 대해 잘 안다고 생각한 그녀는 해서는 안 될 일을 하고 말았다. 갓 태어난 고릴라에게 가까이 갔던 것이다. 그러자 어미 고릴라가 관목 숲에서 튀어나와 샌디의 얼굴 깊숙이 이빨을 박았다. 어미 고릴라는 샌디의 동료들이 쏜 총에 맞아 꺼꾸러지기 전까지 샌디를 놓아주지 않았다. 샌디는 병원에서 깨어났다. 의사들이 혀를 차며 뼈 위로 피부를 당겨 덮고 겨우 꿰맨 뒤였다.

우리는 한 번 데이트를 한 적이 있었다. 나는 그녀에게 저녁을 사주었고 함께 영화를 보고 술을 마셨다. 그녀는 예전 남자친구가 사랑을 나눌 때 흉터를 보지 않으려고 얼굴을 한쪽으로 돌리게 했다고 말했다. 그런 이야기를 듣고 있자니 나는 마음이 불편해졌다. 상대가 비밀을 너무 쉽게 털어놓으면 책임감 때문에 마음이 무거워진다. 나는 그녀를 집까지 데려다준 후 최대한 빨리 떠났다.

마이크는 바다사자인 조지와 마사를 돌본다. 그는 시 분야의 석사학위를 갖고도 여기서 칠 년 동안 물탱크를 문지르며 보냈다. 매일 낮 열두시에 양동이에서 물고기를 꺼내 던지면 조지와 마사가 물 위에서 간닥간닥 몸을 움직이며 받아먹는 쇼를 보여준다. 쇼가 끝난 후 윗사람이 근처에 없으면 마이크는 자신의 시집을 관람객들에게 판다.

어느 날 저녁, 우리는 바지를 걷어올리고 바다사자 풀에 발을 담근 채 네덜란드 진 한 병을 나눠 마셨다. 그때 그는 친구 몇 명과 멕시코의 해안에서 밤에 다이빙했던 얘기를 해주었다. 그는 말했다. 밤 바다에 뛰어드는 것은 묘지로 땅을 뚫고 떨어져, 관과 시체들에 꽈당 부딪히고, 땅으로 스며들어간 잃어버린 영혼의 조각조각이 나를 찾아 손을 뻗는 것을 느끼는 것과 비슷해. 그는 그후 다시는 그런 짓을 하지 않았다고 했다.

그 당시 마이크와 친구들은 바다 밑을 보기 위해 수중 전등을 준비했다. 그리고 각각 초록, 노랑, 보라색의 색등 막대를 산소탱크에 부착시켰다. 그런 다음 그들은 마스크와 호흡기를 붙잡고 뒤로 몸을 넘어뜨리며 물속으로 뛰어들었다.

그들은 이십오 미터가량을 내려간 후 조수에 몸을 내맡겼다. 물벌레들이 떼를 지어 전등 불빛 주위로 몰려들었다. 마이크는 젖은 잠수복 속으로 들어간 물벌레들이 꼬물거리며 몸을 타고 올라오는 것을 느꼈다. 자이언트 바닷가재, 해파리, 홍어, 상어, 그리고 밤에만 나오는 이름 모를 이상한 생물들도 보았다.

마이크는 아래쪽을 불빛으로 훑어보았다. 불빛 바로 너머에 어디가 끝인지 모를 거대한 비늘이 움직이고 있었다. 가오리의 지느러미 날개의 한 부분이거나 어느 물고기의 꼬리 귀퉁이인 것 같았다. 그 동물은 꾸준히 물을 휘저으며 다가왔다. 배 쪽에는 성게, 거머리 따위가 달라붙어 있었고 그 동물이 지나가면서 퇴적물이 일어났다. 마이크는 정신을 차리려고 애썼다. 그는 주위의 생물들에게 들키지 않으려는 듯 전등을 끄고 물속에 잠시 멈추어 있었다. 그런 다음 가능한 한 재빨리 그곳에서 솟구쳐 올라왔다.

정신을 차린 그는 구 미터 깊이에서 잠시 멈추었다. 한번에 올라갔다가는 잠수병에 걸릴지도 몰랐다. 그는 전등을 켜고 뒤돌아보았다. 작은 장어 한 마리와 한 떼의 물고기가 있었다. 마이크는 색등 막대의 초록 불빛이 다가오는 것을 보며 안도의 한숨을 쉬었다. 그와 그의 친구는 다른 친구가 오기를 기다리면서 함께 앞으로 뒤로 물질을 했다. 멀리서 또다른 친구의 보라색 불빛이 보였다.

하지만 그 친구는 가까이 오지 않았다. 불안해진 마이크와 친구는 그쪽으로 헤엄쳐갔다. 친구는 거기 없었다. 그의 산소탱크만이 바다 밑바닥에 가라앉아 있고 산소탱크에 부착한 색등 막대가 짓궂은 바람에 이리저리 흔들리는 풍향계처럼 움직이고 있었다. 둘은 보트로 돌아왔다. 보트에도 친구는 없었다. 돌아가야 할 시간이 되었다. 둘은 무전으로 도움을 요청했다. 마이크는 보트한쪽을 붙잡고 스노클링을 하며 전등으로 물속을 비추어보았지만 친구의 모습은 보이지 않았다.

마이크는 텅 빈 술병을 풀에 던졌다. 한동안 우리 둘은 말없이 앉아 있었다. 나는 손가락으로 난간을 움켜쥐었다. 내일이면 이 유리창에 얼굴을 바짝 붙이고 구경할 꼬마들을 생각했다. 우리는 조금 더 침묵을 지켰다. 그러다가 그가 물고기를 찾아 물속을 저벅저벅 걷기 시작했다.

당신은 어디에서나 동물들에 관한 이야기를 들을 것이다. 벌에 쏘인 어린 조니가 심장발작을 일으켰다, 사촌 톰이 뱀에 물려서 발가락을 못쓰게 되었다, 개 떼에게 쫓기던 설리 숙모가 열린 창을 통해 자동차 안으로 기어들어가 창문을 올려 닫자 그놈의 개 떼가 차를 둘러싸고 차문을 박박 긁으며 크롬 차체에 젖은 콧자국을 잔뜩 묻혀놓았다…… 이런 이야기들에는 일종의 경고 메시지가 담겨 있다.

조셉은 메리수의 발바닥을 벅벅 긁어준다. 그가 무릎 아래를 건드리자 메리수는 자동적으로 발을 든다. 마치 조셉의 손가락이 뭔가 중요한 얘기를 한 것처럼. 나는 이제 갑작스런 움직임을 절대 보여서는 안 된다는 것을 안다. 공격이라도 할까봐 메리수의 눈은 내게 고정되어 있다. 다른 동물이 가까이 오려 하는데 자신을 보호할 준비가 되지 않았을 때 메리수가 하는 행동이다. 그토록 큰 몸뚱이에 비하면 메리수의 눈은 너무 작다. 메리수는 코를 조셉의 등에 걸쳐놓고, 무슨 일이 일어나고 있는지 확인하고 싶은 듯 등 언저리를 훑었다.

야생 코끼리들은 위험을 느끼면 어리고 약한 코끼리들을 무리 가운데 두고 원을 그린다고 조셉은 말한다. 나는 메리수에게도 어딘가에 가족이 있을까 궁금해진다. 그들도 메리수에게 꼬리표를 붙여 배에 태우는 사람들을 막아보려고 애썼을까. 나는 다른 코끼리들이 땅을 차면서 앞에 있는 코끼리의 몸에 발을 올리려고 하는 동안, 잡혀가는 메리수가 허공을 휘저으며 다른 코끼리의 꼬리를 찾고 있는 모습을 떠올려본다.

앤은 매표소를 담당하고 있다. 그녀의 고양이 스팅키는 매일 앤과 함께 이곳으로 온다. 앤의 발치에는 항상 스팅키가 자고 있는 작은 바구니가 놓여 있다. 스팅키는 털이 하나도 없는 맨살덩이 고양이다. 기저귀를 찬 노인처럼 스팅키의 살가죽은 다리 사이에서 덜렁거리고 있다. 앤은 스팅키가 자신의 목숨을 구해주었다고 말한다.

구월의 어느 날 밤, 앤은 방 안에서 번쩍거리는 불빛 때문에 잠을 깼다. 침대가 들썩거려서 그녀는 지진이 일어났다고 생각했다. 하지만 몸이 붕 떠올라 창 쪽으로 움직이기 시작하자 그게 아니라는 것을 깨달았다. 창문이 열려 덜컹거렸고 방충망이 찢어졌다. 그다음에는 동상이 걸리기 전에 느껴지는 얼얼함이 앤을 엄습했다. 그러고는 손가락과 발가락 끝에서부터 몸이 마비되기 시작하더니 허벅지가, 어깨가, 심장이 차례로 마비되어갔다. 앤은 소리를 지르려고 했지만 목은 이미 단단히 부어 있었다.

바로 그 순간 스팅키가 창턱으로 뛰어올라 으르렁거리기 시작했다. 그때는 스팅키도 오렌지와 노란색이 소용돌이치며 섞인 털이 나 있었다고 한다. 그 털이 괴이한 불빛을 무찌르려는 듯 바늘 끝처럼 하나하나 빳빳이 섰다. 스팅키는 이빨을 모조리 드러냈다. 그 불빛이 강렬히 반사되어 마치 스팅키의 눈에서 레이저가 뿜어져나오는 것처럼 보였다고 한다. 그러고는 돌연 모든 것이 캄캄해지더니 앤이 바닥으로 털썩 떨어졌다. 그 바람에 뒷머리를 침대 옆 탁자에 부딪혔다. 그녀는 가까이 있던 러그 자락을 움켜쥐고 침대 밑으로 기어들어갔고 아침이 올 때까지 정신을 잃고 누

위 있었다. 날이 환해지고 나서야 밖으로 나올 용기가 생겼다. 침대 밑에서 나온 그녀는 창문이 여전히 열려 있고 방충망은 갈가리 찢긴 채 바깥 나무 덤불 사이에 내팽개쳐져 있는 것을 보았다. 스팅키는 장롱의 더러운 옷더미 아래서 털이 홀랑 없어진 채 떨고 있었다.

동물원이 문을 닫는 시즌이면 앤은 고양이의 맨살덩이 몸을 신주단지처럼 안고, 불가사의하게 사라졌다가 살아 돌아온 사람들의 모임에 참석하려고 전국 방방곡곡을 여행했다. 그녀는 고양이 없이는 어디도 가려고 하지 않았다. 나는 언젠가 매표소 유리 너머로 자고 있는 스팅키를 보면서 헌신에 대해 생각했다. 스팅키가 죽은 후에 무슨 일이 일어날까봐 앤이 걱정한다는 것을 나는 알고 있다. 왜 걱정이 안 되겠는가. 그녀는 이미 혼자 사는 것이 어떤 건지 안다. 게다가 스팅키가 죽은 후에 다시 그 빛이 찾아오면 이번에는 속절없이 창문 쪽으로 끌려가 어딘가로 사라져버릴 것을 알고 있다. 이제 그것을 막아줄 사랑하는 이가 없기 때문이다.

나는 알팔파 한 묶음을 손에 들고 내민다. 메리수는 코를 죽 뻗어 내 손에서 그것을 빼앗아간다. 알팔파를 먹어치운 다음 나한테 남은 게 더 있나 보려고 다시 코를 뻗는다. 마치 손금을 읽는 것처럼 메리수의 코가 내 손바닥을 훑는다.

조셉은 코끼리들이 뼈만으로도 피붙이를 알아본다고 말한다.

코끼리들은 몇 시간 동안 죽은 코끼리의 남은 뼈를 이리저리 뒤집어보고 굽은 머리뼈를 부드럽게 쓰다듬는다. 때로 코끼리들은 그 뼛조각을 가지고 수킬로미터를 간 후에야 비로소 그것을 두고 떠난다고 한다.

아이크는 이 동물원의 주인이다. 이곳에서 일하는 사람들 대부분이 그렇듯 나도 그를 좋아한다. 그에게도 이야깃거리가 있었고 나를 면접할 때 그 이야기를 들려주었다. 아이크는 나한테 동물을 다루어본 경험이 있냐고 물었고 나는 개와 이야기를 나눌 수 있다고 대답했다. 마침 그의 발치에 미니어처 닥스훈트 한 마리가 자고 있기에 나는 이걸 한번 보라면서 목구멍 안에서 그르렁거리는 소리를 내기 시작했다. 하지만 그 개는 나를 보려고 고개를 들지도 않았다. 아이크는 내게 이 일을 정말 하고 싶은 건지, 아니면 그저 조금 머리가 이상한 건지 물었다. 나는 이 일이 필요하다고 대답했고 그는 그럼 됐다고 말했다.

아이크에게는 에스키모의 피가 흐른다. 그는 베링 해 근처 알래스카의 우날라클리트에서 자랐다. 남자들 대부분이 정유공장에서 일했고 한 번에 몇 달씩 바다에 나가 있었다. 그럴 때면 여자들과 아이들만이 돌아다니는 마을은 버려진 듯한 인상을 주었다. 하지만 이 때문에 아이크는 더 큰 자유를 누릴 수 있었다. 그는 자기보다 나이 많은 소년들과 노는 것을 좋아했다. 매년 이디타로

드 썰매 개 경주가 열릴 때면 아이들은 미친 듯이 좋아했다. 아이들은 덜컹거리는 썰매를 자기 집 개에게 묶었다. 개가 줄행랑을 쳐 저만치 썰매를 내팽개쳐놓으면 아이들은 부서진 썰매 조각들을 찾아 질질 끌고 오는 데 하루의 나머지 시간을 보내야 했다.

이 문제를 해결하기 위해 아이크의 친구 조지는 어린 동생을 썰매에 묶은 다음 어린 허스키와 썰매를 연결했다. 집에서 기르는 그 개는 멀리 달아나는 습성이 있었다. 개는 비명을 지르는 조지의 동생을 매단 채 내달렸고 두 소년은 그 뒤를 쫓아 달려갔다. 그들은 이 킬로미터쯤 달렸고 언덕 앞에서 턱밑에 매듭을 묶는 작은 파란 모자를 발견했다. 아이크는 그것을 집어들고 언덕 꼭대기로 올라갔다. 거기서 조지 동생의 내장을 훑어내어 먹고 있는 북극곰을 보았다. 개는 이미 발기발기 찢겨 있었다. 눈은 피로 물들어 있었고 썰매는 뒤집어져 있었다. 허스키의 목에 묶었던 줄은 느슨해져서 썰매에 대롱대롱 매달려 있었다. 조지가 비명을 지르자 주둥이에 피 칠갑을 한 곰이 뒤돌아보았다. 아이크는 뛰기 시작했다.

조지가 아이크 옆을 지날 때 아이크와 곰 사이의 거리는 고작 삼 미터 정도밖에 되지 않았다. 아이크보다 나이가 많았던 조지는 다리에 날개가 달린 듯 빨리 뛸 수 있었다. 아이크는 목 뒤쪽 견갑골 사이에 이상한 느낌이 들었다. 이제 곰이 앞발을 뻗으면 그를 거꾸러뜨릴 수 있을 만큼 가까이 와 있다는 것을 알았다. 그 상태에서 넘어지자 곰 바로 아래 누운 꼴이 되어버렸다. 앞으로 엎어지자 찌르는 듯한 눈의 냉기가 입술에 느껴졌다. 아이크는 꼼짝하지 않았다. 바로 옆에서 곰이 뽀드득 눈을 밟으며 천천히 움직이는 것을 느끼고 그는 완전히 까무러쳤다. 그러고는 온몸이 푹 젖도록 오줌을 쌌다.

아이크는 곰의 콧김 소리를 들었다. 코는 발치에서 시작해 가랑이 사이에서 푸푸거리다가 아이크의 몸 위에서 학학, 헐떡헐떡하는 소리를 냈다. 마치 비밀 얘기를 하려는 사람처럼 곰이 귓가에 바싹 다가오는 느낌이 들었다. 곰의 뜨뜻한 숨결이 느껴지자 아이크는 눈을 감아버렸다. 재킷과 장갑 사이 드러난 손목 위를 눈이 덮고 있었다. 그는 손목 위 살갗을, 어머니가 그에게 줄 오트밀을 만드는 동안 벽난로 옆에 앉아 몸을 말리노라면 언 살이 발개지면서 가려웠던 것을 생각했다. 어머니는 숟가락을 가지고 장난을 치느라 외로울 틈이 없었다. 어머니는 무릎에 은제 그릇들을 올려놓고 그릇의 뒷면을 숟가락으로 쳐서 쨍그랑쨍그랑 소리를 내다가 마침내 그럴듯한 리듬을 완성하고는 노래를 불렀다. 곰이 다시 그의 바짓가랑이 사이에서 푸푸거렸다. 그러고는 곰이 사라지는 소리가 들렸다.

그는 거기 눈 위에 오랫동안 그렇게 엎드려 있었다. 고개를 들었을 때는 이미 날이 어둑해져 있었다. 멀리서 스노모빌 한 대가 오는 것이 보였다. 하지만 그는 몸을 움직일 수 없었다. 아이크는 때때로, 너도 그런 경험을 하게 될 거라고, 그러면 너는 남은 인생 동안 그 경험을 생각하게 될 거라고 내게 말했다. 일어난 일을 무조건 생각하지 않으려고 봉해버리면 오히려 그 생각은 더 강해져서 대답할 수 없는 질문을 쉴새없이 해대며 더 괴롭힌다. 그러니까 너는 어쨌든 다시 그것과 맞부딪쳐야 한다⋯⋯

메리수는 내가 혀를 어루만져주는 것을 좋아한다. 그 혀는 놀랄 만큼 커다란 근육이다. 나는 메리수가 내 팔을 삼켜버리는 상상을 하지 않으려고 애쓰면서 왼손으로 혀를 문지른다. 왼쪽은 잃는다 하더라도 오른쪽만큼 그리 아쉽지 않으리라는 생각에서였다. 나는 호스를 가져와 마지막으로 옆구리를 씻어내린다. 가죽의 주름 사이에 나 있는 억세고 검은 털 몇 오라기가 물의 무게 때문에 축 늘어진다. 그날 밤 나는 무사히 집에 돌아가 뜨거운 물로 몸에 밴 동물 냄새를 씻어내고 나오면서 그 털들을 생각한다. 그러고는 타월로 팔 아래쪽, 가슴, 두 다리 아래의 물기를 닦는다. 발가락 사이의 물기까지 다 닦아내고는 다시 전처를 생각한다. **거기를 밟아버려.**

나는 그녀를 라스베이거스의 한 술집에서 만났다. 그녀는 베트남의 전시 이동병원에서 일하는 간호사들의 총회에 참석하느라 와 있었다. 나는 그녀의 잔에 술을 따라주었다. 그녀는 어느 레스토랑에서 스테이크 나이프와 뾰족한 볼펜으로 한 남자의 생명을 구한 이야기를 해주었다. 그러고는 음식이 나오는 중간중간에 기관 절개술을 직접 보여주었다. 나는 마티니를 마시는 그녀의 목을, 술이 목을 따라 내려가는 그 모양새를 유심히 보았다. 그 남자의 기관을 절개한 건 본능에 따른 것이었다고 그녀가 말했다. 나는 테이블 너머로 몸을 기울여 그녀에게 키스했다.

결혼식까지는 모든 것이 일사천리로 진행되었다. 그날을 위해 빌린 컨버터블을 피크닉 준비물로 꽉 채웠다. 그녀는 뒤에 호치키스로 베일을 붙인 흰색 야구모자를 썼다. 그후 우리는 후버 댐까지 운전해 갔고 댐을 지날 때 그녀는 벌떡 일어나 환호성을 질러댔다. 그녀의 드레스가 허리께에서 펄럭거렸고 립스틱은 다 지워지고 없었다. 그녀는 한 번 이혼한 적이 있었다. 나는 데이트를 시작한 후 때때로 장거리 전화를 걸어 이혼한 것을 가지고 그녀를 놀렸었다. 하지만 내가 그녀에게 일을 그만두고 나한테 와서 다시 인생을 시작하자고 설득하자 그녀는 내게 다시는 이혼 얘기를 꺼내지 않겠다고 약속하라고 말했다. 아무것도 다시 떠올리기 싫다고 했다. 나는 지난 일을 모두 잊고 새 출발을 하는 것, 그것이 바로 사람들이 결혼하는 이유라고 했다.

우리 딸의 이름은 레이 앤이다. 아내는 입에 올리는 것조차 싫어했지만 다운증후군을 갖고 태어났다. 아내가 입 밖에 낸 적은 없지만 나는 그녀가 내 쪽의 유전자를 의심하는 것을 알고 있었다. 그녀는 나를 떠나면서 레이 앤을 뉴멕시코의 친정에 데려다놓았다. 나는 주말마다 아이를 무릎에 앉히고 그 집 현관 밖 의자에 앉아 어색한 시간을 보냈다. 그러고는 근처 모텔에서 자고 월요일 아침에 운전해서 라스베이거스로 돌아왔다. 라스베이거스라는 사막은 마치 어떤 위대한 것의 중심인 양 나를 둘러싸고 있어서 어느 방향으로 가도 나왔다. 그 때문에 가끔 나는 비명을 지르고 싶은 기분이 들었고 실제로 비명을 지르기도 했다. 창문을 내리고 숨을 헐떡거리면서.

아내는 내가 일하는 술집에 전화를 걸어 남자친구와 함께 레이앤을 데리고 떠난다는 것을 알렸다. 나는 함께 일하는 동료 중 팁을 받아 대출금을 갚고 있는 법대생에게 대신 전화를 받아달라고 했다. 그리고 아내에게서 그들의 행선지를 알아내라고 시켰다. 그녀는 그에게 주소를 알려주었지만 나중에 알아보니 가짜였다. 나는 아내의 친정집으로 차를 몰았다. 하지만 그들은 아내가 어디 있는지 말해주지 않았다. 그들은 내가 그걸 알 자격이 없다고 말했다.

결혼한 해에 우리는 카슨 시티에 아파트를 장만했다. 아파트는 삼층에 있었다. 긴 복도 끝에 창이 있고 그 창을 열면 화재가 났을 때 대피하는 비상계단이 나왔다. 더운 여름밤, 일을 끝내고 집으로 돌아올 때면 나는 그 철제 난간을 붙잡으려고 거리에서 아파트 건물로 펄쩍 뛰었다. 그러고는 난간을 잡으면 몸을 당겨올려 우리 집으로 기어올라갔다. 나는 그것이 로맨틱하다고 생각했다.

어느 날 밤, 나는 일하러 술집으로 갔다. 하지만 매니저가 스케줄을 잘못 잡는 바람에 이미 매기라는 천문학에 관심이 많은 필리핀 여자가 일을 하고 있었다. 그녀는 내게 그날 밤이 화성을 볼 수 있는 날이라며 화성을 알아보는 방법을 일러주었다. 그녀는 화성의 반지름은 대략 3390킬로미터이고 태양 주위를 한 바퀴 도는 데 687일이 걸린다고 말했다. 집에 도착하자 나는 건물 밖에 서서 화성을 찾아보았다. 작은 별이 하늘에서 붉은 빛을 깜박거렸다. 내 눈에 보이지 않는 저 너머에는 얼마나 많은 다른 행성이 반짝거리고 있을까, 그리고 그토록 죽어라 반짝거리는데도 어째서 자신의 존재를 알릴 수 없을까, 나는 의아해졌다.

나는 비상계단을 올라갔다. 우리 아파트에서 불빛이 새어나오고 있었지만 이상하게도 창문은 잠겨 있었다. 나는 창문을 두드렸다. 밑으로 내려가야 하나, 생각하는 순간 아파트 끝에 있는 문이 열리는 것을 보았다. 그리고 한 남자가 막 사라지는 모습이 불빛에 비쳤다.

아내는 목욕가운을 걸친 채 창가로 왔다. 잠금장치를 푸는 그녀의 얼굴에 희미한 웃음이 떠올라 있었다. 창문을 열면서 그녀는 왜 안 들어오느냐고 물었다. 나는 손을 뻗어 그녀의 볼을 만지다가 얼굴을 창턱에 냅다 처박았다. 그날 밤부터 아내를 때리기 시작했다. 두번째에는 그녀의 등을 떠밀어 방바닥에 쓰러뜨리는 바람에 테이블과 램프를 자빠뜨렸고, 세번째에는 머리채를 움켜쥐고 복도에서 주방까지 질질 끌고 갔다. 네번째에는 발로 걷어찼다. 그러고는 다섯번째, 여섯번째, 일곱번째, 여덟번째…… 그리고 아홉번째에는 손이 근질근질해 그녀를 한 대 후려쳤다. 칼을 잡으려고 했으나 대신 카운터 위에 있는 블렌더를 집어들어 던진 것, 그것이 열번째였다. 그때가 아내를 다치게 한 마지막이었다. 아내는 완전히 뻗었다. 코가 부러지고 피가 바닥에 깔아놓은 테리 직물*을 적셨다. 나는 벽에 기대서서 숨을 골랐다. 레이 앤은 침실에서 악을 쓰며 울었다.

늘 우리가 잉글리시 머핀에 잼을 발라 먹던 바로 그 부엌 식탁 앞에 앉아 떨리는 내 손가락들을 보며 나는 깨달았다. 내가 행복했었다는 것을. 나중에 멍이 사라지고 나서 아내는 내 곁을 떠났다. 나는 같은 장소에서 내 피부를 쓰다듬으며 앉아 있었다. 몸을 갈가리 찢었다가 급하게 다시 꿰매어 붙인 것처럼 근육이 아팠다. 하지만 바로 그 순간 내 뼛속에서 울리는 낯설고도 굉장한 어떤 것을 느꼈다. 딸의 울음소리를 듣고서야 내 마음은 그 아파트의 그 방, 그리고 내 앞에 놓인 생활로 돌아왔다. 그러고는 나 자신에게 말했다. 너한테는 돌보아야 할 아이가 있어.

나는 어떻게 하면 코끼리를 화나게 만들 수 있는지 들은 적이

---

* 한 면에 고리 모양의 보풀이 있는 직물.

있다. 메리수가 화가 나면 어떨까 나는 궁금하다. 메리수를 우리로 돌아오게 할 때 쓰는 빗자루를 집어들고는 갈비뼈 밑을 세게 찌른다. 메리수가 푸, 하고 공기를 내뱉은 후 그르릉 소리를 내는 걸로 봐서 몹시 아파하는 것을 알 수 있다. 메리수는 뒤돌아 나를 한 번 훑어본다. 미안한 마음에 내가 뒷다리를 위아래로 쓱쓱 문질러주자 메리수는 꼬리를 한쪽으로 약간 비켜든 채 똥을 한 무더기 싼다.

조셉은 팔로 호스를 들어 어깨에 둘둘 감더니 남은 자투리 팔을 이용해 제자리에 건다. 그는 내게 너무 생각이 많다고 말한다. 왜 다른 곳에서 일하지 않느냐고 묻기도 한다. 그런 다음 미안한 표정으로 내가 없었으면 하는 뜻은 아니라고 한다. 그때 나는 왜 항상 그는 제시간에 집으로 가고 내가 남아 마지막 청소를 해야 하는지 의아해졌다. 나는 우리 안의 오물을 청소하고 잠자리용으로 깨끗한 건초를 깐다.

일이 끝나자 나는 신발을 벗고 메리수의 우리 바닥에 드러눕는다. 그러고는 조셉처럼 메리수의 무릎 아랫부분을 건드려본다. 메리수는 자동으로 발을 든다. 나는 머리가 그 발밑에 오도록 몸을 움직인다. 메리수가 내 귀 위에 발바닥을 올린다. 차가운 시멘트 바닥이 뺨에 닿는다. 바위 아래 썩어가는 축축한 나뭇잎 냄새 같은 것이 난다. 메리수는 발로 내 머리를 부드럽게 앞뒤로 굴린다. 메리수의 숨소리가 귀에 들린다. 그 소리는 벽을 때리고 울려 퍼진다. 초원에 사는 야생 코끼리의 숨소리를 녹음한 것처럼. 나는 눈을 감고 벵골 보리수를 상상한다. 그러자 슬픔이 조금 가시는 것 같다.

홈 스위트 홈

팻과 클라이드는 포트 로스트*를 요리하던 날 살해당했다. 팻이 자신을 위해서는 버터를, 콜레스테롤을 신경써야 하는 클라이드를 위해서는 마가린을 식탁 위에 가져다놓은 그 순간, 초인종이 울렸다. 그녀는 제임스 딘을 생각하고 있었다. 십대였을 때 그녀는 제임스 딘을 미치도록 좋아했다. 그가 나오는 영화를 수십 번 보았고, 공책 여기저기에 무의식적으로 그의 이름을 끼적거렸으며, 라커 안쪽에 그의 사진을 조심스럽게 테이프로 붙여놓고는 프랑스어 책과 국어 책을 과학 책과 수학 책으로 바꿔 꺼낼 때마다 〈에덴의 동쪽〉에 나오는, 괴로움에 일그러진 침울한 그의 얼굴

---

* 냄비에 고깃덩어리를 넣고 오랫동안 뭉근히 끓여 만드는 요리.

을 보는 게 일종의 낙이었다. 고등학교를 졸업할 때 그녀는 사진을 떼어서 졸업앨범의 표지 안쪽에 붙여놓았다. 그리고 여름방학 내내 여러 번 꼼꼼하게 살펴보고 나서 매사추세츠 대학에까지 가지고 갔다. 클라이드를 만나 아줌마 학위를 딴 후 물건들을 정리해 브리지 가에 있는 둘의 투베드룸 아파트로 옮기기 전까지 앨범은 한 번도 펼쳐지는 일 없이 용어 사전, 대학생용 사전과 나란히 꽂혀 있었다.

그날 오후 고기를 오븐 속에 넣기 전, 그녀는 차 한 잔을 만들어 텔레비전 앞에 앉았다. 56번 채널에서 〈이유 없는 반항〉을 방송하고 있었다. 불빛이 낡은 제니스*의 화면 위로 천천히 떠오르자 천문관의 계단에서 죽은 살 미네오의 짝이 맞지 않는 양말을 움켜쥐고 우는 제임스 딘이 보였다. 그녀는 찻잔을 내려놓고 드레스의 브이 네크라인 안으로 손을 밀어넣어 왼쪽 가슴을 움켜쥐었다. 갑자기 심장이 요동치기 시작했고 젖꼭지가 단단해지면서 꼿꼿이 섰다. 옛 애인을 본 것처럼, 이제는 존재하지 않는 자신의 한 부분을 기억해낸 것처럼. 그녀는 엔딩 크레딧이 올라가는 것을 지켜본 후, 밖에서 잔디를 깎고 있는 남편을 흘끗 보았다. 양말을 무릎 위까지 올려 신은 남편의 얼굴에는 근심이 서려 있었다.

그날 저녁식사 전, 옅은 노란색의 부드러운 버터와 계란 노른

---

* 미국 제니스 사에서 생산한 TV.

자처럼 딱딱하고 진한 색의 마가린을 나란히 식탁에 올려놓으면서 그녀는 어떻게 제임스 딘의 구부러진 눈썹을 까맣게 잊고 살 수 있었는지 어처구니가 없었다. 그녀는 생각했다. 기억은 정말 이상한 거야. 모든 걸 잊어버렸어. 어떤 느낌이었는지, 이 모든 것이 내게 어떤 의미였는지…… 갑자기 알지 못할 어떤 욕구가 솟구쳐 그녀는 버터와 마가린 덩어리를 손으로 움켜쥐었다. 손가락 사이로 버터와 마가린이 삐져나올 만큼 손아귀 힘을 다해 세게 쥐었다. 낙인을 찍듯이, 자신의 뇌에 버터와 마가린의 감촉과 색깔을 찍어놓으려는 듯, 절대 잊을 수 없는 뭔가로 남기려는 듯. 바로 그때 초인종이 울렸다.

문을 열어보니 여전히 대낮이었다. 푸른 하늘이 너무 맑고 화창해서 순간 이렇게 집 안에 틀어박혀 있으면 안 되는데 하는 생각이 스쳐 지나갔다. 그러고 나서 그녀의 몸은 뒤쪽 복도로 넘어갔다. 38구경 새터데이 나이트 스페셜에서 튀어나온 총알이 그녀의 가슴을 관통해 쇄골 아래로 나와 나무 계단에 가서 박힌 것과 동시에 일어난 일이었다. 나중에 살레스 반장은 이 총알을 칼로 파내어 조심스럽게 투명 비닐백에 떨어뜨린다.

팻의 남편 클라이드는 손에 나이프를 쥔 채로 뒷문 옆 주방에서 발견되었다. (처음에는 침입자에게 저항하기 위해 칼을 든 것이 아닌가 추측되었지만 그저 요리를 하려고 했던 것이었음이 나중에 밝혀졌다.) 그는 배에 한 발, 머리에 한 발을 맞았고, 시리얼을 뒤집어쓰고 있었다. 시리얼 상자들은 그의 시신 옆 조리대 위에 나란히 놓여 있었다. 캡앤크런치, 콘플레이크, 스페셜 케이*의 바삭바삭한 황금빛 내용물이 총알에 날아가고 남은 그의 얼굴 위를 수북이 덮고 있었다.

도둑맞은 물건은 아무것도 없었다.

여름을 예고하는 따뜻한 온기로 가득한 봄날 저녁의 일이었다. 팻과 클라이드의 시신은 오렌지빛 일몰이 그들 집의 마룻바닥을 가로지르고 가로등이 켜지는 동안, 조용히, 그대로 놓여 있었다. 어둠이 내려앉아 스컹크들이 어기적거리며 뒤뜰을 가로지르고 너구리들이 나무에서 기어내려올 때도 그들의 몸은 여전히 그 자리를 지키고 있었다. 해 뜨기 전의 고요한 푸른빛 새벽에도, 새로운 하루가 시작되어 그들 없이 삶이 계속되는 순간까지도.

경찰에 제일 먼저 연락한 사람은 클라이드의 어머니였다. 로드아일랜드에 사는 그녀는 일요일 아침마다 아들의 집으로 전화를 걸었다. 어찌 된 일인지 이 전화는 항상 아침식사를 막 하려는 찰나, 아니면 팻과 클라이드가 막 사랑을 나누려는 순간에 울렸다.

고래가 나타났다. 뜨거운 커피를 들고 전화기가 매달린 벽 쪽으로 걸어가며 클라이드는 익살스럽게 말했다. 미안한 듯 아내를 흘끗 보며 침대를 빠져나가기도 했다. 커피와 팻은 어쩔 수 없이

---

* 모두 아침식사용 시리얼의 상품명.

식어갔고, 이런 식으로 그의 어머니는 매번 일요일을 망쳐놓았다. 둘이 아침에 사랑을 나눈 수년 동안 어머니의 전화도 계속되어 오늘에 이르렀다. 딱 한 번 결혼한 지 얼마 되지 않았을 때 이런 일이 있었다. 아침식사를 준비하던 팻은 전화벨이 울리는데도 아랑곳하지 않고 신문을 읽고 있는 남편에게 다가가 무릎을 꿇고는 가운을 열어젖히고 남편의 그것을 입에 넣었다. 울릴 테면 울려라. 그녀는 이렇게 생각했고 클라이드도 벨이 울리도록 내버려두었다. 십오 분 후 경찰이 그들의 집 현관 앞으로 출동했다. 가운 앞섶이 불룩한 채로 얼굴이 벌겋게 달아오른 클라이드가 문 앞에서 질문에 대답하는 동안, 경찰들은 실실 웃고 있었다.

클라이드의 어머니는 대체로 좋은 사람이었다. 그녀를 만난 사람들이 종종 너무나 사랑스런 여인이라고 감탄할 정도로 친절하고 예의 바르게 행동했다. 하지만 클라이드와 관련된 일에 한해서는 자제력을 잃었다. 의심이 많고 비난을 일삼았으며 포악하게 굴었다. 남편이 죽은 후 상태는 더 나빠졌다. 비탄의 시기를 견뎌낸 그녀에게 아들은 남편과 같은 존재가 되어버렸다. 그녀는 책임감을 낚싯바늘처럼 아들에게 꿰어놓고는 손아귀에 잡힌 것이 빠져나가려 한다고 느끼는 순간 낚싯줄을 확 잡아채 감아 당겨 다시 제자리로 돌려놓았다. 그 바늘 끝은 아들의 살 깊숙이 박혀 있어 그것을 빼내면 아들은 죽을지도 몰랐다.

그날 그녀는 아들에게 서른두 번이나 전화를 걸었는데도 통화가 되지 않자 경찰에 전화를 걸었다. 마침 전화를 받은 반장은 최근에 어머니를 잃은 터라 그녀의 전화에 세심하게 마음을 써서 신속하게 경찰차 한 대를 브리지 가에 있는 팻과 클라이드의 집으로 보냈다. 경찰들은 초인종을 눌러도 아무도 나오지 않자, 마침 집을 사러 다니느라 근처에 와 있던 동료와 함께 집 뒤를 살피기로 했다. 때마침 뒷마당 주변에서 바람에 쓸려 다니는 시리얼을 보고 경찰들은 수상한 낌새를 챘다. 게다가 바람이 많이 부는 날이었기 때문에, 문짝의 경첩에 최근에 기름칠을 했기 때문에, 잠기지 않은 문 하나가 열렸다 닫혔다 했기 때문에, 경찰 가운데 하나가 이미 하노버에서 자살한 시체를 한 번 본 적이 있었기 때문에, 피와 뇌와 두개골의 잔해를 알아볼 수 있었다. 시체를 알아본 경찰이 경찰서에 보고 전화를 했다. 그의 동료는 조용히 장미 덤불에다 토하고 있었다. 전화를 하고 돌아와서 그는 말했다. 골치 아프게 생겼어.

그날 아침 일찍 미첼 부인은 슬픔과 애정이 담긴 손길로 엉덩이를 톡톡 두드리며 개를 밖으로 내보냈다. 그러고는 작별 인사를 했다. 버스터는 래브라도 리트리버 종으로 브리지 가의 모든 마당을 제 집인 양 들락거렸다. 재미 삼아 화단을 가로질러 지나가기도 하고 스프링클러에서 나오는 물을 마시려고 멈춰 서기도 하고, 쓰레기봉투를 갈기갈기 찢어놓기도 하고, 새로 심은 순무 밭 한가운데서 잠시 쉬기도 했다. 아주 오래전에는 팻과 클라이드의 뒷마당에 구멍을 파놓은 적도 있었다.

　잔디 위에는 자잘한 황금빛 콘플레이크 조각들이 흩어져 있었다. 버스터는 그중 하나를 핥아올려 아작아작 씹었다. 콘플레이크의 맛을 본 버스터는 어딘가 더 많이 있을 거라는 기대감에 잔디를 가로질러 뒷문을 통과해 클라이드에게 다다랐다. 이미 딱딱해진 클라이드의 몸은 파리로 뒤덮여 있었다. 그의 어깨에 남아 있는 시리얼은 축축하고 질척한 분홍색 석고 반죽덩어리처럼 보였다. 주방 식탁 아래 깔린 러그는 피로 푹 젖어 있었다. 버스터는 붉은 발자국을 남기며 죽은 남자의 주변을 서성였고 킁킁거리며 그 남자가 신은 슬리퍼의 냄새를 맡았다. 개는 클라이드의 마지막 순간의 냄새를 맡으며, 그의 벌어진 발 사이에 몸을 웅크리고 앉았다.

　초인종이 울린 순간 클라이드는 카빙 포크로 로스트용 고기를 찔러 옆면을 타고 흘러내리는 두 줄기 육즙을 우묵한 접시에 받아내는 중이었다. 초인종 소리를 들은 그는 나이프를 손에 든 채 아내와 방문한 사람의 목소리를 구별해보려고 애썼다. 침묵 속에서 그의 위장이 오그라들었다. 그는 배가 몹시 고팠다. 총구에서 불이 뿜어져나오는 순간 그는 모든 곳에서 허기를 느꼈다. 벽에서, 눈에서, 가슴에서, 팔에서, 쥐고 있는 조리도구에서, 그가 잘라내던 고깃조각에서, 그가 신고 있는 슬리퍼에서, 그들의 저녁식사

전 부엌에서.

버스터는 슬리퍼 한 짝을 벗겨내 이빨을 깊숙이 박았다. 그리고 죽은 남자에게 눈을 고정시킨 채 슬리퍼 속에 채워진 것을 빼내려고 애썼다. 쓰레기봉투 근처를 얼쩡거리던 자신을 쉭쉭 소리를 내며 내쫓았던 남자다. 보도에 줄지어 심어진 수선화를 우적우적 씹어 먹고 있을 때, 차고 뒤쪽에서 어슬렁거릴 때도 어김없이 나타나 자기를 내쫓았던 남자다. 언젠가 집 앞 진입로 한가운데서 실례를 하고 있다가 클라이드에게 목덜미를 잡힌 채 브리지가를 질질 끌려내려온 적도 있었다. 클라이드가 사라지자 미첼 씨는 한 손으로는 졸렸던 개의 목을 열심히 문지르고 한 손으로는 등을 벅벅 긁어주며 말했다. 잘 들어, 멍멍아. 네가 싸고 싶은 데 아무 데나 싸도 돼.

버스터는 이제 그만 그 집에서 나가야겠다고 생각하고 슬리퍼를 물고 나왔다. 그러고는 예전에 파놓은 구멍까지 질질 끌고 와서 그 안에 던져넣었다. 그다음에는 앞뒤로 펄쩍거리며 흙을 날려서 그 지점을 메웠다. 구멍을 다 메운 버스터는 표시를 남기려고 한쪽 발을 번쩍 들었다.

미첼 씨 가족은 개와 함께 이곳으로 이사했다. 삼 년 후 아들이 도착했다. 예쁜 보닛을 쓴 갓 태어난 아기가 아니라 몇 살인지 확실치 않은 수척하고 어두운 얼굴의 아들이었다. 아들의 이름은 미겔이었는데, 브리지 가 사람들은 그 아이가 입양한 아이인지 전부인에게서 얻은 아이인지 확실히 알지 못했다. 아이는 미첼 부부를 엄마, 아빠라고 불렀고 그 구역의 공립학교에 입학한 후 재빨리 그들 일상의 한 부분이 되었다.

사실 미겔은 미첼 씨의 친아들이었다. 미첼 씨는 칠 년쯤 전에 사업차 간 베네수엘라에서 창녀와 하룻밤을 같이 보냈다. 그때 일로 아이를 얻게 될 줄은 꿈에도 몰랐다. 아이의 엄마는 카라카스 외곽의 도로에서 버스 사고로 쉰세 명의 승객과 함께 죽었다. 경찰은 아이 엄마의 성경 갈피에서 빛이 바래가는 명함을 발견하고는 미첼에게 연락을 했다. 친자검사 후 아이는 로건 공항에 도착했다. 낡아빠진 담요와 그의 애완동물인 닭들로 가득한 더플백과 함께였다. 하지만 세관 직원들이 잽싸게 그 닭들을 압수해버렸다. 스테이션왜건을 타고 128번 도로를 운전해 내려온 미첼 씨는 훌쩍거리는 소년을 달래려고 애쓰는 자신의 갑작스런 부성애에 깜짝 놀라 겁을 집어먹었다. 그리고 어떻게 미겔이 기내에서 새들을 조용히 시킬 수 있었을까 궁금해했다.

그들이 집 앞 진입로에 차를 댈 무렵 미첼 부인은 설탕을 탄 따뜻한 우유를 준비해놓고 기다리고 있었다. 그녀는 편한 덩거리* 바지를 입고 있었다. 아이를 받아 안은 그녀는 곧장 욕실로 가 욕

---

* 올이 굵고 성긴 인도산 무명천.

조에 아이를 앉혀놓고 얼굴과 손, 무릎, 다리를 씻어주었다. 미첼 부인이 목욕수건으로 귀 뒤를 부드럽게 씻어주는 동안 미겔은 우유를 홀짝거렸다. 목욕을 마친 후 미첼 부인은 손님방의 침대로 아이를 데려가 동네 책방에서 주문해둔 스페인어 판『호기심 많은 조지』를 읽어주었다. 새끼 원숭이 조지가 간호사에게 주사 맞는 장면을 보여주면서. 소년은 한 손가락을 그녀가 입고 있는 바지의 벨트 고리 근처에 걸쳐놓은 채로 잠이 들었다. 미첼 부인은 아이 옆에 조용히 앉아 있다가 아이가 몸을 뒤척이다 저절로 손을 내린 후에야 방에서 나왔다.

미첼 씨가 아내를 만난 것은 북 캘리포니아의 어느 주유소에서였다. 그들은 나란히 차를 세웠다. 그는 막 경영학 학위를 받고 올림픽 국립공원의 우림지대를 보기 위해 해안을 따라 북쪽으로 렌터카를 운전해가던 중이었다. 그녀는 오리건 번호판을 단 픽업트럭에 타고 있었다. 둘은 차에서 내려 연료를 넣기 시작했다. 미첼 씨가 먼저 주유를 끝냈다. 돈을 지불하고 차로 돌아가면서 그는 그녀를 유심히 보았다. 호스를 제 위치에 가져다놓기 위해 두툼한 팔을 폈다가 접는 순간 그녀의 팔에 근육이 잡혔다. 위를 흘끗 올려다본 그녀는 그가 자신을 보고 있는 것을 알아채고는 웃음을 지어 보였다. 그녀는 아름답지는 않았지만 이 하나가 살짝 옆으로 삐뚤어진 모습이 대단히 매력적이었다. 거기에는 그로 하여금 어떤 문제가 닥쳐도 해결할 수 있는 여자라고 믿게 만드는 확신,

능력 같은 것이 감돌고 있었다. 그는 시동을 걸고 주유소를 돌아 나오며 백미러를 흘끗 보았다. 픽업트럭이 반대편 길로 멀어져가고 있었다. 그는 자석에 이끌리듯 차를 돌려 트럭을 백여 킬로미터나 뒤쫓아갔다.

휴게소에서 그는 다시 그녀를 보고 깜짝 놀라는 척했다. 나중에 그는 자기 말고도 그런 식으로 그녀를 쫓아간 사람이 많았다는 것을 알게 되었다. 아닌 게 아니라 그런 일에 익숙해서인지 그녀도 그다지 놀라는 것 같지 않았다. 쇼핑몰, 엘리베이터 안, 병원 대기실, 횡단보도 앞, 콘서트장, 커피숍, 식당 등 어디에서나 한 번도 본 적 없는 사람들이 그녀에게 다가와 말을 걸었다. 한 노인은 야외 놀이동산에서 그녀의 팔을 붙잡고 살해당한 아들 얘기를 속삭였다. 해변에서 아이 셋을 데리고 온 어떤 여인은 미첼 씨 바로 옆에 자리를 깔더니 미첼 부인에게 몸을 기울이고는 울기 시작했다. 심지어 두 사람의 개까지도 그랬다. 테네시에 캠프를 친 동안 먹이를 주었던 그 떠돌이 개는 육 주 후에 그들의 집을 찾아와 문 바깥쪽을 박박 긁어댔다. 미첼 씨는 이런 낯선 사람들을 질투하기도 했고 두려워하기도 했다. 그래서 가끔은 아내와 그들 사이에서 방패막이 역할을 하기도 했다. 도대체 그들이 아내에게 원하는 게 뭘까? 그는 종종 이런 생각을 하는 자신을 발견했다. 하지만 이런 느낌도 들었다. 그들이 나한테서는 무엇을 빼앗아갈까?

그의 아내는 조용한 여자였다. 해안가의 커다란 바위, 파도가

들이치고 해초가 달라붙어 있고 꼭대기에 새들이 둥글게 모여 앉아 있는 바위 같은 조용함이었다. 미첼 씨는 그녀가 자신과 결혼한 것이 놀라웠다. 처음 몇 해 동안은 그녀를 즐겁게 해주면서, 그리고 그녀가 자기 곁을 떠나려는 기미가 있는지 관찰하면서 보냈다.

그녀는 가끔 우울해지면 문을 걸어 잠그고 욕실 안에 들어가 있었다. 그럴 때면 그는 화가 치밀어올랐다. 그녀는 목욕을 마치고 부드럽고 발그레해진 몸으로 나와 그에게 팔을 감고 그가 매우 좋은 남자라고 말했다. 미첼 씨는 그렇게 생각하지 않았다. 때때로 그녀를 증오하는 자신을 발견했기 때문이다. 그는 무력하다는 느낌이 어떤 것인지 아내가 알게 되기를 바랐다. 그래서 그는 위험을 무릅쓰기 시작했다.

베네수엘라에서 미겔에 대한 전화를 받았을 때 그는 아내를 잃을지도 모른다는 공포에 휩싸인 것과 동시에 아내에게 상처를 입힐 수 있게 되었다는 은밀한 기쁨을 느꼈다. 아들이 도착하기를 기다리며 준비하는 동안 그가 느꼈던 통제력은 아내가 우울해하는 낯선 소년을 팔에 안고 가서 부드럽게 발을 씻어주는 것을 목격하는 순간 사라져버렸다. 그때 그는 깨달았다. 아내는 그의 모든 것을 참고 견딜 수 있다는 것을.

그들 셋은 어색한 가정을 이루었다. 미첼 씨는 소년을 수용시설에 보내려고 애썼지만 아내가 허락하지 않았다. 그는 이 년간 팔자에 없는 아빠 노릇을 했다. 소년을 야구장에 데리고 갔고 만화책을 사주었고 차로 학교에 데려다주었다. 때때로 이런 일들을 하는 게 즐거웠지만 어떤 때는 화가 나기도 했다. 어느 날 그는 미겔이 스페인어로 아내와 이야기하다가 자신이 들어오는 것을 보고는 바로 입을 다무는 것을 보았다. 아들이 자신을 겁내는 것도 아내 탓이라고 확신했다. 미첼 씨는 처음에 자신을 사로잡았던 그녀의 매력을 증오하기 시작했다. 그리고 이런 감정들을 상쇄하기 위해 이웃집 여자인 팻과 관계를 갖기 시작했다.

처음부터 이 관계는 순수하지 못했다. 슈퍼마켓에서 팻이 미첼 씨에게 인사를 했다. 그런 다음 통로를 지나가던 사람을 위해 돌아서면서 그에게 몸을 바짝 붙였다. 그녀의 엉덩이가 그의 엉덩이 언저리에서 떨어지지 않았고 그녀의 가슴이 그의 팔에 닿았다. 미첼 씨는 팻과 날씨나 쓰레기 수거 시간 따위 말고는 대화를 나눠본 적이 없었다. 하지만 나중에 정원에서 구근을 심고 있는 팻에게 다가가 그녀의 버뮤다 쇼츠 속으로 손을 집어넣었다. 그는 그녀를 일으켜세워 울타리에 밀어붙이고는 벚나무 아래서 몸을 밀착시켰다. 누구라도 볼 수 있는 바로 그곳에서, 그것도 밝고 환한 대낮에. 미첼 씨는 아무 말도 하지 않았지만 그녀의 숨결과 그의 손길에 앞뒤로 몸을 움직이는 모습에서 그녀도 두려워하지 않는다는 것을 알았다.

그는 자신에게 이런 면이 있을 줄은 꿈에도 몰랐다. 단지 책 몇

권을 반납하러 도서관에 가던 길이었다. 보라, 저기 책들이 있다. 잔디밭 한쪽에 내던져진 책들. 세월과 그가 모르는 사람들의 손때가 묻어 더러워진, 비닐봉지에 들어 있는 책들. 그리고 여기 또다른 사람이 있다. 그가 모르는, 그의 귀에 대고 헐떡거리는, 흙먼지로 그의 팔에 줄무늬를 내는 여자. 언젠가 그의 눈앞에서, 햇빛 속에 몸을 구부리고 있던 여자. 그녀의 무릎 뒤쪽에 맺힌 땀방울이 살짝 반짝였고 그것을 본 그는 극심한 외로움과 갈망을 느꼈다. 새로운 종류의 온기가 손바닥 위로 퍼져나갔다. 그는 아내를 생각하지 않으려고 애썼다.

그들은 영화관, 공원, 엘리베이터, 놀이터 등 공공장소에서 격렬하고 노골적인 섹스를 나누었다. 일몰 후, 정글짐 아래서 양 무릎으로 흙을 누르다가 미첼 씨는 의아한 생각이 들었다. 왜 그들은 다른 사람의 눈에 띄지 않는 걸까? 언젠가 저수지 근처 벤치에서 팻이 스커트 안에 아무것도 입지 않은 채로 다리를 벌리고 그를 타고 앉아 있을 때, 그들은 지나가는 한 노부부에게 손을 흔들었다. 마치 팻과 미첼 씨를 보지 못한 듯 그들은 가던 길을 계속 갔다. 그 광경은 그에게 팻과의 만남이 또다른 차원의 현실, 종국에는 터질 것이 분명한 거품 같은 현실에서 일어나는 일은 아닐까 하는 의구심을 안겨주었다.

팻은 시아버지가 죽은 후로 계속 클라이드가 불능이었다고 했다. 기술자였던 클라이드의 아버지는 불도저 아래서 고장난 곳을 고치고 있다가 리프트가 미끄러지는 바람에 가슴 아래가 완전히 뭉개져서 죽었다. 아버지의 임종 때 손을 잡고 있던 클라이드는 생명이 사그라들면서 찾아든 냉기가 손가락에서부터 팔로 퍼져 나가는 것을 느꼈다. 그 일이 있은 다음부터 아내를 찾아 손을 뻗을 수 없게 되었다. 장례식 이후 팻에게는 두 명의 연인이 있었다. 미첼 씨는 세번째였다.

나중에 불도저의 리프트를 조종하던 사람이 누군가에게 매수되었다는 소문이 돌았다. 클라이드의 아버지는 빚을 지고 있었다. 팻은 부정했지만 미첼 씨는 클라이드의 아버지가 사고를 당한 곳을 지나면서 다른 주유소로 가는 것이 낫겠다고 생각했던 것을 기억해냈다. 그곳은 어딘지 모르게 수상쩍어 보였기 때문이다.

그가 팻과 만나는 장소는 집에서 점점 더 가까워지기 시작했다. 들킬 위험이 커질수록 미첼 씨의 욕망도 더 커졌다. 그의 집 주방 식탁에서, 세탁실의 건조기 위에서, 믹서가 놓여 있는 조리대 위에서 그의 성적 환상은 불이 붙었다. 나중에 그는 그 장소들을 손가락 끝으로 쓸어보며 아내가 똑같은 장소에서 수프를 홀짝거리고 시트를 접고 과자 반죽을 만드는 것을 보면 어떤 느낌이 들까 생각하면서 전율했다.

팻은 살해당한 바로 그날, 오븐에 로스트 팬을 넣기 전에, 제임스 딘에 대한 회상에 잠기기 전에, 버터와 마가린의 차이점을 생각하기 전에, 현관에서 섹스를 했다. 현관 매트 위 꼬임 무늬로 돋워진 '홈 스위트 홈'이라는 글씨가 그녀의 등을 간질였다. 미첼 씨는 클라이드가 볼링 레슨을 받으러 가기를 기다렸다. 그리고 팻이 문을 열어주길 기다리며 서 있다가 충동적으로 현관 매트를 집어들었다. 미첼 부인이 미겔과 함께 곧 도착할 시간이었고, 아내와 아주 가까이 있다는 생각에 그는 귀를 쫑긋 세웠다. 팻이 문을 열자 그는 매트를 복도에 던졌고 그다음에는 그녀를, 그러고 나서는 자신을 그 위에 내던졌다. 그의 신발 바닥이 현관 입구에 놓인 탁자에 부딪혔다. 미첼 씨는 팻의 다리를 자신의 어깨에 걸치며 아내가 모는 릴라이언트*의 엔진 소리를 들었다.

다음 날 살레스 반장은 팻과 클라이드의 집 현관 계단을 오르면서도 신발을 닦을 매트가 없다는 사실을 알아채지 못했다. 그는 평범한 외모를 가진 사내였다. 188센티미터의 키, 86킬로그램의 체중, 갈색 머리, 갈색 눈, 갈색 피부. 언젠가 해저 다이빙 챔피언에 오른 적도 있었다. 하지만 한 번 상어에게 공격당한 뒤(이 일로 그의 옆구리에는 분홍빛 새살이 돋은 오그라든 상처와 함께 구멍이 남아 있다) 그는 두 번 다시 다이빙을 하지 않았고, 제대로 된 힘을 갖고 싶다는 생각으로 경찰에 투신했다. 그는 삼십 분 정도 떨어진 아파트 지하에서 프랭크라는 이름의 샴 고양이와 살고

---

* 영국산 자동차의 이름.

있었다.

  살레스가 어렸을 때 장미향이 나는 선생님이 한 분 있었다. 보스코라는 이름의 그 선생님은 그에게 계란을 부는 방법을 가르쳐주었다. 작은 구멍을 내서 계란 노른자를 억지로 나오게 하는 것은 항상 조금 역겨운 느낌이 들었다. 코를 풀어 걸쭉한 콧물을 나오게 하는 듯했기 때문이다. 하지만 그는 힘주어 계란을 부느라 붉어진 보스코 선생님의 뺨을 올려다보는 순간, 이것이 가치 있는 일이라고 느꼈다. 그의 손바닥에 올려진 텅 빈 껍질 안에는 한 자락의 숨결이 들어 있는 것 같았다. 사건 조사를 시작할 때마다 그는 그때와 똑같은 느낌이 들었다. 팻과 클라이드의 집 현관에 발을 디딜 때 그 느낌이 그의 가슴속에서 떠올라 머물렀다.

  그는 처음 시신을 발견한 경찰과 이야기를 나누었다. 그들은 뒷마당으로 들어가게 된 이유를 부끄러운 듯 말하더니 곧 건식벽체*와 시트록**, 그리고 랜싯 윈도***의 장점과 단점을 놓고 큰 소리로 열띤 토론을 벌이기 시작했다. (살레스 반장을 포함해 모든 경찰이 주말에 시간제 근무로 건설현장에서 일하고 있었다.) 장미 덤불에 토했던 경찰은 일찍 집으로 돌아갔다. 그는 나중에 살레스 반장에게 현장을 더럽혀서 미안하다고 사과했다.

---

 * 회반죽을 쓰지 않고 벽판이나 플라스틱 보드로 만든 벽.
 ** 종이 사이에 석고를 넣는 석고보드.
 *** 위가 뾰족한 높고 좁은 창문.

살레스 반장은 조리대에 놓인 로스트비프를 발견했다. 버너에 놓인 콩요리도 보았다. 오븐 안에서 거의 타버린 사워체리 파이도 발견했다. 반쯤 녹은 버터와 마가린이 부엌 테이블에 놓여 있는 것도 발견했다. 팻과 클라이드가 헝겊 냅킨을 사용하는 것도, 저녁식사에 초대된 손님 명단을 작은 개인접시에 담는다는 것도 알게 되었다. 은식기는 광이 났다. 스테이크 나이프는 격식에 맞게 준비되어 있었다.

그는 전화기 옆의 바구니에서 아직 돈을 내지 않은 청구서들을 보았다. 지하에 있는 건조기 안에서 건조가 끝난 깨끗한 세탁물들도 발견했다. 수건, 시트, 티셔츠, 양말, 세 벌의 프루트 오브 더 룸* 세트, 고무줄은 느슨해지고 밑은 닳아서 나달나달해진 부드러운 분홍색 새틴 팬티들. 그는 또 팻이 최근에 애리조나로 이사한 친구에게 보내는, 미처 끝내지 못한 편지를 발견했다. 거기는 어때? 어떻게 그 더위를 견디고 있니? 그는 클라이드의 우표첩도 찾아냈다. 클라이드가 소년 시절부터 모아온 알록달록한 작은 점들이 그려진 우표, 꽃 그림이 있는 우표, 왕의 초상화들이 그려진 우표들이 들어 있었다. 그것들은 살레스 반장이 들어보지도 못한 나라들의 이름 위에 꼼꼼하게 붙여져 있었다.

그는 팻의 몸을 관통해 계단에 박힌 총알도 발견했다. 발꿈치

---

* 미국의 속옷 브랜드 이름.

에서 시작해 다리 뒤쪽으로 몇 센티미터쯤 스타킹의 올이 나간 것
도 보았다. 그는 그녀가 팬티스타킹에 구멍이 난 줄도 모르고 자
신이 죽게 될 날을 보냈을 거라고 생각했다. 그녀의 어깨에서 흘
러나와 입구에 놓인 오리엔탈 러그 위로 퍼져가다가 딱딱한 나무
바닥에 스며든 짙은 색 얼룩도 보았다. 더 자세히 보기 위해 무릎
을 꿇자 오일 비누 향내가 끼쳤다. 카펫 가장자리 장식에 낀 머리
핀도 발견했다. 민들레 홀씨 한 송이가 눈에 띄어 손에 쥐자 작고
하얀 솜털이 흩어졌다. 그는 담력을 키우려고 애쓰는 어린아이처
럼 팻의 얼굴을 보았다. 앙다문 입술, 이마에 막 생기기 시작한 주
름, 빛나지만 어둡고 확신 없는 눈. 집 밖으로 내어갈 때 그녀의
시신은 완전히 경직되어 있었다.

뒤쪽 현관에는 개 발자국이 있었다. 발자국으로 보아 중간 크
기의 개인 듯했고, 부엌에 놓인 시신 주위를 빙 돌다가 여기저기
에 흔적을 남겨놓고는 문밖으로 향했다. 발자국은 계단 아래에서
희미해졌다가 집 앞 진입로에 잠깐 나타난 다음 뜰로 사라졌다.
살레스 반장은 부하들을 시켜 이웃에 있는 집들을 방문해 누가 개
를 풀어놓았는지 알아보게 했다. 클라이드의 어머니도 만나보았
다. 그러고는 경찰서로 돌아가 팻과 클라이드의 기록을 살펴보았
으나 둘 다 깨끗했다. 그날 밤 그가 드디어 잠자리에 누웠을 때 고
양이의 미지근한 온기가 그의 어깨를 감쌌다. 살레스 반장은 새
틴 팬티의 촉감과 사라진 슬리퍼, 누군가 훔쳐간 현관 매트, 뜰에

는 없는데 러그에 붙어 있던 민들레 씨앗, 오븐을 꺼놓고 사라진 살인자에 대해 생각했다.

팻과 클라이드가 살해당하기 한 달 전 미첼 부인은 화장실 변기를 고쳤다. 그녀의 남편은 부엌으로 가다가 화장실 문 앞에 잠시 서서 고개를 저으며 그녀가 자신에게 너무 과분하다고 말했다. 그녀는 무거운 변기 뚜껑을 열고 물때가 낀 변기 속에 팔꿈치까지 깊이 담갔다. 그녀와 결혼한 남자가 화장실 문 앞에 서서 뭐라고 말하고 있었지만, 그녀는 지금 막 깨끗이 청소하려는 파이프의 미묘한 소리에 집중하느라 아무 대답도 하지 않았다.

미첼 씨는 부엌으로 가서 팝콘을 만들기 시작했다. 그의 말이 그녀의 귀에 들어온 것은 옥수수 알이 냄비 안에서 탁탁 튀는 소리를 낼 때였다. 철제 옷걸이로 물을 휘저은 후 파이프를 울리는 것을 멈추었을 때 미첼 부인은 사방이 너무 조용한 것을 느꼈다. 남편이 뭔가 나쁜 짓을 하고 있다는 느낌이 들었다. 남편이 미겔 이야기를 꺼낼 때도 바로 이랬다. 미풍 한 자락이 창문을 통해 불어왔고 그 때문에 젖은 팔 위의 털이 곤두섰다. 그녀는 변기에서 팔을 꺼낸 후 생각했다. 드디어 고쳤다.

미겔이 그들의 집으로 왔을 때 그녀는 그의 존재로 인해 느끼는 슬픔을 모두 받아들인 후 그것을 격렬한 모성애로 바꾸었다. 미첼 부인은 남편이 고마워할 거라고 생각했다. 하지만 남편은 도리어 반감을 품은 듯했다. 남편은 악의에 찬 전혀 믿을 수 없는 사람이 되어버렸다. 남편은 잘못을 저질러놓고도 되레 수준에 맞춰 살기가 너무 힘든 여자라면서 자신을 비난했다. 떠날 때가 가까워졌다는 징조였다. 하지만 그 소년은 그녀가 전혀 예상하지 못한 존재였다.

미국에서 보낸 처음 석 달 동안 미겔이 한 일은 오로지 집에 보내달라고 애원한 것이었다. 넉 달째가 되자, 아이는 몽유병을 앓기 시작했다. 부엌으로 내려가는 계단에서 서성거렸고, 쓰레기통을 바닥에 쏟아버리고 그 안에 들어가 몸을 웅크리고 잤다. 아침이면 미첼 부인은 어깨는 쓰레기통 안에 들어가 있고, 발은 커피 찌꺼기와 버린 음식들에 처박은 채로 잠들어 있는 미겔을 발견했다. 소년은 그녀에게 엄마의 머리를 찾고 있었다고 말했다. 그의 어머니는 버스 사고로 머리가 날아갔다. 그런 그녀가 이제는 밤마다 미겔의 꿈 한 자락에 발을 디디고 서서 이리 오라고 그에게 손짓하는 것이었다. 소년의 압수당한 닭들이 그녀의 어깨 위에 앉아 텅 빈 목을 콕콕 쪼고 있었다. 미첼 부인은 엄마의 머리를 새로 만들어주면 어떻겠냐고 제안했다. 그녀는 혼응지*를 샀다. 미겔이 길게 자른 신문지 조각에 풀을 묻혀 빵빵하게 분 풍선 위에 조심스럽게 붙이는 것을 도우면서 그녀는 그 종이들이 붕대 같다

---

* 제지 재료에 송진이나 기름을 섞은 것으로 칠그릇 따위를 만드는 재료로 쓴다.

고 생각했다. 그들은 마분지로 코와 입도 만들었다. 종이들이 다 마르자 미겔은 그의 엄마의 얼굴이 어땠는지 말했고, 둘은 갈색으로 얼굴을 칠하고 털실로 머리카락을 만들어 붙이고 색종이로 속눈썹을 오려 붙였다. 미첼 부인은 금귀고리를 가지고 와 그려 붙인 귀에 구멍을 내고 걸어주었다. 그것을 보는 미첼 부인은 마음이 너무나 저렸다. 엄마가 정말 예쁘셨구나. 미겔은 고개를 끄덕였다. 그러고는 웃었다. 그는 어머니의 머리를 자기 방 책장 위에 올려두었고 그후로 더는 쓰레기통에서 자지 않았다.

때때로 미첼 부인은 한밤중에 자고 있는 소년을 살피곤 했다. 그럴 때마다 그녀는 머리가 자신을 보고 있다고 느꼈다. 기운이 쏙 빠졌다. 그녀는 남편이 혼응지 머리와 사랑을 나누는 모습을 그려보았다. 그러자 스스로도 무서울 만큼 엄청나게 강하고 이해하기 어려운 증오심이 솟구쳤다. 그 머리를 낚아채 부숴버릴까도 생각했지만 쓰레기통에서 삐져나온 소년의 다리가 부엌 바닥과 대비되어 얼마나 깡마르고 불쌍했는지 떠올리자 차마 그럴 수가 없었다. 그후 미겔은 그녀를 따르기 시작했고 그녀도 갑자기 무슨 일이든 할 수 있을 것 같은 느낌이 들었다. 그녀는 구석에 놓인 종이 얼굴을 향해 혀를 날름 내밀었다. 그러고는 소년에게 마음을 활짝 열었다.

미첼 부인은 강 근처의 집에서 이모들 손에 자랐다. 어머니가 바로 그 강에 빠져 죽었기 때문이다. 이모들은 사냥꾼이었다. 대부분 새 종류를 사냥했고 잡아온 새를 씻어서 요리해 먹었다. 총에 맞은 사냥감을 찾아오는 것은 어린 미첼 부인의 일이었다. 맑은 날조차 새들은 항상 물에 젖어 있는 듯했다. 어떤 날은 찾아낸 사냥감이 채 죽지 않은 경우도 있었다. 가슴 부분이 너덜너덜 피투성이가 된 채 날개를 퍼덕거렸다. 그녀는 새의 목을 잡고 단숨에 부러뜨리는 법을 배웠다.

미첼 부인은 자기 방 거울 옆에 어머니의 사진 한 장을 붙여두고 거울을 볼 때마다 함께 들여다보았다. 그녀의 눈은 자동으로, 자기 얼굴에서 자신에게 생명을 준 그 여자의 얼굴을 향했다. 귀퉁이가 구겨진 흑백사진 속 여자는 열다섯 살쯤 되어 보였고 땋아내린 머리 한 갈래를 입술로 지그시 물고 있었다. 이 사진을 보면 언젠가 들었던 평생 실을 잣는 여자들의 이야기가 생각났다. 그들은 실을 꼬기 위해 수년간 입으로 아마 실을 통과시키느라 나중에는 아랫입술이 축 늘어진 이상한 얼굴이 된다고 했다. 완전히 지쳐버린 얼굴의 영원한 표상처럼.

이모들은 집 뒤의 공터에 사격 연습장을 만들었다. 표적을 세우고 아이스티와 탄약을 가져다놓는 것은 미첼 부인의 일이었다. 그녀는 옷장 뒤에 이모들의 소장품인 22구경과 45구경 총에서 나온 빛나는 금빛 탄피들로 가득 찬 유리 항아리를 숨겨두었다. 그들은 낡은 창고 바로 앞에 사격대를 만들고 탁자 두 개를 모래주머니로 세워서 탄피가 쏟아져내릴 때도 무거운 총을 안정감 있게 받칠 수 있도록 했다.

그녀가 열두 살이 되었을 때 나이 먹은 이모들이 총을 쥐어주었다. 이미 사격 자세를 알고 있었던 그녀는 그때부터 매일 방과 후에 그 총으로 연습을 했다. 그녀는 무릎을 꿇고, 누워서, 서서 표적을 맞출 수 있었고 엉덩이를 총신과 나란히 두고, 아니면 허리를 돌리고도, 심지어 이모들이 가르쳐준 사진 찍을 때의 포즈로도 표적을 맞출 수 있었다. 그녀는 깡통이나 오래된 금속 간판을 날렸고, 남자 모양의 종이 표적에 물방울 무늬를 남겼다.

미첼 부인은 집 앞 진입로에 차를 대면서 울타리 너머를 바라보다가 남편이 이웃집 현관에서 섹스를 하고 있는 것을 보았다. 그러고는 총에 생각이 미쳤다. 그녀는 조수석에 있는 미겔에게 눈을 감으라고 말했다. 소년은 손으로 얼굴을 가리고 그녀가 차 밖으로 나가는 동안 가만히 앉아 있었다. 남편의 몸이 앞뒤로 움직이는 것을 보는 순간, 미첼 부인의 발을 지탱해주던 땅이 사라져버린 것 같았다. 강에 빠진 그녀의 발목을 물살이 붙잡고 바깥쪽으로 끌어당기는 듯했다. 왜 아직도 물살에 쓸려내려가지 않을까 의아해하던 그녀는 자신이 울타리를 붙잡고 있다는 것을 깨닫고 나서야 정신을 차렸다. 울타리는 그녀가 맨 처음 잡았던 총의 손잡이처럼 부드럽고 낡은 느낌을 주었다. 그녀는 울타리를 붙잡고 몸을 낮추었다.

나중에 미첼 부인은 팻의 얼굴을 생각해냈다. 그 얼굴은 『오즈의 마법사』에 나오는 깡통 나무꾼을 연상시켰다. 경계심 없이 기대감에 꽉 찬 사랑스럽고 매끈한 얼굴. 미겔에게 주려고 산 책에서 그녀는 그 나무꾼이 인간이었으며 손도끼를 자꾸 손에서 놓쳐서 자기 다리를 찍자 손발을 잘라내버렸고 살점이 천천히 텅 빈 금속조각으로 바뀌었다는 이야기를 읽었다. 미첼 부인은 팻의 몸이 텅 빈 금속과 같은 종류의 것이라 덜거덕거릴 거라고 생각했지만 실제로는 그렇지 않았다. 쓰러져 바닥에 부딪힐 때 둔중한 고깃덩어리 소리가 났기 때문이다. 무슨 반응이 나타나길 기다리고 있을 때, 부엌에서 작은 기침 소리가 들려왔다. 사교모임에서 자신의 존재를 알리는 공손한 기침 소리. 그녀는 그 소리를 따라가다가 슬리퍼를 신고 손에 로스트 나이프를 들고 있는 클라이드와 맞닥뜨렸다.

안녕하세요. 방금 당신 부인을 죽였어요. 이렇게 말하는 순간 그녀는 클라이드도 쏘아야만 한다는 것을 깨달았다. 콩요리는 팬 가장자리로 보글보글 거품을 내며, 지글지글 끓고 있었다. 미첼 부인은 오븐을 끄고 손잡이를 모두 0으로 돌려놓았다.

이모들은 결혼을 하지 않았다. 그리고 조카를 키운 그 집에서 아직도 살고 있다. 가끔 사진이나 요리법, 미국총기협회에 관한 정보, 지역신문에서 오려낸, 그녀도 아는 사람의 부고 기사를 보내주었다. 어느 기자가 미첼 부인에게 팻과 클라이드에 대한 질문을 던졌을 때 그녀는 이모들이 수년간 보내준 부고 기사를 떠올리고는 이렇게 말했다. 그들은 좋은 이웃이었고 착한 사람들이었어요. 도대체 누가 이런 짓을 했는지 정말 모르겠어요. 그들이 많이 보고 싶을 거예요. 사실 팻에 대해서는 거의 그런 느낌이 없었다. 그녀를 죽였다고 해서 용서할 수 있는 것도 아니었다. 그래서 미첼 부인은 억지로 용서하려고 애쓰지 않았다. 하지만 클라이드의 얼굴, 깜짝 놀란 그의 얼굴은 잊으려고 애썼다. 마룻바닥에 풀썩 쓰러지기 전 그의 얼굴은 그녀에게 음료수라도 한잔 하겠냐고 묻는 것 같았다.

그녀는 그다음 며칠 동안 누군가가 자신을 부르러 오길 진득하게 기다렸다. 경찰차와 언론사 차량들이 오고 가는 것을 보았다. 월요일 아침이 되자 그녀는 개를 밖으로 내보냈다. 미겔에게 줄 샌드위치를 만들어 도시락에 넣은 후 우유를 담은 보온병 옆에 나란히 두었다. 그러고는 주스를 유리잔에, 시리얼을 대접에 부었다. 그런 다음 그녀는 화장실에 들어가 문을 잠그고는 떨리는 자신의 손을 내려다보았다. 자신이 클라이드의 몸을 무엇으로 덮었는지 생각났기 때문이다. 상자에서 쏟아져내리던 시리얼은 바위에 떨어지는 물소리처럼 바삭하고 신선한 소리를 냈다. 하지만 그것은 곧 질척한 분홍색 덩어리로 변해 지금도 그녀의 마음속에 남아 있었다. 그녀는 그를 떠나 팻에게로 걸어갔다. 그러고는 장갑을 낀 채 현관에 놓인 매트를 집어올렸다. 아직도 그 매트 위에서 앞뒤로 움직이던 남편이 눈에 선했다. 그녀는 홈 스위트 홈이라는 글씨가 씌어진 매트를 머릿속에서 지우려고 애썼지만 실제로는 진입로 끝까지 가지고 가서 쓰레기통에 버렸다. 거기까지가 그녀가 갈 수 있는 제일 먼 곳이었다.

그녀는 차마 가족들에게 안녕이라는 말을 할 수 없었다. 샤워를 하겠다고 남편이 문을 두드리고 미겔이 이를 닦으러 들어가도 되냐고 물을 때도. 그녀는 변기 위에 앉아 아들과 남편이 집 안에서 왔다갔다하다가 집을 나서는 소리를 들었다. 나중에는 한 남자가 폴리스라인을 둘러 이웃집을 폐쇄하는 것을 보았다. 뜰에 서 있는 나무에 두 번 테이프를 두르느라 그는 팔로 나무둥치를 안았다. 마치 포옹하는 것처럼. 하지만 그녀는 생각했다. 저 나무는 아무것도 느끼지 못한다고.

햇살이 비스듬해지는 오후 무렵 살레스 반장은 미첼 씨 가족의 앞마당을 가로질러 걸어왔다. 물어뜯긴 슬리퍼 한 짝이 든 비닐백을 들고 하얀 꽃씨를 둥둥 날리는 민들레꽃을 헤치면서. 미첼부인도 그가 걸어오는 것을 보았다. 그녀는 문의 잠금장치를 풀고 화장실로 가서 손가락으로 머리칼을 훑어내려 엉킨 부분을 부드럽게 풀었다. 초인종이 울렸다. 개가 짖었다. 그녀는 문을 열고 커피를 대접했다.

미겔은 이번 여름에 아홉 살이 된다. 미첼 씨 부부와 산 지난 이년간 그의 키는 삼 센티미터 이상 크지 않았다. 하지만 유월의 따뜻한 날씨 덕분인지 그의 키가 갑자기 쑥쑥 자라기 시작했다. 마치 미국인 아버지의 유전자가 동면하고 있다가 봄바람과 적절한 음식과 제대로 결합할 때를 기다리고 있었던 것처럼. 미겔의 다리는 브라운 슈거 태피*처럼 팽팽하고 길게 늘어났다. 그 때문인지 제 발에 걸려 넘어지기 일쑤였다. 그 월요일에도 야구 연습을 마치고 집으로 돌아오는 길에 팻과 클라이드 네 집 뜰을 폐쇄한 폴리스라인 바로 바깥에 있는 쓰레기통에 길어서 주체할 수 없는 다리가 걸려 비틀거렸다. 미겔은 인도로 넘어지면서 콘크리트 바닥에 손을 찧었다. 쓰레기통은 그의 옆에서 뒤집어졌고 그 속에서 **홈 스위트 홈** 현관 매트가 나왔다.

미겔은 최고의 학생이라고는 할 수 없었지만 체육 시간에 홈런을 여러 방 날린 후로는 쉽게 친구를 사귈 수 있었다. 쌍둥이 형제 노먼과 그렉 케슬러는 학교에서 제일 인기 있는 아이들이었는데, 미겔을 자기들 팀에 끼워주고 친하게 지냈다. 노먼과 그렉은 미겔의 영어 공부를 도왔고, 미겔에게 짓궂게 구는 아이들에게서 그를 지켜주었으며, 홀딱 벗고 있는 미겔의 아버지를 본 얘기까지 해주었다.

아이들이 미첼 씨를 본 것은 그가 허리 아래로는 아무것도 걸치지 않은 채 고속도로를 운전해갈 때였다. 엄마가 운전하는 미니

---

* 설탕을 녹여 길게 늘인 후 잘라 굳혀 만드는 캔디의 일종.

밴의 유리창을 통해 노먼과 그렉은 변속기 위로 몸을 구부린 한 여자를 보았다. 진짜야. 쌍둥이가 말했다. 미겔은 그 둘로 하여금 성경책, 레드 삭스 카드 뭉치, 마지막으로 할아버지의 무덤을 걸고 누구한테도 말하지 않겠다고 맹세하라고 했고, 그들은 그 맹세를 지켰다. 자전거는 풀밭 한쪽에 던져둔 채 그들은 광나는 대리석 비석의 생몰년도가 새겨진 부분에 땀으로 젖은 손을 대고 맹세했다. 그날 저녁식사를 하면서 소년은 아버지가 음식을 먹는 모습을 유심히 보았다. 딱 맞물렸다가 돌아가는 아버지의 턱.

  미겔은 기억이 핫도그와 영어, 호스티스* 컵케이크, 그리고 자신의 스파이더맨 만화책을 지나 어딘가로 달려나가는 것을 느꼈다. 미겔은 다섯 살이었을 때 어머니에게 아버지가 어디 있느냐고 물은 적이 있었다. 어머니는 천과 철사로 만들어진 체로 커피 가루를 내려 커피를 만드는 중이었다. 이미 미겔은 아침식사 재료로, 집에서 키우는 닭들이 갓 낳은 달걀을 모아 가져왔다. 손에 가득 담긴 달걀은 그때까지도 따뜻했다. 어머니는 그중 하나를 집어들고 아래쪽을 가리키더니 이렇게 말했다. 이 달걀이 세상이고 여기가 우리가 있는 곳이야. 그러고는 달걀의 가장자리를 따라 손가락을 올리더니 검붉은 손톱으로 어떤 지점을 톡톡 치며 말했다. 네 아버지는 여기 있다. 그런 다음 팬 위에 그 달걀의 노른

---

* 미국의 컵케이크 브랜드.

자만을 톡 넣고는 나머지는 쓰레기통에 던져넣었다. 그는 나중에 이것을 다시 꺼내 달걀껍질이 조각조각날 때까지 손끝으로 매끈한 안쪽 막을 만지작거리며 놀았다.

미겔은 그 현관 매트를 집어들고는 먼지를 떨어냈다. 미첼 부인이 좋아할 것 같았다. 그날 아침 미겔은 욕실 열쇠구멍으로 오랫동안 그녀를 지켜보았다. 그녀의 얼굴은 보이지 않았지만 뭔가 걱정이 있다는 것을 느낄 수 있었다.

카라카스에 살 때 소년은 가지고 놀 것이나 먹을 것 없을 때면 가끔 쓰레기통을 뒤졌다. 아버지가 아랫도리를 벗은 채로 고속도로를 운전하고 있었다는 얘기를 들은 후로 소년은 예전 기억을 더욱 많이 떠올렸고 예전 버릇 몇 가지가 되살아나기도 했다. 아버지의 이해할 수 없는 행동이 부드럽게 소년의 내부를 깨운 것이다. 소년은 밤에 침대에 누워 도움을 얻으려는 듯 혼응지 머리의 눈을 들여다보았다. 이제 소년에게는 두 인생, 두 나라, 두 명의 엄마가 있었다. 곧 그는 아버지가 없는 또다른 인생을 찾을 것이며 대학에 들어가면 또다른 인생을, 또, 또다른, 그리고 또다른 인생을 갖게 될 것이다. 얇고 깨지기 쉬운 그것들 하나하나는 지나온 인생의 소리를 작은 메아리처럼 울리고 있을 것이다.

부엌에 들어선 소년은 미국 엄마가 낯선 사람과 함께 앉아 있는 것을 보았다. 둘은 김이 모락모락 오르는 머그잔을 쥐고 있었다. 식탁 아래 있던 버스터는 낮잠에서 깨어나고 있었다. 버스터는 미겔을 보더니 바닥에 대고 꼬리를 께느른하게 탁탁 쳤다. 어른들이 몸을 돌렸다. 아, 너 언제 왔니?

살레스 반장은 소년의 손에서 홈 스위트 홈 매트를 낚아챘다. 소년의 모습에는 뭔가, 문제 해결의 단서 같은 것이 있었다. 상어가 물었던 자리에 새로 돋아난 분홍색 피부가 근질근질했다. 오후 내내 그 자리가 따끔따끔했다. 나중에 매트를 조사해본 결과, 팻의 혈흔, 개의 침, 화약, 죽은 개미, 진흙, 비료, 발자국 등이 검출되었다. 하지만 미첼 씨의 무릎 자국이나 질투심에 사로잡혀 현관 앞에 서 있었던 미첼 부인의 망설임, 그의 아들이 쓰레기를 보고 느꼈던 허기 같은 것은 없었다. 이 모든 것은 흔들려 떨어져나갔다.

그날 오후 살레스 반장은 상어가 옆을 지나갔을 때, 그리고 여전히 자기 다리가 붙어 있음을 깨달았을 때의 느낌과 똑같은 스릴을 느끼며 미첼 씨의 집을 떠났다. 그는 환희에 떨었다가 곧 극심한 피로를 느꼈다. 완전히 진이 빠져버린 것 같았다. 그는 갈 수 있는 데까지 갔다는 것을 알고 있었다. 상처도, 살인에 대한 해결도 없이, 다만 자신이 뭔가를 놓쳤다는 느낌과 채 완성되지 않은 일들에 대한 익숙함만이 있을 뿐이었다. 지금으로서는 일종의 희망을 품고 손을 뻗어 현관 매트를 선물로 받아들일 뿐이었다.

미첼 부인은 미겔의 어깨에 팔을 두르고 살레스 반장이 자신을 잡으러 오기를 기다렸다. 그녀는 지난 몇 주 동안, 용의자가 잡혀가고 풀려나고 신문 헤드라인이 바뀌고 장례식이 계획되는 동안 그랬듯이 계속 기다릴 것이다. 이러한 순간들의 가능성은 그림자처럼 그녀 위로 지나갔다. 그후에는 몸을 떨며 서 있는 그녀만이 남았다.

클라이드의 어머니는 장례식에서 관을 덮어두었다*. 교회 예배에서 미첼 부인은 조용히 앉아 있었다. 그녀의 남편은 신경이 곤두선 듯 손가락 관절을 우두둑 꺾었다. 예배가 끝난 후 그들은 집으로 돌아왔고 미첼 씨는 짐을 싸기 시작했다. 미첼 부인은 지붕 아래 창고에서 짐가방들을 꺼내는 소리, 옷걸이들이 흔들리는 소리, 지퍼를 닫는 소리, 가죽 허리띠의 버클 소리 따위를 들었다. 미첼 씨가 떠나겠다고 했을 때 미첼 부인은 목이 꽉 잠겨 아무 말도 할 수 없었다. 어디로 가는지 그에게 묻고 싶었다. 자신이 무엇 때문에 지금까지 이런 일들을 견뎌야 했는지도 묻고 싶었다. 그가 자신을 더이상 사랑하지 않는 이유도 묻고 싶었다. 하지만 이런 질문 대신 그녀는 아들을 요구했다.

그녀는 미겔이 형사에게 너덜너덜한 밧줄을 건네는 것을 보았다. 그 밧줄이 옆으로 지나갈 때 그녀는 며칠 동안 아무것도 먹지 못한 것처럼 목 뒤에 심한 통증을 느꼈다. 살레스 반장은 **홈 스위트 홈**을 손에 올려놓고 뒤집었다. 반장이 그것을 조심스럽게 테이

---

* 관 뚜껑을 열어두어 사람들이 고인의 얼굴을 보고 마지막 인사를 하게 하는 경우도 있다.

블 위에 올려놓아 미첼 부인은 '스위트'라는 글씨를 볼 수 있었다. 그녀는 소년이 처음 도착하던 날 아이를 위해 만들었던 우유를 기억해냈다. 그리고 이것은 자신의 끝이 아니라고 생각했다. 그녀는 자고 있는 개의 규칙적인 숨소리를 들을 수 있었다. 커피 향도 맡을 수 있었다. 그녀의 손아래 가만있던 미겔의 작은 몸도 느꼈다. 그녀는 생각했다. 이 뼈들, 이것이 나한테는 전부다. 미첼 부인이 물었다. 얘, 아가, 이게 날 위한 거니? 소년이 고개를 끄덕거렸다. 그녀는 소년을 꼭 끌어안았다.

타당한 조건들

사건은 동물원 관리소장에게 제출된, 일련의 요구사항을 적은 목록에서부터 시작되었다. 그 목록을 준비하는 데는 상당한 시간이 걸렸다. 기린들은 자신들의 상황을 이웃 우리의 마운틴고릴라에게 설명해야 했고 격렬한 협상 끝에 요구사항 목록을 손에 넣었다. 협상 내용은 커미션으로 먹이의 일정량을 셋으로 나누어야 한다는 것이었다. 삼분의 일은 통역, 삼분의 일은 고릴라의 몸짓언어 교사를 연결해준 것에 대해, 나머지 삼분의 일은 문서 작성에 대한 대가로. 선거를 통해 대변인으로 뽑힌 도에는 과장된 제스처를 써가면서 자신들의 우리를 에워싼 철망 울타리로 가까이 다가갔다. 그동안 관리소장은 나중에 후원자가 될지도 모를 관람객 무리를 이끌고 동물원을 돌고 있었다. 어쨌든 도에는 우아하게 울타리 가장자리 위로 목을 뻗어 이빨로 물고 있던 종이를 절묘하게 관리소장의 벗어진 머리 위에 내려놓았다.

처음에 관리소장은 자신이 좋아하는 동물들 가운데 하나가 장난을 친 것으로 여기고 웃어넘기려고 했다. 하지만 내용을 읽어내려가는 동안 귀가 새빨개지고 발진처럼 붉은빛이 목으로 번져나갔다. 수화 선생인 삼십대 중반의 까탈스런 여자는 이런 내용에 적합한 글씨체는 고딕체라고 주장했다. 그 의견에 따라 굵은 글씨체로 빽빽하게 써내려간 편지에는 이런 내용이 적혀 있었다.

친애하는 관리소장에게

이 동물원의 가장 큰 볼거리이자 삼 년 연속 인기 동물 톱 텐에 랭크되었으며 일 년 총 순수입의 팔 퍼센트를 벌어들이는 우리, 아래 서명자들은 이전의 협상에서 귀하가 보여준 무응답에 대한 대응으로 첨부한 요구사항 목록을 제출하는 바이다. 즉 우리의 확장, 먹이의 변경, 프라이버시법 76865E 항목의 위반 사실 시정. 만일 귀하가 또다시 요구사항을 무시한다면 예비 협정에서 언급한 우리의 권리를 확보하기 위해 우리는 필요한 조치를 취할 수밖에 없다.

친애하는

도에, 룰루, 프랜시스코

요구사항

1. 아카시아가 너무 많다

수입된 미국 동물인 우리도 다양한 문화의 풍미를 즐기고 싶다. 등나무는 어떤가? 대나무나 콤브레툼은? 아니면 단풍나무 잎은? 선인장도 조금 맛보게 해달라.

2. 좀 더 넓은 우리를 제공하라

버티컬은 수평으로 설치해달라. 이전에 제출한 불만서에서 썼듯, 오카피*도 우리의 것보다 더 넓은 십 평방미터를 할당받는다. 오늘날의 '미니' 트렌드와 부합한다는 이유로 오카피는 무기한의 특혜를 누리고 있다. 이 모든 것은 이 문서의 부록에 상세히 기록되어 있다.

3. 프라이버시를 지켜달라

명백한 신체적 특성 때문에 우리는 가장 사적인 순간들조차 감시받아 왔다. 칠 미터나 그 이상의 수목 구역을 설정해 우리 축사의 후방 사분원에 키 큰 나무를 심어준다면 안정감 있고 한적한 위안처가 될 것이다.

4. 삶의 질

우리는 귀하가 정해놓은 경계선 안의 세상에 살고 있다. 하지만 천부적인 특성 덕에 우리에게는 귀하가 그어놓은 선을 넘어 더 나은 것을 볼 수 있는 능력이 있다. 자동화된 스프링클러 시스템, 24시간 편의점, 우리 축사에서 팔 킬로미터 남서쪽에 위치한 뉴랜드 수목원의 즙 많고 풍

---

*기린과 비슷하나 그보다 몸집이 작고 목도 짧은 동물. 주로 콩고 지역에 서식한다.

성한 나뭇잎들. 이 모든 것으로 인해 우리는 보다 복합적인 경험을 하기를 희망하게 되었다. 더 근사한 내일. 실존의 확장. 아이스크림을 먹을 수 있는 가능성.

추신 : 유의할 것. 우리는 심장혈관이 약하니 우리를 흥분시키는 것은 위험함.

관리소장은 이 맺음말을 읽고도 전혀 웃지 않았다. 오히려 그는 기분이 상했다. 기린들은 오래도록 믿음직한 존재들이었다. 고등학생이었던 그가 똥 치우는 일을 시작했을 때부터 이 기린들은 동물원에 있었다. 그에게는 이것 말고도 아픈 머스크 황소, 남아메리카 나무개구리 전시 건, 그리고 디즈니 등 걱정거리가 많았다. 그는 요구사항 목록을 접어 앞주머니에 집어넣은 후 후원자들을 에뮤 우리로 안내해갔다.

이는 기린들이 전혀 예상치 못한 반응이었다. 아카시아 잎 조찬을 앞에 두고 도에가 프랜시스코에게 몸을 돌려 우리의 삶은 이런 게 아니라고 말한 후로 이 년이 지났다. 기린들은 그다음 일 년 반 동안 자신들의 불만을 알려서 얻을 수 있는 좋은 점과 나쁜 점을 토론하며 보냈다. 문서를 만드는 데만도 넉 달이 걸렸다. 고릴라는 많은 대가를 요구하면서도 결과물을 주는 데는 뜸을 들였다. 동물원 책임자에게 그 문서를 전해주기까지도 십삼 주의 시간이 필요했다. 그들은 참을성 있게 기다렸지만 그들의 요구사항과 감정, 그들이 가한 위협(동물원 관리소장이 진지하게 받아들이라는 뜻에서 "우리의 기분을 잘 파악하시오"라고 써야 한다고 룰루가 고집을 부렸다)은 철저히 무시당했다.

관리소장은 사자 우리 옆에서 후원자들과 점심을 먹은 후 동물원 사무실로 돌아왔다. 기린들의 요구사항을 적은 종이를 주머니에서 꺼내 손가락으로 잘 펴서 책상 위에 펼쳐놓았다. 그는 이 소문이 다른 동물에게로 금세 퍼질 것임을, 그리고 소동이 일어날 수도 있음을 알았다.

관리소장은 종종 동물원 운영을 아내 마틸다와의 결혼생활에 비유했다. 마틸다는 그가 루마니아를 여행하는 동안 만난, 몸집이 크고 화를 잘 내는 여자였다. 가끔은 그녀가 무서웠다. 하지만 아내의 위협적인 모습과 다리에서 엉덩이로 이어지는 뚱뚱한 부분에서 매력을 느끼기도 했다. 결혼 초기에 그는 권위적인 목소리 톤이 마틸다를 진정시킨다는 것을 알아냈다. 그가 날카로운 소리를 내지르면 그녀는 어깨를 축 늘어뜨리며 체념했다. 다음에는 그의 친절한 행동(그녀에게 달콤한 군것질거리를 잔뜩 먹이는 것)이 이어졌다. 관리소장은 그때가 자신의 사랑을 그녀가 받아들이는 유일한 순간이라고 생각했다. 그는 마틸다가 요구조건 목록을 내놓는다면 어떻게 할지 상상해보았다. 그녀의 면전에서 그것을 찢어버릴 것이다. 자신이 화가 났다는 것을 보여주려 할 것이다. 알아듣지 못할 고함을 지르고 주먹을 흔들어댄 후 원하는 건 뭐든지 해주겠다고 은밀히 설득할 것이다.

관리소장은 기린들의 요구를 공식적으로 거절하는 것이 최상의 대응이라는 결론을 내렸다. 더 나아가 벌을 내려서 반항하면 어떤 대가를 치르게 되는지 다른 동물들에게 보여주는 것도 좋을 듯싶었다. 모든 동물이 그런 목록을 작성하게 하는 일이 있어서는 안 된다. 하마는 무엇을 요구할 것인가? 또 웜배트는? 아마도 상황이 진정된 뒤 몇 달, 아니면 일 년 후 그는 비용이 덜 드는 몇몇 항목을 개선할지도 모른다. 동물들은 그러한 행동이 착한 마음에서 비롯된 거라고 믿을지도 모르고, 후원자들은 자신을 변화의 주역으로 인식할지도 모른다는 생각에 관리소장은 혼자 슬며시 웃었다. 그러고는 문서양식이 들어 있는 서류정리함을 열었다. 그가 기린의 'ㄱ'을 타이핑하는 순간 인터폰이 울렸다. 비서는 관리인이 흥분해서 전화했는데, 기린들이 모두 죽어버렸다고 했다고 전했다.

기린들은 자신들의 요구를 관철시키는 가장 확실한 방법은 동물원에서 자신들을 구경하지 못하도록 사보타주하는 것이라는 결론을 내렸다. 가짜 집단자살, 이 정도면 그들의 대의에 시선을 집중시킬 수 있을 것이다. 프랜시스코, 룰루, 도에는 다리를 허공에 쳐들고 횡한 눈으로 허공을 바라보며 목을 괴상한 각도로 꼰 채 길고 검은 혀를 입 가장자리로 척 늘어뜨리고 바닥에 길게 드러누웠다.

얼마 지나지 않아 아이들이 기린들을 보고 울기 시작했다. 부모와 선생, 베이비시터들이 공포에 질려 출구로 달려갔다. 순진무구한 아이들이 동물의 시체를 보고 마음에 큰 상처라도 입을까 봐 전전긍긍하면서, 디즈니였다면 이런 일은 일어나지 않았을 거라고 중얼거리면서.

관리소장은 황급히 골프 카트를 타고 사건 현장에 도착해 소리를 질렀다.

"이게 다 뭐야? 도대체 무슨 일이야?"

동물학자들, 관리인들, 아이 없이 동물원에 온 어른들이 울타리를 둘러싸고 있는 안전 난간 주위에 몰려들어 있었다. 그 울타리는 우리를 둘러싸고 있고 그 우리는 기린들의 몸을 둘러싸고 있었다.

"기린들은 살아 있습니다. 제가 숨 쉬는 걸 보았어요."

한 동물학자가 말했다.

"기린들한테 호스로 물을 뿌려볼까요?"

관리소장에게 전화를 걸었던 관리인이 말했다. 조금 전의 흥분은 가라앉은 듯한 목소리였다.

"어디 아픈 게 아닐까요? 아니면 우울증이거나. 정신과 의사를 데려와야겠어요."

다시 동물학자가 말했다. 그러자 아이 없이 혼자 온 어른 하나가 나섰다.

"내가 정신과 의사요. 이런 행동들로 봐서 지금까지 기린들은
학대받아온 것이 분명하오. 동물학대방지협회에 연락해 즉시 이
런 환경에서 기린들을 격리시켜야겠소."

관리소장은 눈을 감았다. 마틸다를 생각했다. 집으로 돌아갔을
때 그녀가 죽은 척하고 있는 것을 발견한다면 어떻게 할 것인가
상상해보려고 애썼다. 어마어마하게 큰 몸뚱이가 얼굴을 쳐들고
부엌 바닥에 누워 있는 광경을 떠올려보았다. 그녀의 다리 아래
쪽은 뒤틀려 있고 한쪽 눈만 뜨고 있다면 자신은 어떻게 반응할
것인가 생각해보았다. 얼마나 화가 나는 노릇인가! 감히 자살한
것처럼 연극을 하다니! 난생처음 그는 미련이나 공포가 섞이지
않은 순수한 분노를 느꼈다. 그래서 그는 한 동물학자가 가까이
가서 우리를 들여다볼 때 관리인에게 호스로 물을 뿜어 기린들에
게 본때를 보여주라고 명령했다.

룰루와 도에는 옆으로 누워 머리를 발굽 위에 놓을 수 있도록
목을 앞으로 구부리고 있었다. 둘 다 혀를 흙바닥에 늘어뜨리고
있었고 매순간 룰루의 꼬리는 팔딱거리는 듯 보였다. 프랜시스코
는 균형을 잡고 등을 바닥에 대고 목을 똑바로 한 채 누워 있었다.
두 앞다리는 가슴 쪽으로 올려붙이고 두 뒷다리는 V자 모양을 한
채 이 미터짜리 젓가락처럼 허공을 찌르고 있었다. 프랜시스코의
머리는 울타리 너머 구경꾼들을 향해 있었다. 그리고 죽음의 고

통을 확실히 표현하려는 듯 아래턱을 괴롭게 비틀고 있었다.

기린의 몸은 울타리 밖으로 삐져나가 있었다. 그들은 한 치의 틈도 없이 지구를 차지하고 있는 듯 보였다. 그들은 커다란 몸뚱이를 가진 전대미문의 동물이었다. 관리소장은 흙바닥에 널브러져 있는 동물들을 보고 진화에 관한 다윈 이전의 이론, 즉 기린의 목은 원하는 것을 얻기 위해 몸을 뻗다보니 길쭉해졌다는 이론을 생각해냈다. 마틸다의 마음속에는 어떤 종류의 욕망이 있을까 그는 궁금해졌다. 마음속으로 그는 그녀를 부엌 바닥에서 일으켜세워 다시 저 기린들 옆에 뉘어놓았다. 땅바닥에 누워 있는 마틸다를 눈앞에 그리자 자살 흉내는 무섭도록 진짜처럼 느껴졌다. 그는 왼쪽 팔에 찌르는 듯한 아픔을 느꼈고 아픔은 어깨를 지나 가슴까지 퍼져나갔다. 그의 눈에 눈물이 가득 고였다. 그는 골프 카트에서 뛰쳐나와 풀밭 위로 몸을 던졌다.

이 사건을 보도하려고 기자들이 속속 도착했다. 그들은 놀이공원에서 벌어진 사태에 관해 수십 통의 전화를 받았다. 그들은 풀밭 위에서 흐느끼는 관리소장의 사진을 찍었다. 호스를 붙잡고 씨름하고 있는 동물학자와 관리인의 사진도 찍었다. 걱정스러운 표정의 정신과 의사의 얼굴도 찍었다. 그리고 기린들을 찍었다.

기자들은 기사를 석간신문에 싣기 위해 쏜살같이 동물원을 빠져나갔다. 기사의 헤드라인은 다음과 같다.

기린들, 죽은 척하다. 관리소장, 자연을 거역한 범죄에 충격을 받다. 정신과 의사는 집단 자살의 관점에서 이 동물들을 말한다. 호스 사용을 비난할 수 있을까?

성 세바스찬 병원의 병실에서 관리소장은 후원자들에게 전화를 걸었다. 그는 가벼운 심장마비 증상을 보였다. 모니터와 연결된 작은 금속 전자침들이 그의 가슴 털에 들러붙어 있다. 마틸다가 그의 옆에 있다. 그는 그녀가 옆에 없으면 불안해한다. 이것을 아는 그녀는 그가 잠들었을 때조차 자신의 옷자락을 남편 손에 쥐여주었다. 남편이 요구사항 목록을 큰 소리로 읽는 동안 마틸다는 수화기를 그의 입가에 대준다. 다른 쪽 전화선 끝에는 침묵만이 있다. 후원자들은 심기가 불편하다. 부정적인 여론이 이미 동물원 티켓 판매에 영향을 끼쳤다. '죽은' 기린들 사진을 보고 화가 난 시민들이 관람 거부 운동을 조직하고 있는 중이다. 조사가 있을 거라는 뜬소문과 불평들이 오갔다. 후원자들은 기린들 때문에 이런 사태가 벌어진 것에 화가 났다. 그들은 관리소장에게 요구사항 목록이 외부에 노출되지 않도록 하라고 말했다. 그리고 지금은 재협상에 응할 시기가 아니며 우리가 원하는 것은 이 위기를 극복하는 것이라고 했다.

저항 삼 일째, 도에와 룰루, 프랜시스코는 우리에 나란히 누워 자신들이 이길 가능성을 따져보았다. 동물원 측은 저항하고 있는 기린들을 밖에서 볼 수 없도록 이동식 울타리를 우리 앞에 설치해 놓았다. 프랜시스코는 사람들이 더이상 자신의 연기를 볼 수 없다는 사실에 화가 났다. 자신의 공허한 눈빛 연기가 좋았다고 생각하기 때문이다. 콧잔등을 타고 오르는 개미들 때문에 지쳐서 이제는 일어났으면 하는 생각도 들었다.

도에는 땅에 착 붙어 있는 것이 괴롭지 않았다. 그 어느 때보다도 더 자연과 하나가 된 것을 강렬하게 느꼈기 때문이다. 도에는 사람들이 자신들의 요구에 귀 기울이고 해결해줄 것임을 의심하지 않았다. 그래서 그들 모두 좀더 참을성 있게 기다려야 한다고 생각했다.

룰루는 아무 말도 하지 않았다. 심장이 뛰는 것이 느껴졌다. 몸속의 피가 수평으로 흐르는 광경을 상상했다. 재미있을 거야. 피도 재미있을 거야. 힘들이지 않고도 가고 싶은 데를 쉽게 갈 수 있으니까. 룰루는 생각했다. 해가 지고 동물원이 문을 닫은 후 네 다리로 다시 서야 할 때면, 그녀는 잠시 머뭇거렸다.

후원자들이 기자회견을 열었다. 그들은 말했다. 우리는 행복한 사람들이다. 우리는 우리의 동물들도 행복하길 바란다. 그들은 동물학대방지협회에 고용되어 기린들을 대신해 동물원을 고소한 정신과 의사를 고용하기로 결정했다고 발표했다. 기자회견 후 그 정신과 의사는 고소를 취하하고 며칠 동안 기린의 우리 앞에 앉아 콧수염을 잡아당기며 기다란 노란 공책에 뭔가를 썼다. 그는 후원자들에게 그동안 기린들이 너무나도 무료하게 지내왔다고 알리고는 오락거리를 제공하라는 감동적인 탄원서를 보냈다. 후원자들은 나이트클럽 공연자 조합과 접촉해 음악가들, 성대모사 배우들의 공연, 카바레 연극을 번갈아가며 상연하도록 했다.

기린 우리 앞에 놓였던 이동식 울타리가 치워지고, 대신 나이트클럽 스타들의 트레일러, 무대 조명, 대형 스피커가 설치되었다. 쇼를 감상하기 위해 동물원을 찾은 사람들이 앉을 긴 벤치도 설치되었다. 첫번째 쇼는 주디 갈런드 쇼, 마르코니스의 저글링, 길버트와 설리번의 희극이었다. 커피와 도넛, 무료입장권이 기자들 모두에게 제공되었다. 뉴스의 헤드라인이 바뀌기 시작했다.

프랜시스코는 기뻤다. 그들의 행동이 관심을 끄는 데 성공했다고 느꼈기 때문이다. 나이트클럽 공연은 즐거웠고 그는 반짝이 옷이 점점 좋아졌다.

도에는 화가 났다. 이 모든 야단법석이 그녀가 자연과 소통하는 것을 방해하고 있었다. 도에는 자신들의 저항이 카바레의 노랫소리에 섞여버린 것에 의심을 품기 시작했다. 그녀는 생각했다. 저들은 왜 나무를 심어주지 않는 거지? 우리의 등나무 식사는 어디 있는 거야?

룰루는 침묵을 지켰다. 바닥에 누워 자살한 척하는 행위가 그녀를 변화시키기 시작했다. 때로 그녀는 이상한 것을 보고 신과 이야기를 나누는, 꿈꾸는 듯한 상태가 되었다. 이러한 상태는 룰루의 눈앞에서 푸른 불빛이 번쩍하면서 시작되었다. 그녀의 몸이 부들부들 떨리기 시작한다. 몸이 붕 뜨는 느낌이 든다. 몸은 점점 위로 올라가 둥둥 떠다닌다. 그러고는 불현듯 자신이 동물원 밖으로 나와 있음을 깨닫는다. 룰루는 도시를 가로지르고 빌딩 사이를 지나고 차량들 위를 스쳐 아파트 창문으로 미끄러져 들어갔다. 룰루의 눈에 저녁을 준비하고 텔레비전을 보고 전화로 수다를 떠는 사람들이 보였다. 샤워를 하며 오페라를 부르는 한 남자가 보였다. 메아리처럼 울리는 커다란 목소리는 허공을 가로질러 곧장 룰루의 귓속을 파고드는 듯했다. 그 상태에서 다시 현실로 돌아온 룰루는 흙바닥에 등을 대고 누워 경이로움에 차서 자신이 본 것을 되새겼다. 룰루는 이 얘기를 여러 번 해주었으나 친구들은 믿지 않았다. 도에는 룰루가 미쳐버릴까봐 걱정했고 프랜시스코는 관리인이 그들의 음식에 약을 섞기 시작한 것은 아닌가 의심했다.

저항 이 주째, 도넛이 썩어가고 기자들은 끝을 기다리고 있었다. 자살소동을 벌인 기린에 대한 대중의 관심은 사그라들고 있었다. 기린에 관한 기사는 일면에서 메트로 섹션으로, 그다음에는 리빙 섹션의 작은 칼럼으로 자리를 옮겼다. 나이트클럽 공연자 조합은 계약이 만료되어 짐을 쌌다. 기자들은 손가락에 묻은 흰 가루설탕을 털어내고 새로운 기삿거리를 찾아 떠나기 시작했다.

후원회는 재빠른 기지와 솜씨로 홍보상의 재난을 잘 넘겼다. 바야흐로 이 위기에 대한 빠르고 확실한 결단이 필요한 시점이었다. 그들은 새 기린들을 어디서 사들일 수 있는지 조심스럽게 수소문했다. 전화가 오고 갔고 가격을 흥정했다. 후원자들은 워트호그* 두 마리, 날다람쥐 한 마리와 함께 도에와 룰루, 프랜시스코를 순회 서커스단에 팔고 그 돈으로 캘리포니아 동물원에서 기린 세 마리를 사들였다. 순회 서커스단은 아무것도 묻지 않았다.

후원자들은 병원에 있는 관리소장에게 전보를 보내 기적이 일어날 거라고 알려주었다. 아침이 되어 동물원이 문을 열면 건강하고 이성적이며 낯선 환경 때문에 약간 어리둥절해하는 기린 세 마리가 열두 개의 완벽한 작은 발굽으로 새로운 보금자리를 가로질러 우아하게 걷고 있을 것이다.

룰루는 또다른 영상을 보았다. 룰루는 도시를 가로질러 둥둥 떠다니다가 성 세바스찬 병원을 지났다. 그리고 관리소장의 병실 창문 옆을 활공하면서 등 뒤에 베개를 괸 채로 온몸에 전자침을 연결하고 잠들어 있는 그를 보았다. 그 옆에서 뜨개질을 하는 마틸다도 보았다. 그녀의 한쪽 치맛자락은 관리소장의 손에 쥐여져 있고 다른 한쪽은 의자 한 귀퉁이에 걸려 있었다. 마틸다는 머릿수건을 두르고 앞뒤로 바삐 움직이는 바늘에 시선을 단단히 고정시키고 있었다. 룰루는 조금 열린 창문 옆으로 가까이 다가가 빙

---

* 동부 아프리카에 서식하는 돼지의 일종.

빙 돌다가 창문에 코를 바짝 갖다댔다. 콧김 때문에 유리창이 뿌예졌다.

관리소장의 병실 안. 바늘들이 째깍거렸고 심장 모니터는 삑삑 소리를 냈다. 그 시간, 관리소장은 꿈을 꾸고 있었다. 병원 기기들의 소리는 트랙을 따라 달리는 기차가 되었다. 째깍째깍 삑, 째깍째깍 삑. 룰루는 그 리듬을 따라 사육사의 꿈속으로 들어갔다가 순회 서커스단의 컨테이너 차량을 발견했다. 그 안으로 들어가자 마틸다가 짚더미 위에 웅크리고 앉아 있었다. 컨테이너 안에는 물도, 공기도 없었다. 마틸다는 나무 틈에 입을 바짝 대고 있었다. 숨을 쉬어보려고 애쓰는 마틸다의 입술에 가시가 잔뜩 묻어 있었다. 룰루는 두려웠다. 룰루는 관리소장의 손에 힘이 빠지면서 손가락 사이로 마틸다의 치맛자락이 스르르 빠져나가는 것을 보았다.

관리소장은 잠을 깼다. 팔을 뻗어 가슴에서 전자침을 잡아당겼다. 그러고는 담요를 걷어차내고 할 일이 있다고 중얼거렸다.

그의 다리는 하얗고 가늘었다. 그는 마틸다의 손을 잡고 몸을 지탱해 침대에서 일어났다.

룰루는 심호흡을 했다. 관리소장이 환자복 단추를 채우는 것을 마틸다가 도와주었다. 여기에 뭔가가 있다. 룰루는 생각했다. 꿈의 한 자락은 아직 머물고 있었다. 룰루는 꿈의 냄새를 잡으려고 애썼다. 숨을 들이마시고 숨을 내쉬고, 병실 안을 샅샅이 찾아보면서. 문득 룰루는 그 냄새가 무엇인지 깨달았다. 그것은 아프리카에서 그녀를 자빠뜨렸던 마취제 화살촉에 사용되는 화학약품 냄새였다. 그 냄새는 가까운 곳에서 나는 듯했다. 룰루는 자신의 몸이 미끄러지듯 사육사와 마틸다에게서 멀어지는 것을 느꼈다. 붕하는 그 소리와 바늘의 따끔한 아픔과 자신을 땅으로 잡아당겼던 둔중한 느낌을 떠올렸다.

룰루는 눈을 떴다. 그녀는 다시 동물원의 우리 바닥으로 돌아와 있었다. 어둠 저편에서 어떤 움직임이 느껴졌다. 수많은 손가락이 안전 레일 위를 기어오르고 있었다. 룰루의 길고 검은 혀는 바싹 말라 이물감이 느껴졌다. 입으로는 아무런 소리를 낼 수가 없었다. 그녀는 고개를 돌려 뛸 준비를 하는 프랜시스코와 도에를 보았다. 타다닥 하는 소리가 들리더니 마취제 화살이 번뜩이며 날아왔다.

두 기린이 나무처럼 쓰러졌다. 커다란 트럭이 후진해 우리 쪽으로 다가왔다. 뒷문이 열리고 이동식 발판이 미끄러지듯 나왔다. 룰루는 관리인들이 친구들을 실으려고 준비하는 것을 보았다. 룰루는 일어서려고 애썼다. 고개를 들자 어지러웠다. 다리가 후들후들 떨렸다. 더이상 다리로 몸을 지탱하는 방법이 기억나지 않았다.

그때 골프 카트 한 대가 나타났다. 환자복을 입은 관리소장이 타고 있었다. 운전하는 사람은 마틸다였다. 경사로 뒤로 뚱뚱한 신문기자들이 헉헉 숨을 몰아쉬며 모여들었다. 그들이 공짜 커피와 도넛을 포기한 마지막 순간이, 불법 기린 시장에 관한 특종을 쓸 최초의 기회가 된 것이다. 기자들이 터뜨리는 카메라 불빛이 어둠을 갈랐다. 밧줄에 꽁꽁 묶인 도에를 찍기 위해 플래시가 터졌다. 약 기운 때문에 멍해져 가만있는 프랜시스코에게도 플래시가 터졌다. 옆으로 누워 있는 룰루에게도. 달아나는 관리인들에게도 플래시가 터져 멀리서 그들의 유니폼이 빛에 희미하게 반사되었다.

마틸다의 도움을 받아 관리소장이 골프 카트에서 내렸다. 그는 주저했다. 겁이 나서가 아니라 환자복을 입은 모습을 보인다는 게 당황스러웠기 때문이다. 마틸다는 이것을 알아차리고 병원에서 짠 목도리를 건넸다. 그는 고마워하면서 목도리를 어깨에 둘렀다.

관리소장은 기린들이 누워 있던 자리로 걸어왔다. 기린들의 숨소리가 들렸다. 그는 몸을 낮추고 룰루 옆으로 가서 목 옆부분을 건드려보았다. 털은 짧고 거칠었다. 마치 자기 집 앞 현관에 놓인 매트 같았다. 룰루가 눈을 떴다. 룰루는 관리소장을 알아보고 또다른 꿈을 꾸고 있는 거라고 생각했다. 그의 가슴에 연결되어 있던 금속줄들, 그를 둘러싸고 있던 화학약품 냄새가 기억났다. 몸은 좀 어떠냐고 묻고 싶었지만 대신 룰루는 고개를 돌리고 입을 벌렸다. 길고 검은 혀가 관리소장의 손을 툭 건드렸다.

보존

유리 반대쪽에 한 가족이 있다. 메리는 붓을 들어 칠을 시작했다. 물론 그들은 그녀가 아니라 사자를 보고 있다. 사자 모형은 이빨을 드러낸 채 발톱을 플라스틱 얼룩말의 다리에 쑤셔박고 있었다. 입가에는 실리콘으로 된 침이 봉글봉글 맺혀 있다. 그 가족 중 붉은 머리 꼬마 소녀는 '설치가 끝날 때까지 기다려주십시오' 라고 씌어진 안내판 바로 옆에 서서 유리에 코를 박고 안을 들여다보고 있었다.

아버지가 딸을 들어올려 사자 우리로 집어던지는 시늉을 하자 소녀가 비명을 질렀다. 하지만 메리에게는 들리지 않았다. 아기를 태운 유모차를 밀고 있던 아내가 큰 소리로 남편을 나무랐다. 메리는 셔츠 소매의 트럭 무늬를 보고 유모차에 남자아기가 타고 있을 거라 짐작했다. 부인의 타박에 의기소침해진 남편은 딸을 내려놓고 배 위로 올라간 셔츠를 내려주었다. 그는 가족을 이끌고 막 다음 전시물을 향해 움직이려고 하다가 나무 근처에 서 있는 메리를 발견하고는 눈살을 찌푸렸다.

메리는 양서류와 파충류 디오라마관(館)*에서 일하다가 지난주부터 포유동물 디오라마관에서 일하고 있었다. 자연사박물관에서 일하기 위해 미술학교를 다닌 건 아니었지만, 결국에는 그곳에서 일하게 되었다. 그녀의 이력은 동네 레스토랑들의 벽화를 그리면서부터 시작되었다. 산과 강, 곧 손님들이 저녁으로 먹게 될 동물들이 있는 바다 속 등, 대부분 자연을 소재로 한 것들이었다. 그중 하나가 레스토랑에서 식사를 하던 해리 터너라는 남자의 눈에 들게 되었다. 그는 메리를 고용해 자기 집 욕조 위 천장에 젖가슴이 큰 사이렌** 세 명을 그려 넣게 했다. 그리고 특별히 젖꼭지는 장밋빛으로 그려달라고 주문했다.

욕조는 공원의 어린이 풀장만 했다. 메리는 사다리 위에 서서 눈을 감고 아버지가 가르쳐준 방식대로 색을 찾았다. 그녀는 꽃잎 아래쪽의 부드러운 부분과 꽃잎 한 켜 한 켜 사이의 비단결 같은 느낌을 상상했다. 메리가 그린 젖가슴에 만족한 해리 터너는

---

* 축소된 크기, 혹은 실물 크기의 동물 모형이나 그림을 전시해놓은 곳.
** 그리스 신화에 나오는 바다의 요정. 여자의 얼굴을 한 날개 달린 괴물로, 아름다운 노래로 선원들을 홀려 배를 난파시킨다.

친구들, 즉 사업 파트너와 위원회 멤버들에게 전화를 걸어 그녀를 소개시켜주었다.

자연사박물관의 일은 대부분 늦은 오후나 저녁, 학생 단체 관람객이나 여행자들이 대리석 복도에서 물러나 저녁으로 뭘 먹을지 생각할 무렵 시작되었다. 저녁에 아버지를 돌봐줄 간호사가 오면 메리는 집을 나와 박물관으로 온다. 그러고는 복구실을 감독하는 피셔 박사에게 보고를 한 후 일을 시작한다.

메리는 피셔 박사와 함께 전시실을 걸었다. 그들은 그녀가 하고 있는 일의 진행상황을 확인해야 했지만 피셔 박사는 그녀의 아버지 얘기를 하고 싶어했다.

"나는 대학 시절에 당신 아버지에 관한 논문을 썼어. 당신 아버지가 자기 털로 붓을 만들어서 썼다는 게 사실이야?"

메리는 웃기만 할 뿐 아무 말도 하지 않았다. 누가 아버지에 대해 물으면 그녀는 보통 이런 반응을 보였다. 그러면 질문을 한 사람은 곧 눈치를 채고 더이상 묻지 않았다. 하지만 피셔 박사는 그렇지 않았다. 그는 키가 작았고 이를 만회하기라도 하듯 꽤 근육질이었다. 그의 재킷의 팔 부분은 이두박근 때문에 팽팽했다. 그에 비하면 메리는 탑처럼 솟은 꺽다리였다.

그를 보면 고등학교 시절의 한 화학 선생님이 생각났다. 학년이 끝나갈 무렵 그 선생님이 직업 보디빌더로 이중생활을 하고 있다는 것이 밝혀졌다. 보통 때는 아주 조용하고 평범한 인상을 주는 선생님이었다. 그래서 한 친구가 쇼에 출연해 작은 팬티를 입고는 기름칠을 한 채 몸을 구부리고 있는 선생님의 사진을 보여주었을 때 메리는 당황해서 눈을 감고 말았다.

홀 한가운데는 커다란 검은 곰이 디오라마 바깥의 단 위에서 포즈를 취하고 있었다. 네 발로 선 곰은 뭔가에 막 정신을 빼앗긴 듯 고개를 쳐들고 있었다. 동물 뒤쪽 공간은 사람 하나가 안에 들어가도 될 정도로 둥글고 컸다. 피셔 박사는 한 손을 곰의 목에 올리고 말했다.

"난 당신 아버지의 딸로 살아가는 게 어떤 기분일지 상상도 못하겠어. 그에 비하면 다른 사람이 그린 풍경화를 복원하는 일은 정말 지루할 거야."

"당신이 고용한 사람은 내 아버지가 아니잖아요."

메리가 말했다.

사실상 디오라마 작업은 매우 흥미로웠다. 메리는 땀을 뻘뻘 흘리면서 마이클 에버렛이 칠십오 년 전에 그린 풍경화의 때를 스펀지로 닦아냈다. 조명이나 유리 부스 안의 공기 부족 때문이 아니었다. 벽 앞에서 작업하기 위해 한쪽으로 밀어둔 동물 모형들과 너무 가까이 있어서도 아니었다. 그 열기는 그림 자체에서, 세렝게티*의 땅과 나무에서 나오는 것이었다. 메리는 풀밭의 때를

---

* 탄자니아의 평원.

다 닦아내고 벽에 뺨을 갖다댔다. 너무 더웠다.

피셔 박사가 준 박물관 자료에는 마이클 에버렛에 대한 정보가 거의 없었다. 사진은 희미하고 글 내용도 분명하지 않았지만 에버렛이 평생 병에 시달렸다는 것은 알아볼 수 있었다. 그의 몸은 마르고 힘이 없어 보였고 눈 밑에는 그늘이 져 있었다. 카메라 플래시에 눈이 시린 듯 인상을 찌푸리고 있는 사진도 있었다.

그날 밤 메리는 도서관에서 빌린 박물관에 관한 역사책을 독파했다. 에버렛은 로치 가족과 친구 사이였다. 로치는 박물관 부지와 설립 자금뿐만 아니라 사냥대회에서 얻은 짐승들의 머리나 뿔 같은 기념물 컬렉션까지 기증한 사람이었다. 책에는 사파리에서 에버렛이 로치 가족들과 함께 찍은 사진이 실려 있었다. 에버렛은 로치의 막내아들 어깨 위로 몸을 기울이고 있었다. 메리는 아버지의 눈앞에 그 사진들을 들어 보이며 물었다.

"이 사람 알아요, 아빠?"

아버지는 고개를 저었다. 그리고 어딘가 불편하다는 듯 입술을 달싹거렸다.

"아파요?"

아버지는 고개를 끄덕였다. 메리는 호스피스 간호사 머세디스가 언제든지 사용할 수 있도록 준비해두고 간 주삿바늘을 꺼내고 아버지의 잠옷 자락을 올렸다. 끙 소리를 내며 아버지가 돌아눕자 메리는 작고 납작한 엉덩이에 재빨리 주삿바늘을 꽂았다. 아버지의 작품은 휘트니미술관과 뉴욕현대미술관에 전시되어 있었다. 오묘한 푸른색과 초록색으로 가득한 대형 캔버스 앞에서 관람객들은 미묘한 감정에 휩싸였다. 아버지의 생애에 관해 쓴 책도 두 권 있었다. 아버지는 그녀에게 색을 섞고 시점을 창조하는 방법과 엄마 없이 사는 방법을 가르쳤다. 이제 그는 잠옷을 입고 이따금 맞는 주사에 의지해 살고 있다.

몇 분 후 아버지는 이야기를 나눌 준비가 되었다. 낮의 대부분을 잠자는 데 보내는 아버지는 저녁에는 기분전환이 필요했다.

"뭘 그리는 화가라고?"

아버지가 물었다.

"풍경화요."

메리가 말했다.

"그 사진을 다시 보여주렴."

아버지는 로치의 막내아들을 가리키며 다시 말했다.

"오, 맞아. 들어본 것 같아. 에버렛하고 이 아들은 연인 사이였지."

"어떻게 아세요?"

"로치의 아들이 내 작품 몇 점을 샀어. 나한테 연애하자고 한 적도 있고. 그때 그는 에버렛이 자기 평생의 연인이라고 했다."

메리는 그 사진을 다시 한번 보았다. 중국인이 운영하는 국수공장 위층에 자리잡은 아버지의 작업실에 있는 로치를 상상해보왔다. 마룻바닥 밑에서는 밤낮으로 웅웅거리는 기계 소리가 났다. 환기구를 통해 증기처럼 밀가루가 뿜어져 나왔다. 그곳에서 아버지 최고의 작품이 탄생했다. 그녀는 아버지의 허락 없이는 작업실에 들어갈 수 없었다.

언젠가 그녀는 집의 문이 잠겨 있어서 작업실로 간 적이 있었다. 아버지는 어떤 남자의 몸에 팔을 두르고 간이침대에서 자고 있었다. 이십대로 보이는 젊은 남자의 가슴은 열 살짜리 소년처럼 부드럽고 털 하나 없이 매끈했다. 꼼짝 않고 나란히 누워 있는 그들의 모습은, 마치 화가가 그림을 그리기 위해 과일 그릇을 배치해 구도를 잡아놓은 것처럼 보였다. 메리는 천천히 뒷걸음질쳤다. 가슴이 두방망이질했다. 그때 남자가 눈을 떴다. 그곳은 그녀가 있어서는 안 되는 곳이었다. 침대에 있는 남자도 그것을 아는 듯 나른한 눈길로 그녀를 바라보았다. 아버지가 몸을 뒤척였지만 남자는 꼼짝하지 않았다. 메리는 잠시 남자를 바라보다가 문을 닫았다.

아버지는 애인을 집으로 데리고 온 적도, 그들 가운데 누군가를 그녀에게 소개해준 적도 없었다. 하지만 병을 앓기 시작한 후로는 딸과 함께 한 번도 그 얘기를 해본 적이 없다는 것을 잊은 듯 가끔 옛 애인들의 얘기를 꺼냈다.

"봐라."

아버지가 자신의 다리를 가리켰다. 라이스페이퍼처럼 얇은 피부에 검은색 실로 짠 레이스처럼 가느다란 모세혈관이 퍼져 있었다. 정맥은 굵고 푸르스름했다.

"과학 발전을 위해 내 몸을 기증할까 생각중이다."

"그런 말씀 마세요, 아빠."

"왜?"

"해부대 위에 놓여 있는 아빠는 생각하기도 싫어요."

"나도 어딘가에 쓸모 있는 사람이었으면 해서 그래. 아무것도 하지 않고 사는 건 이제 신물 난다."

메리는 아무 대꾸도 하지 않았다. 그녀는 이런 식으로 일 년간 아버지를 간호해왔다. 열여덟 살에 떠났던 집으로 돌아와서. 그녀가 일하러 가고 없을 때 방문객들이 아버지를 찾아온다. 미술학교를 졸업한 그녀의 작품 구입을 정중히 거절한 화상들과 아버지의 친구들이었다. 그때 아버지는 화를 냈다. 아버지는 그녀가 일 년 동안 이탈리아에서 공부하기를 바랐다. 하지만 그렇다 해도 그녀는 자신이 결코 예술가가 될 수 없음을, 최소한 아버지 같은 예술가가 될 수는 없음을 알고 있었다.

"머세디스는 어떠냐?"

얘깃거리가 궁해지면 그들은 늘 간호사 얘기를 꺼냈다.

"친구랑 스페인어로 전화 통화를 하던걸요. 제가 모르는 줄 알았나봐요."

머세디스는 이 근방에서 시간을 지킬 줄 아는 유일한 간호사였다. 유능하고 돌발 상황에 능숙히 대처했으며 항상 시간을 정확히 지켰다. 하지만 메리도 아버지도 그녀를 좋아하지 않았다. 아버지는 그녀에게 예술적 감각이 눈곱만큼도 없다고 생각했고 메리는 그녀가 아버지를 의자나 램프 다루듯 하는 데 기분이 상했다.

"넌 스페인어를 못하잖아."

"할 수 있어요."

아버지가 그녀를 미심쩍은 눈으로 바라보았다. 그때 메리는 아버지도 스페인어를 아는 게 아닌가 하고 생각했다. 이것 또한 아버지가 그녀에게 말해주지 않은 비밀 중 하나였다.

메리는 이동 디오라마에 있는 누 떼 중 일부의 이음매가 헐거워졌음을 알아챘다. 실밥이 보였던 것이다. 코들은 깨지고 뿔들은 불안정하게 기울어졌다. 그녀가 있는 유리방 안에는 모두 아홉 마리가 있었다. 다양한 크기와 시점으로 벽에 그려진 것들까지 합하면 아마 오백 마리도 넘을 것이다.

한 무리의 십대 소년들이 멈춰서서 유리 안쪽을 들여다보았다. 기껏해야 열세 살쯤 돼 보이는 소년들로, 짧은 시간 내에 키가 크느라 튼튼해질 틈이 없었는지 팔과 다리가 가늘었다. 그중 한 소년이 메리를 가리키자 모두 그쪽으로 돌아섰다. 그녀는 살짝 웃어주었다. 그들의 눈이 그녀의 몸을 훑었다. 모래와 비슷한 엷은 갈색 머리카락의 소년이 허리띠를 힘껏 당기기 시작했다. 다른 소년들이 좌우로 망을 봐주자, 모래 색깔 머리의 소년은 바지를 내리고 그녀를 향해 돌아서 엉덩이를 까 보였다.

순식간에 벌어진 일이었다. 소년이 엉덩이를 유리에 들이댄 순간 그녀는 등 아래쪽에 퍼진 붉은, 건강하지 못한 색깔의 여드름들을 보았다. 그러고 나서 소년들은 재빨리 흩어졌다. 그들이 와아 함성을 지르며 달려가는 소리가 홀에 울려 퍼졌다.

그녀가 그 일을 피셔 박사에게 보고하려고 사무실로 들어갔을 때 그는 발판을 딛고 올라가 책장 윗칸에 꽂힌 책을 꺼내려고 하는 중이었다. 발판에서 훌쩍 뛰어내린 그의 얼굴에는 하던 일을 방해받아 불쾌하다는 표정이 서려 있었다.

"어떻게 통솔교사 없이 아이들만 있었겠어?"

"교사는 한 명도 보이지 않던데요."

"어쩌면 당신이 꿈을 꾼 건지도 모르지."

메리는 자신의 손으로 피셔 박사의 목을 조르는 상상을 했다. 하지만 다음 순간 이 일을 더이상 문제 삼지 않기로 마음먹었다. 그녀는 일이 필요했다. 아픈 아버지에게 들어가는 돈 때문에 통장 잔고가 바닥을 드러내고 있었다. 그녀는 홀을 지나가면서 검은 곰을 뒤에서 찰싹 때렸다. 그리고 이동 동물 디오라마에 기어 들어가 붓을 들고 누에게 걷어차이는 피셔 박사의 캐리커처를 한 귀퉁이에 조그맣게 그려 넣었다.

그런 다음 그녀는 그림 위쪽, 동물들과 제일 떨어진 부분에 있는 작고 희미한 점들부터 작업하기 시작했다. 에버렛은 이런 점들 하나하나에도 어느 정도 개성을 부여했다. 어떤 점은 왼쪽으로 기울어지려 해서 마치 머리를 홱 쳐들고 있는 듯 보였고, 또다른 점은 막 다리를 들어 뭔가를 단호히 내리치려는 듯 보였다. 그는 거의 모든 부분에 걸쳐 무수히 많은 회색 점들을 그려 넣었고 그 위 여기저기에 검은색 음영을 주었다. 메리는 그림에 붓을 대기 전에 붓끝의 물기를 충분히 제거했다. 그리고 에버렛의 윤곽선을 정확히 따라갔다. 일을 할수록 먼지덩어리가 목구멍에 낀 듯 답답한 느낌이 들었다.

일에 열중해 있던 나머지 그녀는 홀의 불빛이 꺼진 것을 알아채지 못했다. 갑자기 유리를 두드리는 소리에 놀란 그녀가 사다리에서 펄쩍 뛰었다. 그 통에 사다리가 나동그라졌다. 그녀가 몸을 돌리자 피셔 박사가 옷소매로 아까 소년이 남긴 두 개의 타원형 자국을 닦아내고 있었다.

그가 미안하다는 듯 웃었다. 그는 아마도 메리보다 열 살쯤 많을 것이다. 절대 많은 나이가 아니다. 그가 손목시계를 가리키자 메리는 고개를 끄덕거렸다. 그녀가 짐을 다 챙기려면 몇 분 더 걸릴 거라는 몸짓을 해 보이자 그는 현관 앞에서 기다리겠노라고 몸짓으로 대답했다. 그들은 지난 몇 주간 이렇게 해왔다. 저녁의 몸짓놀이라 할 만했다. 그녀는 테레빈유에 붓을 헹구고 물감들을 챙긴 다음 툭 튀어나온 바위들 뒤, 뒷방으로 통하는 작은 문을 통해 기어나왔다. 홀로 나와 작업을 점검하기 위해 잠시 멈춰섰다. 벽의 절반이 완성되었다. 누 떼는 무리의 우두머리 가까이에 있고 몸집이 클수록 더 희미했다. 그 그림은 아버지가 그린 한 그림, 그러니까 맨 처음 병을 진단받았을 무렵 그리기 시작한 그림을 생각나게 했다. 미술학교를 다니느라 집을 떠나 있다가 돌아온 그녀는 침대에 누워 있는 아버지와 거실에 있는 그림을 보고 큰 충격을 받았다. 전에 아버지가 그렸던 것들과는 다른, 더 커질수록 희미해지는 이미지, 즉 좁은 곳에서 나왔을 때 갑자기 맞닥뜨리는 역폭발 같은 그림이었다.

그림도구가 든 가방은 무거웠다. 발소리가 대리석 바닥을 쩌렁쩌렁 울리는 동안, 가방 끈이 그녀의 어깨를 파고들었다. 불빛이라고는 디오라마 안에서 나오는 것이 전부였지만 출구를 찾기에는 충분했다. 모퉁이를 돌면서 그녀는 작은 포유동물 회랑을 슬쩍 내려다보았다. 그 끝 어둠 속에 커다란 뭔가가 웅크리고 있었다. 그녀가 멈춰서자 그것은 잠시 망설이다가 파충류실의 어둠 속으로 사라져버렸다.

메리는 갑작스런 공포가 다리 뒤를 타고 올라와 손끝으로 퍼지는 것을 느꼈다. 메리는 가방을 꽉 움켜쥐고 서둘러 밖으로 나왔다. 문 밖에서 피셔 박사가 손에 서류가방을 든 채 기다리고 있었다. 그의 작지만 울퉁불퉁한 어깨 때문에 재킷이 늘어나 있었다.

"저쪽에 뭔가 있어요. 개일지도 몰라요. 하지만 그보다는 컸어요."

메리는 이렇게 말하고 가방을 털썩 바닥에 떨어뜨렸다. 그다음 생각지도 않았던 행동을 하고 말았다. 양손으로 피셔 박사의 팔뚝을 잡고 매달린 것이다.

"확실해?"

"네."

피셔 박사가 문 쪽으로 갔다. 메리는 그에게 매달린 채 발을 질질 끌며 걸었다. 조금 전의 공포가 아직까지 다리에서 느껴졌다. 그녀는 땀을 흘렸다. 피셔 박사가 문을 조금 열고 머리를 안으로 들이밀었다.

"거기 누구 있어요?"

"대답하지 않을 거예요."

그녀가 속삭였다.

"불을 켜봐."

그가 그녀에게 명령하듯 말했다. 메리는 그의 팔을 놓고 뒤쪽 벽으로 손을 뻗어 스위치를 켰다. 하나, 둘, 셋. 머리 위의 전등이 켜졌다.

"어디야?"

"저기요."

그녀가 아래쪽 회랑을 가리켰다. 피셔 박사는 서류가방을 방패처럼 몸 앞에 갖다대고는 그쪽으로 걸어갔다. 메리는 조심스럽게 파충류실로 한 발을 들이미는 피셔 박사를 바라보았다. 그녀는 문손잡이를 꽉 붙잡고 있었다. 문은 피셔 박사가 이쪽으로 도망쳐올 경우 빠져나올 수 있을 만큼만 열려 있었다. 그의 발소리가 들렸다. 이제는 서류가방을 옆구리에 끼고 있었다.

"아무것도 없는데."

"하지만 분명히 봤어요."

그녀가 말했다. 메리는 여전히 겁이 났지만 파충류실로 통하는 회랑으로 더듬더듬 내려가보았다. 테이블의 두터운 유리판 아래에는 네 종류의 알이 진열되어 있었다. 각각의 옆에는 관람객과의 원활한 소통을 위해 박물관 측에서 최근 설치한 장치가 있었다. 알에서 무엇이 깨어나올지 맞혀보세요. 질문에 따라 버튼을 누르면 다른 쪽 유리판에 불이 들어오고 깨진 껍질을 군데군데 붙인 약품 처리한 새끼 악어, 뱀, 거북, 도마뱀 몇 마리가 나타나게 되어 있었다. 메리는 그쪽으로 기어가서 테이블 아래를 보았다. 그러고는 일어나 킹코브라, 염소를 삼키고 있는 악어의 몽타주를 구석구석 샅샅이 살펴보았다. 그녀가 밖으로 나오자 피셔 박사는 문을 잠갔다. 그리고 그녀의 손목을 잡았다. 그가 키스할까봐 메리는 잠시 겁이 났다. 하지만 곧 그가 가방을 들어주려고 하는 것뿐임을 깨달았다. 그는 시계를 들여다보았다. 숫자를 세는지 입술이 살짝 움직였다. 그녀는 구역질이 났고 이상하게 실망스러웠다.

메리가 집으로 돌아왔을 때 아버지는 안경을 쓴 채 그녀를 기다리고 있었다. 침대에는 잡지와 책들이 흩어져 있었다. 비쩍 마른 몸을 제외하면 아버지는 그녀가 십대 때 그토록 바라던 모습이었다. 텔레비전에서 흔히 보듯, 충고를 입에 달고 살고 매일 밤 집을 지키며 딸이 처녀성을 잃을까봐 걱정하는 아버지.

그녀가 고등학생일 때 아버지는 며칠씩, 어떤 때는 몇 주씩 국수공장 위 작업실 문을 걸어 잠그고 틀어박혔다. 그녀에게 수표책과 작은 현금 봉투를 남기고. 메리는 매일 밤 피자를 주문해 먹고 텔레비전을 보고 아버지를 미워하고 혼자 있다는 두려움 때문에 베개 밑에 칼을 넣어두고 잠을 잤다. 얼마 후에 아버지는 다시 나타나 그녀를 차에 태워 작업실로 데려가서 그동안 그린 그림을 보여주었다. 아버지는 항상 똑같은 질문을 던졌다. 이 그림을 보면 뭐가 생각나니? 그러면 메리는 오렌지, 파랑새, 야구공 등 그 순간 머릿속에 떠오르는 대로 아무 거나 말했다. 때때로 화가 덜 풀렸을 때 그녀가 말하는 이미지들은 조금 달랐다. 밧줄, 총, 출입구에 서 있는 킬러. 그녀의 대답을 들은 아버지는 다시 질문하지는 않았다. 연필로 짧게 뭔가를 끼적이고는 그녀를 데리고 나와 식당으로 갔다. 그러고는 베이컨과 달걀, 휘핑크림을 얹은 와플 등 그녀가 원하는 건 뭐든 시켜주었다.

메리는 머세디스를 깨워 보내면서 문 앞에서 수표 한 장을 건넸다.

"아버지는 좀 어떠세요?"

메리는 이런 질문을 해야 하는 것이 너무 싫었다.

"좋아요, 좋아."

머세디스는 메리의 얼굴을 쳐다보려고도 하지 않고 대답했다. 그녀는 수표를 접어 가방의 지퍼 달린 주머니에 넣느라 바빴다.

"주사 세 대, 배변 두 번. 목욕시켜드렸고요."

머세디스는 스웨터 소매를 끌어내렸다. 그녀가 집을 나설 때마다 하는 행동이었다. 메리는 그녀가 집 앞 진입로로 걸어내려가는 것을 보았다. 차에 타기 전 그녀는 성호를 그었다.

"해답을 찾았다."

아버지가 말했다.

"무슨 답이요?"

메리가 물었다.

"내 몸."

"아아, 아버지, 오늘밤엔 그만 하세요."

"라디오에서 들었다. 이 사람이 몸의 체액을 빼내고 플라스틱, 그러니까 실리콘 고무랑 수지로 채운대. 그럼 영원히 썩지 않는단다."

아버지는 그녀에게 카탈로그를 쥐여주었다. 위대한 예술작품인 양 포즈를 취하고 있는 부분부분 잘린 사체 사진들이 실려 있었다. 가발을 쓰고 숄을 두른 모나리자가 눈꺼풀이 제거된 채 입술 근육들을 다 드러내고 있는 사진도 있었다. 가운데에서 반쪽으로 쪼개진 미켈란젤로의 다비드 상도 있었다. 한쪽은 인대와 힘줄, 다른 쪽은 순전히 뼈뿐인 사진이다.

"이거 어디서 났어요?"

"내가 작가한테 전화를 했지. 그랬더니 보내주더구나."

메리는 카탈로그를 처음부터 끝까지 팔락팔락 넘겨보았다. 몸뚱어리들은 철저하게 재구축되어 있었다. 그녀는 담요 위에 놓인 아버지의 손을 보았다. 학교에 가기 전에 그녀의 머리를 땋아주고, 도시락에 음식을 담아주고, 열이 나는 그녀의 이마를 짚어보고, 그녀와 함께 줄넘기를 하고, 홉스카치*를 하던 바로 그 손이었다.

"이런 미치광이 갤러리에 아버지가 있는 거, 전 못 봐요!"

"너무 늦었다. 계약서에 벌써 서명했어."

아버지가 말했다.

북미 포유동물을 그리면서 에버렛은 색다른 붓놀림을 시도했다. 메리는 머스탱을 보면서 이것을 처음 알아챘다. 머스탱의 외피는 뻣뻣하고 억센 털 종류로 덮여 있었다. 그녀는 이마의 반점에 손을 대보았다. 그들이 마시는 강물에도 같은 종류의 하얀 반

---

* 돌차기 놀이.

점이 있었다.

이번에는 열기 대신 냉기가 느껴졌다. 마치 그녀가 그 벽을 통과해 강물에 막 손을 담근 것처럼. 먼지를 씻어내기 시작할 때 무슨 냄새가 났다. 햇빛에 말리는 젖은 건초 냄새처럼 달큼했다. 강둑 끝에서 선은 희미해졌다. 강물이 시작되는 곳의 붓놀림은 마치 에버렛이 붓을 잡고 있는 것조차 힘들어한 듯 매우 약했다.

메리는 홀 안으로 미끄러지듯 들어가 발뒤꿈치를 들고 피셔 박사의 사무실을 지나갔다. 색이 너무 희미하거나 형태가 너무 작아 무엇인지 알아볼 수 없는 경우에는 박물관 도서실에 소장되어 있는 에버렛의 노트나 스케치를 참고할 수 있도록 허가를 받아놓았다. 관장이나 후원자들만이 들어갈 수 있는 도서실. 책장에는 전시와 표본에 관련된 막대한 양의 카탈로그뿐만 아니라 로치 가족의 여행 기록들도 있었다.

그 머스탱들은 노스다코타 산(産)이었다. 백 년도 더 전에 죽은 것이다. 로치 가족은 머스탱 한 마리를 박제해서 드로잉 룸에 두었다. 에버렛은 그것을 작게 스케치해 카탈로그에 붙여놓았다. 머스탱은 벨벳 소파와 피아노 사이에서 자세를 취하고 있었다. 메리는 연대를 체크했고, 왜 붓놀림이 다른지 이해했다. 그 그림을 그릴 때 마이클 에버렛은 죽어가고 있었던 것이다.

여행 기록들 중에서 메리는 지방 신문에서 오려낸 그의 부고 기사가 클립으로 고정되어 있는 것을 발견했다. 인쇄된 글자는 지저분했고, 종이는 누렇게 바랬다. 그는 디오라마를 완성한 후 기력이 소진해 죽었다. 당시 로치 가족은 베니스에 있었다. 손으로 쓴 로치의 일기에는 산 마르코 광장이 너무나 덥다고 되어 있다. 에버렛에 대한 언급은 어디에도 없다. 메리는 로치의 막내아들이 에버렛의 죽음을 알리는 편지를 읽는 장면을 상상해보았다. 연인이 이미 땅에 묻힌 후 슬퍼하는 그를.

아버지는 일주일 내내 시신을 넘겨받을 예술가들과 의논했다. 〈칼레의 시민〉에 자리가 났다. 로댕은 아버지가 좋아하는 조각가 중 하나였다.

"나는 도시의 열쇠를 쥐고 있는 저 남자가 되고 싶어. 그의 얼굴 표정이 좋거든."

아버지가 말했다. 아버지는 턱을 들어올리고 눈을 살짝 찡그려 모든 것을 체념했으나 당당함을 잃지 않은 표정을 지으려고 애썼다.

메리는 아버지가 거울을 보며 연습하는 것을 지켜보았다. 비슷한 각도에서 찍은 아버지의 사진이 있었다. 그 사진은 메리가 아버지의 비밀을 알아내기 위해 참고한 전기 중 하나에 실려 있던 것이었다. 그녀는 회화에서 아버지가 처음 시도한 것들과 실패한 것에 관해 읽었다. 스튜디오에 있던 남자들에 관해 읽었다. 알코올 중독자로 한 파티에서 아버지를 만난 어머니에 대한 기사도 읽었다. 아버지는 더 나은 판단을 할 수 있었는데도 어머니와 결혼했다. 아버지가 갓 태어난 그녀를 안았을 때 받은 느낌에 대해 말한 기사를 읽었다. 그녀의 코가 얼마나 크게 보였는지, 그녀의 발바닥이 얼마나 부드러웠는지.

예술가가 전화를 걸어왔을 때 그녀는 아무 말 없이 전화기를 아버지에게 건네주었다. 그들은 함께 웃었다. 그러고는 고야와 윌리엄 블레이크에 대해 얘기를 나누었다. 그녀는 아버지가 말하는 것을 들었다.

"나를 수집가한테 팔아버리면 절대 안 되오. 나는 미술관에 있고 싶소."

그녀는 아버지가 부탁한 미술 책들을 서재에서 꺼내와 침대 옆 책 더미 위에 거칠게 내려놓았다.

"이 일로 네 기분이 좋지 않은 건 안다만, 이건 내 몸이지 네 몸이 아니야."

아버지가 말했다.

초인종이 울렸다. 메리는 뒤돌아 문을 열러 갔다. 소매를 걷어올린 머세디스가 현관 매트에 서 있었다.

박물관에서 메리는 어깨 뒤로 곁눈질을 하며 걸음을 빨리 했다. 디오라마 안에 있을 때조차 그녀는 안심할 수 없었다. 사다리 위에 올라가 구름 가장자리를 칠할 때 누군가가 자신을 보고 있다는 느낌이 들었다. 돌아보니 유리 반대쪽에 나이 든 커플이 보였다.

나이 먹은 여자의 핸드백은 남편이 입은 셔츠와 무늬가 똑같았다. 보라색, 푸른색 꽃이 프린트된 하와이언 무늬. 나이 든 남자는 샌들을 신고 있었다. 그가 메리에게 손을 흔들어 보였다. 그의 아내는 가방을 뒤져 안경을 꺼내 쓰고 설명판을 읽었다.

그때 받침대를 떠나 걸어다니고 있는 곰이 보였다. 얼굴은 둥글고 코와 입이 나온 부분은 털이 빠져서 맨살이 드러났고 눈은 갈색 유리로 만들어졌다. 곰은 홀의 대리석 바닥에 두 발로 서서 조금 거리를 두고 몸을 흔들며 그 커플 뒤를 따라가고 있었다. 우뚝 선 곰의 키는 이 미터쯤 되어 보였다. 나이 먹은 여자의 머리 냄새를 맡으려는 듯 곰이 앞으로 몸을 숙이려는 찰나였다.

"조심해요!"

메리가 비명을 질렀다. 사다리에서 뛰어내려와 두 손으로 유리창을 꽝꽝 쳤다.

여자는 가방을 떨어뜨렸고 그녀의 남편은 잠시 몸이 얼어붙었다가 빨리 여기서 벗어나자는 듯 그녀의 팔꿈치를 잡아당겼다. 둘은 정신 나간 여자를 보듯 메리를 바라보았다. 그사이 곰의 주의는 메리에게 쏠렸다. 나이 든 커플이 출구 쪽으로 가는 동안 곰은 두 앞발로 유리를 치기 시작했다. 뒷걸음질치던 메리는 영양에게 걸려 넘어졌다. 곰이 칠 때마다 유리창이 흔들렸고 그녀는 유리가 깨질까봐 겁이 났다. 곰은 표정 하나 변하지 않고 점점 더

세게 유리를 때렸다. 그러다가 다리 한 짝이 떨어져나가고 말았다. 갑자기 다리 하나를 잃게 된 곰은 중심을 잃고 나동그라지더니 그 떨어진 다리를 찾아 쥐고는 흔들어댔다. 그 바람에 속을 채운 말 털과 솜뭉치가 구멍에서 삐져나왔다. 메리는 뚜껑 문의 빗장을 찾아내 열고 뒷방으로 미끄러지듯 도망쳤다.

지난 주 회랑에서 본 바로 그 동물이었다. 메리는 확신했다. 출구까지의 거리를 계산하고 홀로 통하는 문을 조금 열었다. 곰은 사라지고 피셔 박사가 나이 든 여자의 가방을 들고 거기 서 있었다.

"도대체 무슨 일이야?"

그가 물었다.

곰은 원래 자리로 되돌아가 마치 막 숲에서 우연히 마주친 것처럼 놀란 표정을 짓고 서 있었다. 메리는 그것이 숨을 쉬는 것을 보고 싶었으나 몸뚱어리는 정물처럼 조용했다. 겉보기에 이상한 것은 떨어진 다리 한 짝뿐이었다. 피셔 박사는 가방 끈을 어깨에 척 걸치더니 두 손으로 그 다리를 들어올렸다. 그러고는 손가락으로 만져보고 나서 메리를 유심히 바라보았다. 그의 눈은 곰과 같은 갈색이었다.

"당신이 이랬소?"

"아뇨. 저절로 떨어져나갔어요."

메리가 말했다.

"그런 일은 있을 수 없어요."

피셔 박사가 얼굴을 찡그리며 말했다. 그는 재킷을 벗더니 접어서 핸드백과 함께 옆에 놓았다. 뒷주머니에서 휴대용 반짇고리 세트가 나왔다. 그는 적당한 바늘을 골라 실을 꿰고는 어떻게 다리를 붙일 것인지 세심하게 살폈다.

"당신은 앞부분을 잡고 들어올려요."

메리는 멈칫했다. 곰 가까이에 가기가 무서웠다. 피셔 박사는 자세를 낮추고 메리가 곰을 붙잡고 서기를 기다리고 있었다. 그녀는 받침대 위로 올라갔다. 그녀의 운동화가 주저하듯 가장자리에 걸쳐졌다. 메리가 몸뚱이 부근에 팔을 뻗자, 되튕기는 듯한 느낌이 약하게 전해졌다. 그 무게는 첫번째 수술을 마친 아버지를 부축해 화장실로 데려갔을 때 느낀 것과 비슷했다. 그는 딸이 화장실까지 부축해주는 것을 못 견뎌했다. 아버지가 볼일을 끝내면 그녀는 아버지의 팔을 쓰다듬었다. 아버지를 위해서라면 나는 무슨 일이라도 할 수 있어요, 하는 뜻으로. 곰의 털을 만지면서 그녀는 그런 생각을 했다. 그 동물은 테이블처럼 아무 감정 없이 뻣뻣하게 서 있었다.

"돌아가시기 전에 어머니가 바느질을 가르쳐주셨지. 어머니는 내가 결혼을 못 할까봐 걱정하신 거야."

피셔 박사가 말했다. 그리고 어느 정도 길이를 남기고 실을 이로 끊었다.

메리는 곰이 그녀의 팔 안에서 움직이기를 기다렸다. 그녀는

피셔 박사가 바느질하는 것을 보았다. 그의 목 뒷부분의 머리카락은 일자로 깔끔하게 깎여 있었다. `

"우리 아버지는 결혼을 믿지 않으셨어요."

"하지만 당신 어머니랑 결혼했잖아?"

"맞아요. 실수하신 거죠."

"그럼 당신도 예측 밖의 일이었겠군."

"그렇지는 않아요. 하지만 난 어떤 사람과 친밀한 관계를 맺는다는 게 상상이 안 돼요."

그가 고개를 들어 그녀의 표정을 자세히 살피자, 그녀의 얼굴이 빨개졌다. 곰의 어깨에 앞발이 덜렁거리며 매달렸다.

"이제 그거 내려놔도 돼."

메리가 몸을 기울여 천천히 곰의 몸뚱이를 바닥에 내려놓았다. 그녀가 팔을 빼자 양손은 온통 먼지투성이가 되어 있었다.

아버지는 그녀가 완성한 그림들을 가서 봐야 한다고 주장했다. 아버지가 말했다.

"네 첫 전시 오프닝이지 않느냐. 그것만은 놓치고 싶지 않다."

그러기 위해서는 준비할 것이 상당히 많았다. 그녀는 머세디스를 통해 호스피스 센터에서 휠체어를 빌렸다. 박물관에서 일하는 경비원에게는 휠체어를 내릴 수 있는 발판이 있는 밴 한 대를 빌렸다. 아버지는 정장을 입고 싶어했다. 메리는 아버지가 옷을 갖

춰 입는 것을 도왔다. 아버지의 몸은 쪼그라들어 꼭 남의 바지와
재킷을 입은 것 같았다. 그녀는 아버지의 목에 넥타이를 느슨하
게 매주었다. 그리고 몇 가닥 안 되는 머리카락을 빗어주었다.

"창문을 열었으면 좋겠다."

밴에 올라탄 아버지가 말했다. 메리는 창문을 모두 내렸다. 그
녀는 이미 지칠 대로 지쳐 있었지만 아버지는 기운을 차린 듯했
다. 운전하는 동안 그녀는 백미러로 차에 탄 개들이 보통 그러듯
이 바람에 얼굴을 내맡기고 있는 아버지를 보았다.

피셔 박사가 장애자용 출입구에서 그들을 기다리고 있었다. 그
는 자신이 안내를 하겠다고 고집을 부렸다. 메리는 어색해하면서
두 사람을 서로 소개했지만 아버지는 스스럼없이 박사를 대했다.
아버지는 수집품들과 박물관의 역사에 대해 물었다. 그리고 피셔
박사가 거북의 한살이에 대한 설명을 이십여 분이나 늘어놓는 동
안, 메리를 향해 눈을 끔벅거리고 손수건에 가래를 뱉어냈다.

마침내 그들은 전시 홀에 들어섰다. 피셔 박사는 지나치게 흥
분한 뒤라 기운을 잃었고 메리는 그 침묵이 고마웠다. 그녀는 아
버지의 휠체어를 단봉낙타, 쌍봉낙타가 있는 낙타 코너로 밀고
갔다.

"오, 아가! 저 모래 좀 봐라."

아버지가 말했다.

메리는 갑자기 숨이 턱 막혔다. 그 모래언덕에 질감과 빛을 되

돌려준 자신이 자랑스럽기는 했지만 찬사를 받을 준비는 되어 있지 않았다. 그녀는 배경에 있는 피라미드들이 세련되지 못하다면서 관심을 다른 데로 돌리려고 애썼다. 하지만 아버지는 그건 그녀가 아니라 에버렛의 선택이었다고 지적했다.

"네 그림이랑 같이 있으니 저 동물 견본들이 시시해 보인다."

그는 윙크를 하려 했으나 두 눈이 다 감겨버렸다.

메리는 아버지의 관심을 끄는 것이 자신의 복원 작품인지 그 밑에 있는 에버렛의 그림인지 확신이 서지 않았다. 그녀는 붓놀림을 흉내내고 색깔을 맞춰 골랐으며 선을 따라갔고 나무와 동물들에게 깊이감과 그림자를 주었으나 그중 어느 것도 원래 그녀의 것은 아니었다.

그들은 누가 있는 이동 동물 디오라마를 지나갔다. 아버지가 유리를 두드리며 말했다.

"이건 내 손으로도 그려보고 싶구나. 꼭 타임캡슐 같단 말이야."

메리는 아버지의 마음을 충분히 헤아리려고 애썼다. 아버지가 마지막으로 그린 그림은 자화상이었다. 푸른색과 검은색을 칠해 으스스한 느낌이 들었다. 아버지는 그 그림을 거실 벽에 압정으로 붙이더니 침대에 누워야겠다고 말했다. 그녀가 방문을 열었을 때 아버지는 담요를 턱까지 끌어당겨 덮고 있었다. 아버지는 겁에 질린 듯 보였다. 그녀는 병원에 가보자고 했고 아버지도 싫다고 하지 않았다. 그 순간 메리는 처음으로 느꼈다. 아버지가 없는 자신의 삶이 얼마나 공허할지를.

병석에 눕기 전까지 아버지의 손은 늘 물감으로 뒤덮여 있었다. 손가락 관절과 손톱들은 보라색과 붉은색으로 물들어 있었다. 그녀가 어렸을 때 아버지는 물감 섞는 법을 바로 자신의 손등과 팔목 살갗 위에 시연해 보였다. 한 가지 톤을 만들어내기 위해 팔레트 전체를 써버리기도 했다. 아버지는 그녀에게 진짜 흰색은 없다고 했다.

그들은 여전히 머리를 들고 불안정한 자세로 삐딱하게 서 있는 곰 앞에서 멈추었다. 아버지는 곰의 이빨에 관심을 보였다. 메리는 아버지가 곰의 입냄새를 맡을 수 있도록 휠체어를 최대한 입 가까이 올렸다. 흰곰팡이 냄새와 뭔가가 썩은 듯한 냄새가 합쳐진 그 냄새는 여러 주 동안 아버지의 몸에서 나던 냄새와 똑같았다. 그 냄새는 그녀가 아버지의 팔과 다리와 목을 씻길 때 스펀지에도, 물에도 흔적을 남겼다. 누군가 아버지를 휠체어에서 채어가기라도 하듯 메리는 아버지의 어깨를 움켜쥐었다. 그리고 그곳을 떠나 홀 아래쪽으로 휠체어를 밀었다.

"나, 아직 덜 봤다."

아버지가 말했다.

지나가는 디오라마의 유리마다 그들의 모습이 비쳤다. 그녀는 아버지가 자신을 멈춰세우려고 팔을 허우적거리는 것을 보았다. 할 수만 있다면 그녀는 아버지를 아버지 이름의 유리방에 보존해

두고 싶었다. 국수공장의 벽을 가로질러 씌어져 있던 한자를 그려 넣어서. 오일 튜브들을 진열하고 붓들을 펼쳐놓고 순서대로 작품을 걸어놓고, 한 귀퉁이에는 베개로 침대 자리를 돋워 세워놓고. 아버지의 모든 것을 그녀의 힘으로 보존하고 싶었다. 그녀는 소리를 지르고 싶었다.

피셔 박사가 서둘러 따라 붙으며 말했다.

"곰에게는 자연의 천적이 전혀 없습니다. 시간당 오십여 킬로미터의 속도로 뛸 수도 있습니다."

그는 당황한 듯 보였고 그녀와 눈을 마주치려고 애썼다. 자신이 뭔가 잘못을 한 건지 알고 싶었던 것이다.

메리는 재빨리 돌아서서 뒤를 보았다. 디오라마는 쇼 무대처럼 환하게 불이 밝혀져 있었다. 그리고 받침대, 곰이 있어야 할 그곳에는 아무것도 없었다. 그녀는 다급하게 뛰어야 할 것 같았다. 아버지를 곧장 비상구 쪽으로 밀어야 할 것 같았다. 하지만 그러지 않고 피셔 박사의 목소리에 귀를 기울였다. 그는 곰은 한 번에 여섯 달 동안 동면한다고 말했다. 곰의 심장 박동이 약해진다. 숨은 거의 쉬지 않지만 살아 있다. 메리는 곰이 그 깊은 잠에서 깨어나는 것을 상상했다. 당연히 제일 먼저 느끼는 것은 배고픔일 것이다. 그녀는 슬픈 실밥 자국이 있는 그 동물이 그들 뒤를 비트적거리며 따라오는 것을 느낄 수 있었다.

슬림의 마지막 비행

왜 릭이 토끼가 날 수 있다고 생각하는지 나는 알 수 없었다. 릭은 자신이 날 수 없다는 것을 안다. 내가 날 수 없다는 것도 안다. 녀석은 토끼에게 땅으로 곤두박질치지 않게 하는 뭔가가 있다고 생각했음이 틀림없다. 그렇지 않고는 절대 그렇게 토끼를 보내지 않았을 것이다.

릭의 아버지는 삼 년간 아무 소식이 없다가 불쑥 나타나 릭에게 그 토끼를 안겨주었다. 삼 년간 뿅 하고 사라졌다가 다 낡은 부츠를 신고 아들에게 줄 선물이 있다면서 갑자기 우리 집 현관 앞에 나타난 것이다. 똑똑똑. 나는 중간 문이 열리지 않게 잡고 그와 마주 섰다. 며칠이나 머리를 감지 않았기 때문이다.

나는 그에게 선물을 계단에 놓고 가라고 했다. 그가 상자를 내려놓자 그 안에서 뭔가 하얀 것이 움직였다. 나는 내가 준 열쇠를 그가 아직도 가지고 있는지 궁금해졌다. 그가 걸음을 옮기기 전까지 평정을 잃지 않고 있던 나는 급기야 허물어지고 말았다.

"근데, 나 보기 흉해?"

나는 그의 뒤통수에 대고 소리쳤다.

"근사해. 좋아 보여."

그가 말했다. 하지만 뒤돌아보지는 않았다.

릭은 그 토끼에게 슬림이라는 이름을 붙여주었다.

나의 아들 릭은 슬림에게 자기 옷을 입히고 인형이나 행운을 가져다주는 부적인 양 이리저리 데리고 다니기를 좋아했다. 처음에는 나도 토끼가 귀여웠다. 하지만 토끼가 점점 뚱뚱해져서 거의 릭만큼 몸집이 커지자 조금 겁이 났다. 슬림은 발톱도, 이빨도 있으니 사람을 다치게 할 수도 있었다. 나는 슬림을 주시했지만 말썽을 일으키지는 않았다. 슬림은 항상 릭의 팔에 축 늘어져 매달려 있었다. 슬림의 커다랗고 뭉툭한 뒷다리는 뭔가를 기다리듯 힘없이 덜렁거렸다.

릭은 언젠가 해변에서 끌고 온, 바닷가재를 잡는 낡은 나무 망태기로 뒷마당에다 슬림의 집을 만들어주었다. 녀석은 아홉 살밖에 되지 않았지만 손재주가 좋았다. 나무는 거칠고 우중충한 색깔을 띠고 있었다. 직장에서 돌아온 나는 릭이 마당에서 뭔가 새로운 것을 보태 슬림의 집을 늘리고 있는 것을 보았다.

"네가 학교에서 돌아와 지금까지 한 일이 이게 전부야?"

나는 릭에게 물었다. 그리고 집 한쪽 벽에 기대어놓은, 손으로 미는 낡은 잔디 깎는 기계를 가리키며 다시 물었다.

"왜 잔디는 안 깎았어? 그리고 내가 저녁으로 먹을 칠면조 요리는 어떻게 됐어?"

릭은 웃었다. 내가 농담하고 있다는 것을 아는 것이다. 그러고는 점박이무늬 자갈돌 한 무더기를 가져다놓고 엘모 풀*을 발라놓은 하얗고 얄따란 선 위에 일렬로 하나하나 붙였다. 나는 손가락을 거기에 대보았다. 끈적끈적했다. 손을 토끼집의 나무 사이로 쑥 넣어 토끼 털에 문질러 닦아냈다. 매끄럽다. 매끄러운 슬림.

나는 햄스터용 물병을 하나 샀다. 거꾸로 매달아놓는 이 물병은 목 부분에 작은 금속 공이 들어 있어 햄스터가 빨지 않는 한 물이 흘러나오지 않았다. 나는 알팔파 잎도 커다란 봉지로 하나 샀다. 매일 밤 나는 토끼 먹이를 낡은 마요네즈 병뚜껑에 부었다. 릭은 몹시 흥분해서 토끼집에 먹이를 넣어주기도 전에 다 흘려버렸기 때문에 다시 먹이를 가져와 병뚜껑을 채워야 했다. 나는 절대 흥분하지 않았다. 다만 먹이를 조금 더 부어줄 뿐이었다. 나는 그런 엄마다.

릭의 속옷을 입기 시작하면서 슬림은 골칫덩이가 되었다. 나는

---

* 미국 어린이들이 흔히 사용하는 엘모 캐릭터가 그려진 풀.

세탁을 하면서 그 사실을 알게 되었다. 빨래방에 갈 때마다 나는 항상 옷가지가 몇 벌인지 세었다. 그리고 세탁기에 넣은 빨랫감의 목록을 종이에 적었다. 티셔츠 네 장, 셔츠 한 장, 양말 스물일곱 켤레, 베개커버 여섯 장, 속옷 열세 벌, 수건 두 장. 나는 세탁이 끝나고 뭉쳐진 젖은 빨랫감을 세탁기에서 꺼내면서 목록을 하나하나 지워나갔다. 빨랫감을 잃어버리는 건 딱 질색이었다.

그날은 토요일이었고 나는 세탁기가 멈출 때를 기다리고 있었다. 기다리는 일은 어렵지 않았다. 그것은 내 시간이었다. 동전을 지불하고 얻은 내 시간이었다. 나는 세탁기의 작고 동그란 유리에 얼굴을 비춰보았다. 거기에 비친 것이 내 얼굴인지 확인하려고 혀를 날름 내밀었다.

빨간 불이 꺼진 후 나는 근처에서 바퀴가 달린 바구니를 가지고와 메모지를 꺼내들고는 목록을 확인해나갔다. 티셔츠 세 장까지 셌을 때 나는 갈색 얼룩을 발견했다. 막 세탁한 옷들에 짙은 얼룩이 묻어 있었다. 퍼머넌트 프레스, 엑스트라 소크, 쿼터 열여섯 개를 집어넣고 풀 코스를 돌린 후에 작은 똥 얼룩을 발견한 것이다. 나는 슈퍼맨이 그려진 팬티와 러닝셔츠를 집어들었다. 그것들은 온통 질척한 토끼 똥투성이였다.

나는 심호흡을 했다. 피부가 늘어나 팽팽해지는 것 같았다. 내가 막 바닥을 박차고 공중에 떠오른 듯, 공기처럼 가벼워진 것 같았다. 나는 똥을 쓰레기통에 버리고 세탁기를 처음부터 다시 돌렸다. 그러고는 집으로 돌아와, 밖에 나와 있던 릭의 머리에 똥으로 더러워진 팬티를 덮어씌웠다. 나는 양손으로 릭의 어깨를 움켜쥐고 흔들고 흔들고 또 흔들었다. 녀석의 얼굴이 하얗게 질릴 때까지, 그리고 내가 다시 땅으로 내려온 느낌이 들 때까지.

내가 흔들기를 멈추자 릭은 내 손에서 빠져나와 땅에 누워 더러운 팬티 속으로 얼굴을 묻었다. 녀석이 숨을 쉴 때마다 슈퍼맨이 오르락내리락했다. 나는 바로 그 옆 잔디 위에 앉았다. 잔디를 손으로 쓸다가 움켜쥐고는 흙과 함께 뜯어냈다. 그리고 슈퍼맨의 얼굴 위에서 앞뒤로 흔들어 뿌리에 붙어 있는 흙 알갱이를 털어냈다.

"봐, 이건 요정의 흙이야."

내가 말했다. 릭은 덮어쓰고 있던 팬티를 조금 끌어내려 다리 구멍으로 나를 보았다. 나는 녀석을 보고 웃음을 지었다. 그런 다음 일어서서 잔디뭉치를 던져버리고는 빨래를 널기 시작했다.

나는 빨래방에 있는 건조기를 사용하지 않았다. 가만둬도 잘 마를 텐데 뭐 하러 돈을 쓰겠는가? 빨래들이 빨랫줄에 매달려 있는 모습을 보니 마음이 차분하게 가라앉았다. 나는 빨랫감 하나하나가 어디에 있는지 볼 수 있었다.

릭이 처음으로 슬림을 창밖으로 던진 날, 직장에서 돌아온 나는 토끼집이 텅 빈 것을 발견했다. 뭔가 잘못되었다는 우스꽝스러운 느낌이 들었다. 부엌에 들어선 나는 내 느낌이 맞다는 것을 알아차렸다. 토끼는 싱크대 안에, 릭은 식탁 아래 있었다.

"뭐 하는 거야?"

내가 물었다. 나는 핸드백을 집어던졌고 릭은 자기 티셔츠를 집어들더니 머리에 썼다. 녀석은 자신이 뭔가 잘못했다고 생각할 때마다 이런 행동을 하곤 했다. 녀석을 추궁할 필요도 없었다. 내가 담배 한 개비나 와인 한 잔을 들고 쉬고 있으면 녀석이 머리 잘린 기수처럼 셔츠를 머리 끝까지 뒤집어쓰고 방으로 들어올 때가 있었다. 릭의 배는 훌렁 드러나 있고, 양쪽 소매에서 빠져나온 팔은 힘없이 매달려 건들거린다. 릭은 방으로 들어왔다가 나갔다가 한다. 한마디도 하지 않는다. 들어왔다 나갔다 하는 것은 신호다. 그럴 때 내가 해야 할 유일한 일은 릭이 어디에 있다가 왔는지 그 자취를 역추적하는 것이었고, 그러면 항상 뭔가 잘못된 것을 발견할 수 있었다.

슬림이 싱크대 안을 시끄럽게 긁어댔다. 발톱이 금속을 긁으면서 작고 소름끼치는 끽끽 소리를 냈다. 찍찍, 끽끽. 토끼는 온몸을 떨고 있었다. 게다가 큰 뒷다리 하나가 옆으로 삐죽 튀어나와 앞으로 나아가지 못하고 낑낑거렸다.

릭의 목소리가 식탁 아래에서 들려왔다. 릭은 내게 슬림이 높은 데서 떨어졌고 아무 거나 자꾸 깨물려 한다고 말했다.

"그래서 다리가 부러진 거니? 슬림의 한쪽 다리가 떨어져나가려고 해."

내가 말했다. 몸을 구부리자 릭의 작고 하얀 배가 보였다. 녀석의 가슴이 들썩이며 떨리고 있었다. 릭은 울고 있었다.

"이리 와."

내가 이렇게 말하자 릭이 나를 향해 기어왔다. 나는 아기를 안 듯이 녀석을 안아올려 내 무릎에 앉혔다. 셔츠를 녀석의 머리에서 끌어내려 끝자락을 바지 허리춤에 넣어주었다. 그러고는 릭의 얼굴을 감싸쥐고 뺨에 흐른 눈물을 엄지손가락 끝으로 꾹 눌러 닦아주면서 말했다.

"봐, 엄마가 잘 해결할게."

새가 찍찍거리며 울듯이 슬림은 날카로운 비명을 지르고 있었다. 나는 싱크대 아래 두었던 두꺼운 노란색 고무장갑을 꺼내 손에 꼈다. 토끼에게 손을 물릴 수는 없었다. 그러고는 천신만고 끝에 슬림의 다리를 연필 두 자루 사이에 놓고 절연 테이프를 감아 고정시킬 수 있었다.

"자, 오늘부터 일주일간 뜀뛰기 금지다."

내가 엄하게 말하자 릭이 웃었다.

그리고 나서 나는 일을 착착 처리했다. 우선 릭을 욕실로 데려가 수건에 찬물을 묻혀 얼굴을 닦아주었다. 약장에서 빗을 꺼내 물을 묻힌 다음 머리를 빗어주었다. 나는 한 번 더 웃게 하려고 릭을 꼬집었다.

"널 사랑하는 사람이 누구지?"

내가 묻자 럭이 대답했다.

"엄마요."

나는 시내에 있는 트루 밸류 철물점에서 열쇠 만드는 일을 한다. 나는 손놀림이 빨랐다. 나를 찾아오는 사람들은 한결같이 걱정스러운 얼굴을 하고 있다. 그들은 나를 위아래로 훑어본다. 단 몇 분이라도 열쇠를 다른 사람의 손에 맡기는 것이 신경 쓰이는 것이다. 어쨌든 그들은 열쇠를 나한테 건넨다. 나는 생각한다. 그들이 나를 볼 때 뭘 보는 걸까? 손에 금속조각들을 쥐고 원래 주인의 열쇠고리에서 열쇠를 빼내면서 나는 자물쇠에 꽂힌 열쇠가 돌아가고 문이 열리는 소리를 듣는다. 벽에 걸린 시계를 가리키며 나는 말한다,

"잠깐만 기다리세요."

나는 그들의 네모지고 동그랗고 길고 짧은 열쇠를 받은 후 뒤에 있는 벽판에서 같은 유형의 열쇠를 찾아낸다. 수백 종류의 열쇠가 깎이지 않은 채, 이빨이 생기지 않은 채 작은 고리에 매달려 있다. 그걸로는 어디에도 들어갈 수 없다. 나는 열쇠를 쥐고 기계 속에 단단히 고정시킨다. 그러고는 스페어 열쇠를 절단기 안에 넣은 다음 고글을 쓰고 모터를 가동시킨다. 바퀴가 빠르고 힘차게 돌면서 금속 가는 소리를 낸다. 안으로 밖으로 갈아낸다. 고정장치를 풀고 위로 올린다. 다시 고정시키고 안으로 밖으로 간다. 고

126

정장치를 풀고 올린다. 고정시키고 안으로 밖으로 간다. 고정장치를 푼다. 팅 소리가 난다.

"조심하세요. 뜨거워요."

내가 말한다.

나는 열쇠를 배달하러 갔다가 릭의 아버지를 만났다. 동물들을 볼 수 있는 농장이 딸려 있는 놀이동산의 키 높은 철창문을 여는 쉰세 개의 열쇠였다. 나는 팜랜드*까지 차를 몰고 갔고 안에 있던 사람들이 나를 반겨주었다. 그날은 반년에 한 번 열리는 지역 축제날이었고 릭의 아버지는 트랙터를 작동시키는 시범을 보이고 있었다. 무거운 벽돌을 사슬로 고정시켜 트랙터로 끄는 동안 바퀴가 정신없이 헛도는 바람에 진흙덩이가 그의 얼굴로 튀었다. 그것을 피해 고개를 돌리고 웃는 그의 표정은 봄비처럼 달콤했다. 나는 그것이 사랑이라는 것을 알았다. 두 번의 지역 축제날 다음에 나는 임신했다.

나는 그가 우리 집에서 자고 간 날을 달력에 X자로 표시해두었다. 그리고 그가 원하면 언제든지 올 수 있도록 열쇠를 한 벌 만들어주었다. 아이가 태어난 후 그가 집에 오는 날이 점점 뜸해졌다. 매주 월요일과 화요일이 한 주 걸러 금요일이 되더니 급기야 한 달에 한 번 일요일이 되었다. 달력에 X 표시가 있는 날이 하루도

---

* 놀이동산의 이름.

없게 되자 나는 내 얼굴에 X를 그리기 시작했다. 코를 따라 기다랗게 작은 선들이 생기더니 광대뼈 위에 가로로 줄이 가 그늘이 졌다. 나는 반짝거리는 토스터에 얼굴을 비춰보았다. 그러고는 발꿈치를 들고 릭이 잠든 침대로 가서 자는 녀석을 들여다보았다. 릭은 팔로 얼굴을 가리고 잤다. 한 대 얻어맞을까봐 피하는 것처럼 보였다.

릭의 아버지는 팜랜드를 그만두고 대륙을 횡단하면서 일하고 싶다고 했다. 그는 내가 만들어준 열쇠를 가져갔다. 늦은 밤이면 내 귀에는 그 열쇠가 문의 잠금장치에 꽂히는 소리가 들렸다. 그는 내게 편지 한 통, 엽서 다섯 장, 캘리포니아 산 멜론 하나를 보냈다. 그러고는 삼 년간 감감무소식이었다. 그러고 나서 슬림이 온 것이었다.

쿵 소리를 들은 것은 침실에 있을 때였다. 그것은 둔중하고 단단한 소리였고, 마지막으로 짤랑 하는 소리가 뒤따랐다. 나는 생각했다, **무슨 일이 일어났구나.** 나는 무슨 일이 벌어지면 늘 알아챈다. 릭이 내 방을 지나 계단을 뛰어내려가서 뒷문을 열고 나가는 소리가 들렸다. 나는 옷장에서 노란색 스웨터를 꺼내 입었다. 노란색은 내가 좋아하는 색깔이다. 노른자를 위쪽으로, 하고 중얼거린다.

나는 창문의 차양을 들어올렸다. 릭은 셔츠를 벗어서 잔디 깎는 기계 옆에 놓여 있는 뭔가를 덮고 있었다. 셔츠의 한쪽 소맷자락이 기계의 한쪽 날에 물리자 릭은 손가락으로 그것을 빼낸 다음 커다란 고무바퀴에 쓱쓱 문지르고는 뭔가의 밑으로 밀어넣었다. 태양이 녀석의 작고 하얀 어깨 위에서 눈부시게 반짝이고 있었다. 나는 창문을 열고는 고개를 내밀고 소리쳤다.

"릭! 그 셔츠 방금 세탁한 거야. 알아? 그러니까 땅바닥에 내팽개치지 마! 집어! 집어들란 말이야! 내가 네 쓰레기 처리반인 줄 알아?"

나는 릭이 이런 것들을 잊지 않도록 자꾸만 상기시켜주어야 했다. 나는 곧잘 이렇게 말했다. 나는 네 세탁부가 아니다, 나는 네 마누라가 아니다, 나는 뭐든지 마술처럼 할 수 있는 요정이 아니다.

내 목소리를 들은 릭은 우뚝 서더니 두 팔을 앞으로 나란히 하듯 올렸다. 녀석은 마치 프랑켄슈타인처럼 보였다. 꼬마 프랑켄슈타인. 릭의 셔츠는 여전히 땅 위에, 잔디깎기의 칼날에 물려 있었다. 그 밑에는 뭔가 심상찮은 덩어리가 놓여 있었다. 릭은 내가 그것을 보지 못하도록 하려는 것이다.

"비켜봐! 그렇게 바보처럼 거기 서 있다고 누가 속을 줄 알아? 넌 아무 잘못도 없으니, 좀 움직여봐."

내가 말했다. 릭은 눈 하나 깜짝하지 않았다. 그 자리에 얼어붙은 듯 보였다. 벌어진 입 안으로 작은 혀가 보였다. 나는 깊은 숨을 가슴 밑바닥까지 몰아쉬고는 소리를 질렀다. 나도 제정신이 아니었기 때문에, 또 겁을 줘서 릭을 그것에서 떨어지게 할 수 있을 거라 생각했기 때문이었다.

"비켜어어어어어어!"

바로 그때 그 작은 뭉치가 부르르 진저리를 치더니 풀쩍 뛰어올랐다. 풀쩍, 풀쩍. 그것을 뛰어올랐다고 표현할 수 있을지는 모르겠다. 그것은 차라리 비틀거림에 가까웠다. 질질 끄는 동작에 가까웠다. 그것은 잔디 깎는 기계에서 굴러나오더니 잔디밭을 가로지르기 시작했다.

"위로, 위로, 저쪽으로!"

릭이 소리쳤다. 창가에 서 있던 나는 릭이 고함을 지르고 그 소리에 따라 그 덩어리가 움직이는 것을 보고는 웃기 시작했다. 재미나는 광경이었다.

나는 아래층으로 내려갔다. 내 뒤로 중간 문이 흔들리다가 끼이익, 쾅 소리를 내며 닫혔다. 쿵쿵쿵. 드디어 밖으로 나왔다. 릭의 두 눈은 펄럭거리며 멀어지는 셔츠에 고정되어 있었다. 나는 그것을 쫓아가기 시작했다. 한 편의 쇼였다.

"이리 돌아와, 요놈의 셔츠야! 나한테서 도망갈 수 있을 것 같으냐?"

내가 소리쳤다. 그것은 나를 따돌리려는 듯 지그재그로 움직였으나 나는 쉽게 따라잡고는 발로 꽉 눌렀다. 그리고 그것을 꽉 움켜쥐고 한쪽을 들어올려 흔들기 시작했다.

"잡았다!"

내가 말했다. 작게 말려 있던 셔츠가 풀리더니 슬림이 나왔다. 갈가리 찢겨 온통 하얗고 붉고 끈적거리는 덩어리 같았다.

누가 귀 뒤쪽에서 뒷다리 근육 바로 앞까지 칼질을 한 것처럼 보였다. 슬림이 움직이자 제대로 잘리지 않은 피부와 거죽 전체가 벗겨져서 피범벅이 된 분홍색 스펀지 같은 근육이 보였다. 내가 발로 쿡 찌르자 슬림은 바닥에 푹 퍼져버렸다. 토끼의 작은 앞발의 일부도 사라지고 없었다.

나는 뒤돌아 릭을 보았다. 녀석은 두 팔을 나에게 향한 채 그 자리에 서 있었다. 꼬마 프랑켄슈타인. 나는 풀물과 토끼 피로 얼룩진 셔츠를 들고 걸어가 녀석 앞에 무릎을 꿇고 앉았다. 릭은 팔을 내 어깨 위에 내려놓았다. 내가 릭을 내 쪽으로 끌어당기자 녀석의 손이 내 어깨를 꽉 쥐었다.

"가자!"

내 말에 녀석은 팔을 툭 떨어뜨렸다. 녀석은 처음에는 내 오른쪽 어깨를, 다음에는 왼쪽 어깨를 보다가 그다음에는 어깨 너머로 풀밭 위에 널브러져 있는 슬림을 보았다.

"엄마를 봐!"

나는 이렇게 말하고 릭의 턱을 쥐고는 내 쪽으로 끌어당겼다. 아버지를 꼭 닮은 턱이다. 길고 가운데가 살짝 패어 있다. 나는 턱 가운데 들어간 그곳을 엄지손가락으로 세게 눌렀다.

나는 릭에게 그 셔츠를 입혔다. 목 부분을 아래로 잡아당겨 머리를 뺐다. 그러자 얼굴에 녹물 같은 붉은 줄이 생겼다. 나는 셔츠를 릭의 배 위로 잡아당겼다. 옷은 축축하고 차가웠다. 내 손가락 마디에서 굳어가는 피는 절대 씻어낼 수 없을 것이다. 릭은 소매에 팔을 밀어넣었다. 그때 뭔가가 소매에서 잔디 위로 떨어졌다.

처음에는 똘똘 뭉친 휴지조각이라고 생각했다. 릭은 항상 휴지를 꽁꽁 뭉쳐서 손에 쥐고 다녔다. 릭의 침대 시트를 갈 때면 마치 밤새도록 찢어댄 양 갈가리 찢어진 휴지가 수북이 쌓여 있었다. 하지만 이번에는 휴지가 아니었다. 그것은 슬림의 앞다리였다.

우리 둘은 잠시 그것을 바라보았다. 잔디 위의 작고 하얀 물건. 갑자기 내게 어떤 생각이 떠올랐다.

"집어들어!"

내가 말했다. 릭은 땅만 뚫어져라 쳐다보고 있었다.

"어서!"

내가 재촉했다. 릭은 셔츠 목 부분을 잡고는 머리 위로 올리려고 했다.

"안 돼!"

나는 이렇게 말하고 셔츠를 끌어내렸다.

"더이상 숨으면 안 돼. 그건 어린애들이나 하는 짓이야. 자, 엄마가 원하는 건 네가 저것을 집어올려 버리는 거야. 네가 한 짓은 네 손으로 마무리하는 걸 배울 때가 됐어. 나머지는 엄마가 처리

할게."

나는 슬림의 다리와 릭을 거기 내버려두고는 집 안으로 들어가 싱크대 밑에서 노란 장갑을 꺼냈다. 물리면 안 되지! 그런 다음 다시 밖으로 나갔다. 릭은 작은 토끼 다리 조각을 집어들고 발바닥의 검고 폭신폭신한 부분을 손가락 끝으로 누르고 있었다.

나는 빨랫줄에서 수건을 걷고 빨래집게를 주머니에 넣었다. 그러고는 널브러져 있는 토끼 쪽으로 가서 수건으로 토끼를 둘둘 싸서 안고는 안으로 들어갔다.

슬림은 움직이지 않았다. 나는 조심스럽게 싱크대 안에 내려놓고는 수건을 열어젖히고 슬림을 들여다보았다. 죽었을지도 모른다고 생각했지만 어깨 부분을 건드리자 슬림은 내게 발톱을 세우면서 날뛰기 시작했다. 나는 어디로도 도망갈 수 없게 슬림을 꽉 쥐었다.

나는 약장을 휘저어 코데인*을 찾아냈다. 그것을 가루로 만들어 슬림이 마시는 물에 탔다. 나는 유리 물병을 아기들의 우윳병처럼 쥐고 그 물을 먹였다. 효과가 있었다. 슬림이 진정하자 나는 남아 있는 작은 발을 꽁꽁 싸주었다.

그다음에는 바늘을 찾아내고 약장에서 민트향 치실을 꺼냈다. 주방으로 다시 돌아갔을 때 슬림은 정신을 잃은 상태였다. 나는

---

* 진통제의 일종.

슬림의 찢어진 살가죽들을 잡아당겨 서로 겹쳐놓은 다음 주머니에서 빨래집게를 꺼내 집어놓았다. 그리고 치실을 잘라내 바늘에 꿰기 위해 끝에서부터 입술로 죽 훑어내렸다. 민트 맛이 났다. 그런 다음 바늘에 꿴 후 끝을 매듭지었다. 바늘 끝을 피부에 찔러넣을 때 약하게 퍼덕거리는 느낌이 들었지만 그후로는 아무 문제 없이 바느질을 할 수 있었다. 나는 십자뜨기로 슬림의 옆구리를 잘 꿰매주었다. 침모는 아니었지만 솜씨는 그리 나쁘지 않았다.

릭의 아버지는 미국 곳곳을 여행하기 전 내게 전화를 걸어 릭이 보고 싶다고 말했다. 그는 우리를 팜랜드의 직원 야유회에 데리고 갔다. 우리는 〈가금의 세계〉 코너로 오고 가는 길과 목초지 주변의 길을 따라 걸었다. 릭의 아버지는 내가 만든 열쇠로 문을 열고 우리 안으로 들어가 동물들을 만져볼 수 있도록 해주었다. 공짜로 말도 태워주었다.

우리는 팜랜드의 학습센터에도 들렀다. 아이들이 동물들의 해부된 모습을 공부하거나 농장에서 하는 일들을 실제로 해볼 수 있는 곳이었다. 한쪽에서는 뷰파인더가 달린 특수 제작된 고글이 준비되어 있어서 그것을 쓰면 소의 눈에는 사물이 어떻게 보이는지, 오리의 눈에는 사물이 어떻게 보이는지 알 수 있었다. 안쪽에 여러 종류의 거울이 부착되어 있어서 색을 분별할 수 없는 동물의 경우에는 색이 없이 보이고, 정면만 볼 수 있는 동물일 경우에는 옆부분을 차단시키고, 사물을 분해해서 보는 동물의 경우에는 조각조각내어 보이게 하는 것이다.

나는 동물 뷰파인더 두 개를 집어들어 썼다. 그러고는 릭의 아버지를 보았다. 나는 생각했다. 개한테는 당신이 이렇게 보이는군. 닭한테는 당신이 이렇게 보이는군. 나는 릭이 서 있던 곳으로 얼굴을 돌렸지만 아무도 없었다. 하늘뿐이었다. 나는 릭을 찾아 발아래를 내려다보았지만 땅 위에는 내 발뿐이었다. 두 발은 아주 멀리 있는 것처럼 보였다. 진짜 내 발이라는 것을 확인하기 위해서는 발을 움직여보아야만 했다. 발을 질질 끌어보고, 발가락으로 땅을 콕 찍어보고, 땅을 톡톡 차본 후에야 진짜 내 발이라는 것을 알 수 있었다.

릭이 슬림을 마지막으로 창밖으로 던졌을 때 나는 마당에서 침대 시트를 빨랫줄에 널고 있었다. 바람이 내가 쥐고 있는 시트를 잡아채 끌어당기는 통에, 시트가 잔디 위에서 펄럭거리지 않게 하려면 단단히 쥐고 있어야만 했다. 베개커버 하나, 빨래집게 두 개가 내 손에 남아 있을 때 나는 릭이 외치는 소리를 들었다.

"위로, 위로, 멀리!"

내가 소리 나는 쪽을 쳐다보니 릭이 슬림을 삼층 창문에서 밖으로 내던졌다.

슬림의 실루엣을 따라 털이 깃털처럼 펄럭거렸다. 귀는 뒤로 젖혀지고 사지는 쭉 뻗은 채 옆구리 살갗은 공기를 움켜쥐려는 듯 팔랑거렸다. 릭은 작은 망토를 토끼의 목에 둘러놓았다. 나는 그것이 내가 설거지할 때 쓰는 낡은 천조각이라는 것을 깨달았다. 나는 내 얼굴을 향해 곧장 날아오는 슬림을 보고는 생각했다. 멍청한 토끼 같으니라고. 아래쪽은 쳐다보지도 않는군.

슬림은 더이상 토끼처럼 보이지 않았다. 슬림은 지난 이 주일 동안 다리 세 개로 절룩거리며 돌아다녔다. 우리는 슬림의 회복을 돕기 위해 우리를 집 안으로 옮겼다. 하지만 그것도 별로 효과가 없었다. 슬림은 코데인을 탄 물이나 당근주스를 빨아먹는 것 외에는 아무것도 먹지 않았다. 슬림의 피부가 뼈에 들러붙기 시작했다. 내 쪽으로 떨어지는 슬림을 보고 그것이 그의 마지막 비행이라는 것을 알았다.

무슨 일이 일어나고 있는지 슬림이 알고 있을까? 나는 궁금했다. 착륙을 준비하느라 남아 있는 작은 발을 흔들고 있는 것일까, 아니면 작은 뇌로는 생각하기 벅찬 일이라 우연히 저러는 것일까. 아마도 릭을 떠나 나한테 오는 것, 이것은 슬림에게 새로운 느낌일 것이다. 아마도 그는 즐거운 시간을 보냈을 것이다.

그해의 히트맨*

---
* 암살자. 살인청부업자.

암브루조는 뱃속에서 주먹부터 나왔다. 젖은 푸르스름한 몸뚱이를 보고 겁에 질린 그의 할머니 노나는 몸을 따뜻하게 해주려고 손자를 앞치마로 싸서 오븐 속에 넣었다. 몸을 구부려 금속 선반 사이에 놓인 손자를 들여다보면서 노나는 기괴한 공포를 느꼈다. 그 공포는 손자의 피부가 제 색깔을 찾은 후에도 사라지지 않았다. 나중에 그녀는 사자(死者)의 몸에서 피부색이 되살아나는 것을 보는 듯했다고 말했다. 그녀는 나직한 목소리로 재빨리 성모 마리아에게 기도를 올린 다음 오븐용 장갑을 끼고 손자를 오븐에서 꺼냈다.

어느 날 이른 오후, 노나는 가족이 운영하는 빵집의 뒷방에서 밀가루를 뒤집어쓴 채 반죽 밀대를 입에 꽉 물고 있는 딸을 발견했다.

"저, 임신했어요."

실비아가 말했다. 그녀의 목소리는 개가 으르렁거리는 소리처럼 들렸다. 통통하게 살이 찐 편이라 노나는 딸의 변화를 눈치채지 못했다. 나중에는 노나가 그것을 모두 기억해내겠지만 어쨌든 지금은 반죽 작업대 위에 공간을 마련해야만 했다. 설탕, 소금, 버터를 한쪽으로 치우고 그녀는 딸을 일으켜세웠다.

진통 간격이 점점 짧아지자 그녀는 딸에게 누구의 자식이냐고 물었다. 하지만 실비아는 대답하려 들지 않았다. 근육을 갈가리 찢는 하얀 열기 속에서도, 그사이 예정된 마비의 순간에도 말하지 않았다. 그녀 몸 한 부분이 안쪽에서 파열되어 느슨해지고, 몸에서 나온 피 때문에 그녀가 미끄러졌을 때도, 그리고 아무것도 남지 않았을 때까지. 그리고 그녀는 죽었다.

노나는 딸을 묻고는 빵집으로 아기를 데리고 왔다. 그녀는 아기의 자라나는 갈색 곱슬머리를, 짙어지는 푸른 눈을 자세히 보면서 어린 딸을 죽인 남자가 누구인지 알아내려 했다. 그녀는 거리에서, 일요일의 교회에서, 산 젠나로, 산 안토니오, 코푸스 크리스티 축제에서 그를 찾았다. 그녀는 참을성이 많은 여자였다. 그녀는 밀가루를 컵에 채우고 계량하듯 때를 기다리면서 시간을 가슴 언저리에 쌓아두었다.

그녀는 아기의 이름을 자신의 증조할아버지 이름을 따서 지었다. 흐릿한 사진으로 본 증조할아버지의 얼굴에는 하얀 얼룩이 희미하게 남아 있었다. 햇빛이 반사된 것이거나 흰 콧수염일지도 몰랐다. 암브루조 스파네티는 조용한 아이였다. 그는 커갈수록 영리해졌고, 그의 할머니는 손자에게 의지하기 시작했다.

파브리지오 부인은 트로피컬* 랩어라운드 드레스**를 입고 그에 어울리는 색으로 염색한 구두를 신는 것을 좋아했다. 구두는 모두 같은 스타일이었다. 발목 부분이 끈으로 된 또각거리는 하이힐. 암브루조는 매주 그 구두들을 기대에 차서 보았다. 그는 열 살이었고 열 살짜리 아이가 뭔가를 사랑하는 방식대로 구두를 사랑했다. 좋아하는 색깔만 고집하면서. 하지만 노나는 그녀를 신뢰하지 않았고 어깨 언저리에 느슨하게 늘어뜨린 길고 검은 머리카락을 좋아하지 않았다. 파브리지오 부인이 주문하기 위해 카운터 위로 몸을 기울일 때면 노나는 항상 그녀가 현금을 넣어둔 서랍 안을 들여다보려 한다고 생각했다.

어느 화창한 토요일 오후, 암브루조는 롤빵 열두 개를 파브리지오 부인의 아파트로 배달했다. 그녀는 고마워하면서 부엌 식탁에 놓인 여행가방에 롤빵을 넣었다.

침실 두 개짜리 아파트였다. 긴 간이의자가 침대 쪽으로 활짝 펼쳐져 있었다. 시트가 흘러내려와 있어서 암브루조는 매트리스

---

* 바탕이 얇고 감촉이 부드러운 모직물의 한 종류.
** 한 폭으로 된 천을 휘감아 입는 방식의 드레스.

한가운데 얼룩이 져 있는 것을 볼 수 있었다. 베개 하나가 찢겨져 바닥에 떨어져 있었고, 탁자 위에는 깃털들이 가득했다. 전등갓 여기저기에도 깃털이 흩어져 있었다. 파브리지오 부인은 암브루조에게 구두가 가득한 가방을 건네며 버스 터미널까지 들어달라고 부탁했다.

터미널로 가는 길에 그녀는 암브루조에게 뒤따라오는 사람이 없는지 봐달라고 했고, 그는 평소처럼 무뚝뚝하게 아무도 없다, 애들이 몇 명 있다, 론도 부인 그리고 래리 풀체크 씨가 개를 데리고 산책하고 있을 뿐이다, 하고 대답했다. 그녀가 착한 아이라고 칭찬해주자 암브루조는 뺨이 달아오르는 것을 느꼈다. 그는 고개를 떨구었다. 스타킹을 신고 있지 않은 파브리지오 부인의 맨 다리는 짙은 색의 가는 털로 덮여 있었다.

그녀가 표를 사는 동안 터미널 밖에서 기다리고 있는 암브루조에게 줄무늬 양복을 입은 남자가 다가왔다. 그 사내는 소년의 어깨를 툭툭 치더니 손을 그 위에 얹고 꽉 쥐었다.

"그 여자는 떠났나?"

그가 물었다. 암브루조는 고개를 저었다. 그러자 그 양복 입은 남자는 큰 소리로 하하, 웃더니 또다시 하하, 웃었다. 그의 침 몇 방울이 암브루조의 이마에 튀었다. 남자는 코트 주머니에 손을 집어넣어 동전 하나를 꺼내고는 암브루조의 손에 떨어뜨렸다. 버펄로 니켈*이었다.

"날 봤다는 소리는 하지 마라."

그는 앞에 주차된 버스를 빙 돌아 어딘가로 사라졌다. 버스에 올라타기 전, 파브리지오 부인은 암브루조에게 구두 한 켤레를 주면서 할머니에게 전하라고 했다. 밝은 카나리아색 구두였다. 암브루조는 노나가 굳은살 박인 발가락들을 구두 안에 집어넣으려고 애쓰는 모습을 상상하고는 그 구두를 아무도 모르게 자신이 간직하기로 결심했다. 그는 구두의 발목 부분 끈을 쥐고 서 있었고 파브리지오 부인은 버스에 올랐다. 암브루조는 손을 흔들어 인사했다. 그런 다음 버스 꽁무니 쪽으로 조심스럽게 걸어가 길 모퉁이 주변을 살폈다.

줄무늬 양복을 입은 사내는 스위치나이프를 쥔 채 다른 편에 몸을 숨기고 있었다. 차 한 대가 그 옆을 지나가자 그는 버스 바퀴 쪽으로 몸을 바싹 붙였다.

암브루조는 파브리지오 부인이 그쪽 창가에 자리를 잡지 않기를 바랐다. 자리에서 일어나 머리 위로 짐을 올리지 않기를, 주변 사람들에게 자신을 소개하지 않기를, 암브루조가 포트 오소리티행 논스톱 급행버스 바퀴 밑으로 그 남자를 밀어뜨리는 것을 내다보지 않기를 바랐다.

줄무늬 양복을 입은 사내를 떠밀어 손에서 그 무게감이 사라진

---

* 물소가 그려진 오 센트짜리 동전.

순간, 암브루조는 등뒤에서 어떤 움직임을 감지했다. 목덜미에서 열기를 느끼고 피로의 냄새를 맡았다. 그러고는 이것이 자신의 길이라는 것을 느꼈다.

암브루조에게는 재능이 있었다. 마틴 스포르돈자는 오래전 암브루조가 조용한 아이로 알려져 있을 때부터 그것을 알고 있었다. 빵집에 오는 손님들은 그의 조용함을 축복이라고 말했지만 노나는 뭔가 부자연스러운 것을 느꼈다. 그녀는 아기가 울지 않는 것은 불길한 일이라는 것을 알고 있었다. 스포르돈자는 얇고 투명한 카놀리 빵* 상자를 쥐고는, 노나가 스위트 롤과 핏젤레 빵 사이 선반에 올려둔 요람을 들여다보았다. 암브루조는 무심하고 차가운, 수조의 물 같은 눈빛으로 되받았다. 거기서 마틴은 미래 사업의 비전을 발견했다. 그는 암브루조를 붙들고 있다가 적당한 때를 봐서 어릴 때 띄우고 놀았던 종이배처럼 그를 스포르돈자 패밀리에 등장시킬 작정이었다.

마틴 스포르돈자가 열 살 때 노나는 자기 힘으로 스파네티 빵가게를 운영하기 시작했다. 당시 이웃들 사이에서 자신의 패밀리가 유명해진 것을 안 마틴 스포르돈자는 그 명성을 믿고 자신을 시험해보고 싶었다. 어느 날 아침 일찍, 그는 빵집의 한쪽 유리를 깨고

* 땅콩, 초콜릿, 치즈 등으로 속을 채운 이탈리아 빵.

기어들어가 야구방망이로 금전등록기를 두들겨 열었다. 가게를 떠날 때 마틴은 크리스마스 화환처럼 열두 개의 브롯사델라 빵을 방망이에 끼웠다. 그리고 학교 가는 길에 낯선 사람들에게 빵을 나눠주었고 고맙다고 인사하는 그들을 향해 거만하게 고개를 까딱해 보였다.

그날 늦게 길거리에서 노나는 그를 붙잡았다. 노나는 야구방망이를 빼앗아 들고 마틴과 그의 친구들이 보는 가운데 방망이가 산산조각날 때까지 소화전을 내리쳤다. 노나가 숨을 고를 때까지 아이들은 상황을 지켜보며 얌전히 옆에 서 있었다. 그녀가 마틴의 뺨을 때리기 시작하자 아이들은 흩어졌다. 신부님에게 가는 길 내내 마틴의 귀에는 따귀를 휘갈기던 소리가 맴돌았고 신부님에게 가서는 강제로 고해성사까지 해야 했다. 그런 다음 노나는 손톱 자국이 날 정도로 그의 팔을 단단히 움켜잡고는 그의 집으로 끌고 갔다.

그의 아버지는 과부의 가게에서 도둑질을 한 아들을 꾸짖고 노나 가족의 뒤를 봐주기로 약속했다. 하지만 그때까지도 마틴은 사과하려 하지 않았다. 그래서 노나는 마틴이 빵을 사러 오거나 길거리에서 우연히 마주칠 때마다 그의 머리통을 쥐어박았다. 노나에게 쥐어박힐수록 마틴은 점점 더 그녀를 숭배하고 존경하게 되었다. 노나의 당당한 태도에 감명을 받은 그는 그녀가 자신을 달리 보게 하려고 노력했다. 그리고 이 노력은 몇 년간 계속되었다.

암브루조가 빵가게로 가는 길에 스포르돈자 패밀리가 시키는 자잘한 일들을 맡아 처리하게 되면서 암브루조와 스포르돈자 패밀리의 관계는 시작되었고, 곧 그 일은 방과 후 달려와 일하는 풀타임 일이 되었다. 마틴은 소년이 노나가 엄격히 정한 시간 안에만 일하도록 신경을 썼다. 그 일 때문에 암브루조가 공부에 방해받거나 끼니를 거르거나 일요일 아침의 빵을 소홀히 하는 일은 없었다.

암브루조의 할머니는 현실적인 여자였다. 그녀가 열여섯 살 때 그녀의 부모는 딸을 미국으로 보냈다. 청소해주는 집의 작은 꼭대기 방에서 매일 밤 잠을 청하면서, 노나는 이빨 달린 바람이 창문을 덜컹덜컹 흔드는 소리를 들었다. 그때마다 그녀는 그 방이 자신의 아이들과 그 아이들의 아이들로 넘쳐나는 장면을 머릿속에 그렸다. 그녀는 방을 자손들로 채웠다. 아이들 한 명 한 명의 코와 턱, 귓불을 상상하면서, 그 아이들의 이름, 퍼스트 네임, 미들 네임, 세례명을 생각하면서. 끝없이 이어지는 이 이름들로 차갑고 옅은, 텅 빈 공기를 채우기 위해서.

가족을 이룰 기회는 그녀가 빵을 사러 시장에 갔을 때 찾아왔다. 빵가게 주인은 미혼으로, 그와 단둘이 살던 어머니는 그 전주에 죽었다. 노나는 그에게 막 정육점에서 산 맛있는 소시지 하나를 건넸다. 다음 번 그를 찾아갔을 때는 셔츠를 빨아주겠다고 했다. 그다음 달 그들은 결혼했고, 갑자기 그녀의 삶은 한 남자와 아기, 그리고 한 가정으로 꽉 채워졌다. 나중에 남편을 땅에 묻고, 그다음 딸을 묻었을 때, 그녀는 그 공간을 채울 뭔가를 찾아야 했다. 쿠키, 롤빵, 월요일 아침의 별빵 같은 것을. 그녀는 설탕과 계량한 소금을 부었다.

손자가 날마다 스포르돈자의 가게로 가는 것을 지켜보는 노나의 마음속에는 후회와 안도감이 교차했다. 그녀는 언젠가 얼그레이를 마실 때 손자의 운명을 본 적이 있었다. 우연히 그녀의 찻잔받침 위로 떨어진 찻물은 부자연스러운 절제감이라는 점괘를 보여주었다. 그녀는 이미 손자의 완벽한 자기 절제를 목격한 적이 있었다. 오븐에 손을 데고 자전거에서 떨어져 한쪽 팔이 부러지고 수두를 심하게 앓으면서도 작은 신음소리 한 번 내는 일 없이 견뎠던 것이다. 젖은 갈색 찻잎은 질 좋은 홍차 위에 둥둥 떠다니면서 암브루조의 미래를 보여주었다.

암브루조는 열여섯 살 때 사랑에 빠졌다. 상대는 에이미 스태큰프래시라는 붉은 머리 소녀로, 삼 교시 미국 역사 수업시간에 그와는 대각선으로 앉았다. 그녀의 목 아래쪽에는 찌그러진 타원형의 점이 있었다. 조그만 그 점은 작은 입처럼 보였다. 그것을 볼 때마다 거기에 손가락을 갖다대고 싶은 암브루조의 욕망은 더욱 커져갔다.

그는 종종 그녀가 끼적인 낙서, 진한 청색 펜으로 휘갈긴 그림들을 힐끔거렸다. 어느 날 그는 종이 위에 남아 있는 펜이 눌린 자국을 따라 미국 평원 버펄로의 머리와 어깨를 그렸다. 암브루조는 주머니에 손을 넣어 줄무늬 양복을 입은 사내가 준 동전의 가장자리를 만졌다. 그는 그것을 재킷이나 신발, 양말에 넣어 어디에나 가지고 다니는 버릇이 있었다. 손가락으로 버펄로의 움푹 들어가고 나온 면을 더듬는 것도 버릇이었다. 암브루조는 미끄러지듯 움직이는 은색 물고기처럼, 그 동전을 손가락마디 앞뒤로 굴리는 법을 터득했다. 미사 동안에도 그는 숨 쉴 때마다 셔츠 주머니에서 오르락내리락 움직이는 동전을 느꼈다. 그것은 혀 위에 살포시 올려진 성찬식의 빵처럼 가벼웠다.

암브루조는 아직도 파브리지오 부인의 구두를 가지고 있었다. 그는 그것을 방 옷장 구석에 숨겨두었다. 더 어렸을 때는 구두 한 짝을 꺼내 굽 부분을 턱 밑에 끼워 넣고 잤다. 최근에는 늦은 밤 잠이 오지 않을 때면 다시 구두를 꺼내 매끄러운 노란색 새틴으로 가슴 아래쪽과 팔 안쪽의 부드러운 부분을 문지르곤 했다.

역사 선생님은 스탬피드*에 관해 말하고 있었다. 스탬피드. 선생님은 대초원에 살던 부족들이 그려진 지도를 끌어내렸다. 그리고 교편으로 소 떼의 움직임을 보여주었다. 그녀는 암브루조에게 부족들의 이름을 물었다. 그가 아는 것은 아파치, 치프, 수, 이 세

---

*소나 말 떼가 지축을 흔들며 우르르 이동하는 것.

부족뿐이었다.

방과 후 그는 집으로 가는 에이미 스태큰프래시의 뒤를 쫓아갔다. 그러고는 어두워질 때까지 덤불 속에 숨어 있다가 우편함으로 다가가 스태큰프래시 씨 앞으로 온 편지와 스태큰프래시 부인 앞으로 온 카탈로그와 잡지들을 살펴보았다. 그는 전화요금 고지서를 주머니에 넣고는 마당 앞에 있는 단풍나무 위로 올라갔다. 식탁 앞에 앉아 숙제를 하고 있는 에이미가 보였다. 그녀가 코를 닦자 그도 코를 닦았다. 마치 둘 사이에 통하는 신호인 것처럼.

다음 날 그는 에이미에게 버펄로에 대해 뭘 알고 있느냐고 물었다.

"버펄로의 진짜 이름은 바이슨이야. 인디언들은 버펄로의 혀로 머리를 빗었대."

에이미가 말했다. 암브루조는 멋지다고 말하고 밀크셰이크를 한 잔 사줘도 되냐고 물었다. '데어리 퀸'에서 그는 니켈 동전을 보여주었다.

"와, 굉장하다!"

그녀가 말했다. 그리고 그의 손에 놓인 동전을 가져가더니 혀로 핥아 눈꺼풀 위에 붙였다. 동전이 반짝이는 것을 보자 암브루조는 위장이 툭 떨어지는 것 같았다. 에이미는 버펄로의 가죽이 어떻게 인디언 텐트가 되고, 뿔이 곡물단지가 되며, 대장이 담배 주머니로 변하는지 설명해주었다.

"너, 담배 피우니?"

그녀가 묻자 암브루조는 고개를 저었다.

"피워야 해. 그럼 진짜 갱 단원처럼 보일 거야."

암브루조는 자신의 손을 흘끗 보았다. 손은 넙데데하고 손가락
은 짧고 뭉뚝했다.

그는 주기적으로 스태큰프래시 씨네 쓰레기통을 뒤지기 시작
했다. 그리고 에이미의 아버지가 흑맥주를 지독하게 좋아한다는
것, 에이미의 어머니가 청구서를 처리한다는 것, 가족 모두가 과
도하게 일회용 컵을 쓴다는 것을 알아냈다. 진한 청색 펜으로 연
애편지의 서두를 빽빽이 써놓은 종잇조각들도 발견했다.

조에게
너는 나를 모르겠지만 나는 너를 알고 있어.

찰리에게
안녕.

마크에게
이 편지가 이상하게 보이겠지만,

암브루조는 그것을 읽고 또 읽었다. 그는 줄을 그어 이름들을

지우고 그 위에 자기 이름을 쓰려고 했다. 그것은 이상해 보였고 그녀의 깔끔한 필체 옆에 삐뚜름하게 씌어진 글씨는 그가 실패자 라는 느낌을 안겨주었다. 그는 그 이름들을 적어와 학생 명부와 대조해보았다. 조와 마크는 다른 지역으로 전학을 갔고 찰리는 낙제해서 해군에 지원했다.

암브루조가 고등학교를 졸업하자 스포르돈자 패밀리는 그를 볼로냐로 보내 훈련시켰다. 그는 에이미에게 편지를 보냈고 이스 트 코스트의 작은 사립학교를 다니던 에이미는 처음에는 깍듯하 게 답장을 했다. 그는 날씨 얘기를 썼을 뿐 자신이 무엇을 배우고 있는지는 쓰지 않았다. 어떻게 목을 졸라 사람을 죽이는지, 어떻 게 사람을 미행하는지, 어떻게 먼 거리에서 표적을 맞추는지, 어 떻게 인파 속으로, 간판 속으로, 나뭇잎 사이를 천천히 움직이는 미풍 속으로 섞여들어가는지 배우고 있다는 것은 쓰지 않았다.

암브루조는 에이미의 편지를 몇 번이고 되읽는 것을 좋아했다. 때때로 그녀는 그가 그토록 신중하게 고르고 접어 보낸 편지지의 가장자리에 답장을 적어 보냈다. 그 편지에는 미술 선생, 강에서 나는 냄새, 와투시 족, 데이트하고 있는 남자들에 대해 적혀 있었 다. 암브루조는 그들의 이름과 주소를 물었고, 자신이 찾아가도 되는지 물었다. 그녀는 그다음에 그가 보낸 편지를 뜯지도 않고 돌려보냈다. 겉봉에는 이렇게 씌어 있었다. **제발 더이상 편지 보내**

지 말아줘.

어떤 면에서 이 일은 암브루조의 삶을 더욱 쉽게 만들었다. 암
브루조라는 얼음에 나 있는 작은 구멍 하나가 갑자기 닫혀 단단하
고 아무것도 없는 표면이 된 것이다. 암브루조는 동급에서 최고
의 위치에 올랐다. 그는 전기의자 고문에서 독화살 던지기에 이
르기까지 온갖 특수훈련을 받았다. 노나는 그에게 파도바의 성
안토니우스가 기도하는 모습이 그려진 카드를 보냈다. 그녀는 이
렇게 썼다. 나는 잘 있다. 빵가게도 잘 된다. 언제 집에 올래? 우리 가족
은 어디에 있는 거냐? 암브루조는 성 안토니우스의 카드를 침대 옆
탁자에 보관하고는 자신이 원하는 게 무엇인지 생각해내려고 애
썼다.

그의 첫번째 타깃은 변변치 못한 인간이었다. 루이 모로나, 돈
을 떼먹고 달아난 질 낮은 사내. 동료에게 불리한 증언을 하고 증
인보호 프로그램에 들어간 사나이. 암브루조는 뉴욕에서 위스콘
신의 헤이워드까지 그를 추적해갔다. 그리고 오지브와 인디언 보
호구역에서 원주민인 척하고 지나가는 루이를 찾아냈다.

암브루조는 카지노 뒤의 옥수수밭에서 벨트로 루이를 목 졸라
죽였다. 벨트는 새것으로, 그날 헤이워드 시내에서 산 것이었다.
그것은 길이도 적당했고 루이 모로나의 목젖과 목 아랫부분 사이
에 딱 맞았다. 암브루조는 루이의 손가락과 발가락을 잘라내고 얼
굴에 대고 총을 한 방 쏜 후 시체를 쿠르테 오레이으 호수에 버렸

다. 그런 다음 마을을 벗어나는 길에 우체국에 들러 루이의 손가락과 발가락을 마틴 스포르돈자가 다음 날 받을 수 있게 부쳤다.

동부로 돌아오면서 암브루조는 두 가지를 생각했다. 집의 옷장 안에서 자신을 기다리고 있는 카나리아색 구두와 발가락이 잘려 나간 루이 모로나의 발, 어딘지 모르게 새치름해 보이는 그 발을.

* * *

그는 양복을 입기 시작했다. 더블재킷이었다. 그에 어울리는 조끼를 입고 폭 넓은 넥타이도 맸다. 노나는 근사해 보인다고 했다. 그녀는 손자가 돌아와 함께 있게 된 것이 기뻤다. 암브루조는 아침마다 믹서와 오븐을 점검했다. 노나는 정오까지 일하고 점심을 먹기 위해 잠시 문을 닫았다. 점심은 따뜻한 빵과 토마토, 강한 맛의 딱딱한 치즈였다. 오후에 그녀는 잡담을 하면서 금전등록기를 지켰고 암브루조는 〈이탈리아의 아들들〉에 있는 스포르돈자를 만나러 갔다.

마틴은 엠앤엠즈 한 봉지를 앞에 두고 카푸치노를 마시면서 그에게 새 임무를 알려주었다. 그는 짙은 갈색, 옅은 갈색, 오렌지색, 노란색, 녹색으로 엠앤엠즈 알갱이를 분류했다. 각각의 색은 파워의 레벨을 의미했다. 짙은 갈색은 군인, 노란색은 참모였다. 마틴은 녹색 알을 탁자 가운데로 밀었다. 암브로조는 다음 타깃이 누구인지 알았다. 로코 브리올리였다.

로코는 이십 년 동안 브리올리 패밀리를 이끌면서 뉴욕의 모든 상품의 유통과 분배, 판매를 지휘했다. 팔백만의 사람들이 그의 과일과 야채를 필요로 했다. 마틴 스포르돈자는 그 사업을 나눠 갖기를 원했다.

암브루조는 한 달간 준비했다. 그는 브리올리의 동정을 살피고 일과와 취미 생활을 추적해, 뉴욕 자연사박물관 북미 포유류 디오라마 복구를 위한 자선 행사를 계획중인 것을 알아냈다. 그를 죽일 완벽한 기회였다. 아마추어 박제사인 브리올리는 복구된 디오라마의 배경그림 사이를 어슬렁거리며 걸어다니기를 즐겼다. 열성적인 후원자이자 이사회 멤버였던 그는 개인적으로 초대장을 발송했다.

퓨마 앞에 밴드의 무대가 설치되었다. 와피타이* 옆은 바였다. 오르되브르 쟁반이 작은 포유동물 회랑 사이를 오고 갔다. 암브루조는 턱시도를 입고 바이손 앞의 벤치에 앉아 있었다. 유리 뒤에는 바이손 다섯 마리가 있었다. 가죽에는 뽀얗게 먼지가 앉아 있었다. 배경그림에는 나머지 바이손 떼가 그려져 있었는데, 세월의 흔적으로 균열이 가고 누렇게 변색되어 있었다. 암브루조는 크기와 처지에 관계없이 그들이 내뿜는 강한 힘에 놀랐다.

---

* 북미산 큰 영양.

전날 그는 알래스카 갈색 곰의 머리 안쪽에 자동권총을 몰래 숨기고 원격조정장치를 설치해두었다. 그 원격조정장치는 이제 그의 왼쪽 재킷 주머니에 있었다. 로코 브리올리가 유리 앞에 서서 입술을 다시 채색해야 한다, 곰 발톱 여러 개가 유실되었다, 하면서 몇 가지 사항을 지적하고 있을 때 암브루조는 원격장치를 눌렀다. 그러자 총구가 빠르고 짧게 불을 뿜었고 총알이 비 오듯 쏟아졌다.

　곰과 파티 참석 손님들 사이의 유리가 산산조각났다. 총알 두 발이 가슴을, 또 한 발이 윙 소리를 내며 기도를 관통했다. 로코가 비틀거렸다. 그의 목에 난 구멍으로 피가 뿜어져나왔다. 암브루조는 다시 총을 쏘았다. 이번에는 월스트리트 중역 두 명과 뉴욕 메트로폴리탄 오페라 테너를 쓰러뜨렸고, 로코의 머리 상당 부분을 날려보냈다. 브리올리의 부하들이 쏘아대는 총에 곰의 앞다리가 떨어져나가고 몸통이 찢어지면서 안에 있던 것들이 튀어나왔다. 곰은 옆에 있는 곰 위로 쓰러졌다. 깨진 유리 파편들이 대리석 바닥을 뒤덮었다. 후원자들은 출구로 달려가거나 숨을 곳을 찾아 아프리카와 태평양 섬들 속으로 흩어졌다. 암브루조는 샴페인 한 잔을 들고는 침착하게 계단을 올라가 공룡을 지나 밖으로 나갔다. 그는 테너를 죽인 것이 유감스러웠다.

　개나리의 낮은 가지 밑에서 밤이 되기를 기다리며 암브루조는 자신의 존재에 대해 질문을 던지기 시작했다. 그는 망원경을 젊은 남자와 젊은 여자에게 맞추었다. 소풍을 온 그들은 각각 옅은 갈색과 오렌지색 엠앤엠즈였다. 포도주 한 병이 여자의 다리 사이에 기대 세워져 있고, 보리빵 위에 샌드위치가, 허니 머스터드와 그린 토마토 처트니*가 담긴 작은 병들이 깔개에 놓여 있었다.

볼로냐의 훈련 캠프에서 돌아온 후 암브루조는 노나에게 사랑이 뭐냐고 물은 적이 있었다. 그녀는 슬리퍼를 신고 저녁으로 먹을 뇨끼를 밀고 있었다.

"내 손은 늙었어."

그녀가 말했다. 그리고 손을 쭉 내밀어 보였다. 그녀의 굵은 팔은 반점으로 덮여 있었다. 그녀는 손을 뒤집었다. 그러고는 한숨을 쉬었다.

"사랑은 죽는 것과 같아. 작별 인사를 하는 것과 같지."

가끔 그는 자신이 죽인 사람들을 생각할 것이다. 가끔은 생각하지 않을 것이다.

젊은 남녀 한 쌍은 크래커에 치즈를 펴바르고 있었다. 암브루조는 여자가 남자의 입술에 묻은 크래커 가루를 냅킨으로 닦아주는 것을 보았다. 그는 다 큰 어른들이 서로를 위해 그런 행동을 하는 것을 보고 놀랐다. 그러는 게 보통이라는 것을, 그는 깨달았다.

---

* 과일 등을 설탕에 조린 것으로 카레 등에 뿌리는 인도 조미료.

예전에도 망원경을 통해 본 적이 있었다. 초콜릿 부스러기, 토마토소스를 흘린 자국, 콧수염에 묻은 하와이언 펀치.

암브루조는 그들이 디저트를 다 먹을 때까지 기다렸다. 씨 없는 포도와 칩스 아호이! 젊은 여자가 아이스박스를 싸기 시작했다. 그녀가 지퍼락 비닐백을 닫을 때 암브루조는 총을 쏘았다. 그녀가 쓰러지면서 피클 국물이 잔디 위로 흘렀다. 그녀는 너무나도 조용히 허물어져서 젊은 남자는 아무것도 모른 채 깔개를 털고 있었다. 그가 알아채기 전에 암브루조는 그도 쏘았다.

스포르돈자 패밀리는 번성하고 있었다. 마틴은 그의 혜안을 자축하면서 암브루조에게 올해의 히트맨이라고 씌어진 상패를 주었다. 그는 몬태나로 이사 가서 플라이낚시나 시작해볼까 생각하는 중이었다. 은퇴를 앞두고 재정상의 목표를 달성하기 위해 스포르돈자는 암브루조에게 또다시 녹색 엠앤엠즈를 쥐여주었다.

션 오레일리는 아일랜드계 패밀리에서 큰 뚱뚱한 이탈리아인이었다. 그는 법망을 교묘히 피해 해상 카지노, 즉 도시에서 승객을 태워 와 음식과 음료수를 대주면서 도박을 하게 하는 배 여러 척을 운영해서 큰돈을 벌었다. 그는 헬리콥터도 한 대 가지고 있었고, 오징어에 있는 고도의 신경학적 기능들이 사업 감각의 밑거름이 된다고 주장하면서 튀긴 오징어를 열심히 먹었다.

암브루조는 쉽게 신분을 숨기고 블랙잭 딜러로 고용되어 마침

열린 오레일리의 연례행사인 게일* 축제에 참가할 수 있었다. 딜러들은 모두 녹색 플라스틱 더비**를 쓰고 '세아드 밀 파일테' ***나, '에린 고우 브라' **** 같은 게일 어 문장을 외도록 되어 있었다. 션은 피코트 인디언 부족의 일원인 양 반짝이는 옷을 입고는 테이블 사이를 오가고 있었다. 그는 카지노 리조트인 폭스우드와 도시를 직접 연결하는 셔틀 운행을 제안하고 있었다. 카지노 사업은 번창할 것이다. 오레일리는 집으로 돌아가는 사람들을 태워서 그들이 잃은 돈을 되찾기 위해 또 도박을 하도록 만들 것이다. 카지노 측과 오레일리는 변호사를 대동하고 와서 계약서에 사인을 했다.

암브루조는 플라스틱 더비 아래 레이저로 끝을 날카롭게 한 카드 한 뭉치를 숨겼다. 션 오레일리가 테이블 옆을 지나갈 때 암브루조는 카드 한 벌을 꺼내 늘어놓았다가 다시 모았다. 잠시 후 레이저로 날을 세운 스페이드와 클럽이 허공을 가르고 날아가 팔에, 이마에, 목에, 손에 꽂혔다. 피코트 추장의 뺨에 다이아몬드 퀸이 박혔다. 어느 변호사의 귀에는 하트가 세 장이나 꽂혔다. 당황한 사람들이 비명을 지르고 서로에게 걸려 넘어지는 동안 암브

---

* 스코틀랜드 언어, 특히 옛 스코틀랜드에 살던 켈트 족이 쓰던 언어 또는 그 언어를 쓰는 사람들.
** 꼭대기가 둥글고 높은 스코틀랜드 모자.
*** '대단히 환영합니다' 라는 뜻의 아일랜드어.
**** '아일랜드여 영원하라' 라는 뜻의 아일랜드어.

루조는 테이블 아래로 스윽 들어갔다.

션 오레일리의 왼쪽 눈썹에 잭 클럽이 박혔다. 그것을 빼려는 순간 그는 턱 아래서 날카로운 통증을 느꼈다. 암브루조의 베레타에서 나온 총알이 그의 턱을 부수고 뇌 속으로 소용돌이쳐 들어갔기 때문이다. 그가 쓰러졌다. 하지만 아수라장으로 변한 배 안에서 그에게 신경쓰는 사람은 아무도 없었다. 암브루조는 총에서 소음기를 떼어낸 다음 더비를 벗어 테이블 아래에 내려놓고는 밖으로 기어나갔다.

갑판으로 나가자 배 양쪽에서 파도가 솟구치고 있었다. 암브루조는 따라오는 사람이 있는지 보려고 그림자 속에 몸을 숨기고 섰다. 보름달이 바닷물과 함께 춤을 추는 것 같았다. 달을 보고 겁을 냈던 기억이 떠올랐다. 어렸을 때 그는 달이 자신을 쫓아오는 악몽을 꾸었다. 밤에 집으로 걸어올 때면 어깨 위로 달을 느꼈다. 그를 향해 똑같은 속도로 다가오는 달이 느껴지면 왠지 겁이 나서 갑자기 뛰기 시작했다. 암브루조는 숨을 죽였다. 그를 따라오는 사람은 아무도 없었다. 그는 고무보트를 물에 띄웠다. 그러고는 밧줄을 풀었다.

노나의 장례식장에서 암브루조는 밀가루와 이스트, 따뜻한 물을 생각했다. 그는 마틴 스포르돈자와 할머니의 바체* 팀 멤버들 사이에 앉아 있었다. 그녀는 볼링공을 굴리던 중에 쓰러졌고 손가락에서 미끄러져내린 무거운 공은 제자리에서 빙글빙글 돌다가 잔디 위의 마커에서 몇 센티미터 떨어진 곳에서 멈추었다. 구약의 「지혜의 서」에는 이런 글귀가 있다. 의인들의 영혼은 하느님의 손에 있다.

마틴은 모든 일에 신경을 써주었다. 마호가니 관 안쪽에는 새틴을 대고, 매장할 때 공기가 들어가지 않도록 강화 강철로 외장을 마무리했다. 그는 한 손을 암브루조의 어깨에 얹었다. 미사가 진행되는 도중 그는 깨달았다. 그 위로의 행동은 바로 자신을 위한 것임을. 그는 손수건을 꺼내 눈물을 닦았다.

암브루조 스파녜티는 아무것도 느끼지 못한 채 딱딱한 나무의자에 앉아 있었다. 여러 날 동안 그는 사람들의 울음소리를 들어왔다. 아침부터 조문객들이 관 앞에서부터 장례식장, 뒷문, 주차장, 보도 아래까지 뱀처럼 길게 줄을 섰고, 그 줄은 늙은 여자들이 서로 어깨를 두드리고 작은 컵에 커피를 따라주는 담임 목사관 밖으로까지 이어졌다. 암브루조는 포옹과 위로의 말에 지쳐 관 앞에 혼자 서서 자신에게 슬픔이 찾아오기를 기다리고 있었다.

암브루조는 여전히 기다리고 있었다. 그는 관 뚜껑을 닫기 전에 노나에게 작별 키스를 했다. 그녀의 뺨은 왁스 처리를 했기 때문에 그의 입술을 받아들이지 못했다. 암브루조는 몇 시간 후에

---

* 잔디밭에서 하는 이탈리아의 약식 볼링.

도 입술에 남아 있는 딱딱함을 느꼈고, 그 감촉에도 슬픔을 느끼지 못하는 자신이 걱정스러웠다. 그는 손가락 끝으로 입술을 문질렀다. 마틴은 그의 옆에서 흐느끼고 있었다. 얼굴을 모자로 가리고 있었지만 눈물이 그의 보르살리노 모자의 고급 실크 장식을 적시고 있었다.

에이미 스태큰프래시가 도착했다. 그녀는 어린 두 아이를 태운 유모차를 밀고 대리석 복도를 내려왔다. 한 아이는 잠들어 있었고 또 한 아이는 자기 발가락을 빨고 있었다. 그들의 엄마는 관이 놓인 제단에 잠시 들렀다가 고해실 앞에 유모차를 세웠다.

"나, 결혼했어."

그녀는 나중에 교회 지하에서 열린 추도식에서 말했다. 그녀는 분유가 뜨겁지 않은지 손목에 몇 방울 떨어뜨려보았다.

"나, 너무 행복해."

암브루조는 그녀에게 와줘서 기쁘다고 말했다. 그는 우유가 고무젖꼭지에서 똑똑 떨어져서 그녀 손바닥의 섬세한 정맥을 가로질러 흘러간 후 손바닥 뼈 근처에 동그랗게 고이는 것을 보았다. 그는 그녀에게 남편의 이름이 무엇인지, 그가 어디서 일하는지, 보통 몇 시에 집으로 오는지 물었다. 에이미는 질문에 차례차례 대답한 다음 아이들을 미니밴 뒷좌석에 태웠다. 그녀는 암브루조에게 포스터를 넣는 원형 통을 건네주고는 미안하다고 말했다.

그날 저녁 암브루조는 그 통을 열어보았다. 버펄로 한 마리가 그려진 목탄 드로잉 한 점이 들어 있었다. 그 동물은 대초원의 풀밭 위로 털 많은 머리를 숙이고 풀을 뜯고 있었다.

밤이 되자 그는 묵주에 대고 뭔가를 말하기 시작했다.

몬태나에서 마틴 스포르돈자는 암브루조에게 편지를 썼다. 그는 강가에 앉아 있었다. 뒤에는 산들이 있었다. 그는 자신의 영혼에 가까워진 느낌이 들었지만 동시에 안티파스토*도 그리웠다. 그는 암브루조에게 이탈리아 생고기와 올리브 한 병, 파르미지아노 레지아노 치즈를 보내달라고 부탁했다. 이제는 휘하에 부하도 없었고, 로코 브리올리를 죽이라는 지령을 내렸던 것도 밖으로 새어나가버렸다. 마틴은 암브루조에게 보복당할 수도 있다고 경고했다. 그는 자신이 아버지라고도 썼다.

암브루조는 에이미의 남편을 추적한 끝에, 그가 마르고 근심어린 얼굴을 한 사내라는 것을 알게 되었다. 그 남자를 짓밟기는 너무나 쉬운 일이라는 생각이 들었다. 암브루조가 라이플에 달린 망원경으로 보았을 때 에이미의 남편은 코를 긁고 있었다. 그는 자동차 키를 꺼내 차문을 열었다. 서류가방을 뒷좌석에 던져넣은 다음 차에 타고 시동을 켰다. 그러고는 주차장 끝까지 가서 잠시

---

* 이탈리아 요리의 애피타이저.

멈춰섰다가 모퉁이를 돌아 다른 차들의 흐름 속으로 합류했다. 그는 휘파람을 불고 있었다.

그날 밤 암브로조는 다시 시도했다. 그는 에이미의 집 한쪽에 서 있는 나무로 올라갔다. 욕실 내부가 보였다. 에이미의 남편이 거울을 노려보며 치실로 이를 닦고 있었다. 그는 입을 크게 벌리고 이쪽저쪽으로 비틀면서 어금니를 닦았다. 옆방에서는 에이미가 목욕가운을 입고 침대 끝에 앉아 있었다. 에이미는 일어나 창가로 가서 창문을 열었다. 암브루조와는 사 미터 정도 떨어져 있었다.

그녀의 얼굴은 피곤해 보였다. 양쪽 입가의 주름 때문에 얼굴을 찌푸린 것처럼 보였다. 한쪽으로 꼰 머리칼은 느슨하게 묶여 있었다. 그녀는 손을 창턱에 올렸다가 거두고는 양손으로 가슴을 감쌌다. 욕실 쪽으로 몸을 돌리고 막 들어가려다가 뒤돌아서더니 암브루조가 숨어 있는 어둠 속을 향해 손을 흔들었다.

〈이탈리아의 아들들〉에서 암브루조는 미행당하고 있다는 것을 알아차렸다. 브리올리 패밀리가 〈토스카〉의 배우와 스태프들과 함께 그를 제거하기 위한 전담반을 고용한 것이었다. 암브루조는 그 소식을 담담하게 받아들였다. 그는 샌드위치를 주문했다. 딱딱하고 바삭한 빵을 덥석 물자 토마토 씨가 씹혔다. 그는 혀를 그 부분에 갖다대었다. 하지만 씨를 뱉어내려고 하지는 않았다.

암브루조는 여전히 뭔가 느낄 수 있기를 기다리고 있었다. 그의 내부에는 얼음을 통해 전해지는 둔한 진동만 있을 뿐이었다. 하지만 어둠이 내린 에이미 스태큰프래시의 집 마당에서 등을 기댄 나무의 딱딱한 껍질 덕에 그는 그 느낌에 좀더 가까워졌다. 안녕. 그것이 인사를 해왔다. 그가 자신도 안녕, 하고 손을 흔들어 화답하고 싶어한다는 것을 깨닫는 순간, 그녀는 돌아서서 욕실로 걸어들어가 남편의 허리에 팔을 둘렀다.

암브루조는 총을 치웠다. 칼과 체인과 손도끼를 없앴다. 파워드릴을 체인 톱과 포터블 냉동기와 함께 기부했다. 청산가리와 바르비투르산염*을 화장실 변기에 털어넣고 물을 내렸다. 가지고 있는 검은 가죽장갑을 전부 세탁소에 보내고 다시 찾지 않았다.

그는 노나의 빵집에 있었다. 그는 서른네 살이었다. 금전등록기는 그가 어릴 때와 똑같은 소리를 내며 열리고 닫혔다. 밤이었다. 달은 없었다. 총신이 빵집 창문으로 쑥 들어왔다.

그는 그 순간을 기다리고 있었다. 시간을 죽이기 위해 노나의 요리책을 읽었다. 요리책 여백에 노나가 써놓은 대담한 흘림체에 느낌표로 강조된 메모들을 보았다. 레몬, 바닐라는 절대 넣지 말 것! 베이킹 소다 두 자밤! 호두! 350도! 우유 1/4컵! 이 지시사항들을 외

---

* 진정제나 최면제로 쓰이는 약물.

치는 그녀의 고집스러운 목소리가 귓가에 들리는 듯했다. 그는 그녀의 글씨를 찾아 페이지를 넘겼다.

한 사람이 죽기 전에는 항상 어떤 순간이 있다. 암브루조는 마지팬*을 생각하는 데 신경을 집중했다. 그는 재료를 찾아보았다. 아몬드 페이스트, 계란 흰자, 가루설탕. 그가 어렸을 때 노나는 페이스트를 밀어 동전 모양으로 작게 잘랐다. 그러면 암브루조는 꽃, 십자가, 테디 베어 등, 그만이 가진 틀로 찍어 사탕과자의 모양을 냈다. 그러고는 하나하나 먹었다. 혀끝이 마비되어 단맛을 느낄 수 없을 때까지.

작업대 위에는 밀가루가 놓여 있었다. 암브루조는 손가락을 밀가루 속에 넣고 양 손가락 끝으로 문질러보았다. 그는 창문 반대편에서 자신을 지켜보고 있는 살인청부업자를, 그가 조심스럽게 총을 조준하는 것을 느꼈다. 암브루조는 책을 내려놓고 고개를 들고 어깨를 폈다. 총알이 정확하게 날아온다면 심장까지 한 번에 뚫을 수 있을 것이다.

---

* 달콤한 설탕과자의 일종.

토크 터키

조이 루돌프의 엄마는 마을에 하나뿐인 식당의 유일한 웨이트리스였다. 이웃 사람들은 정확히 언제 그녀에게 아이가 생겼는가를 놓고 입방아를 찧어댔다. 조이의 아버지는 전사자 명단에 있는 사람이라는 소문이 돌았다. 어떤 사람들은 그의 아버지가 여기저기 돌아다니는 세일즈맨이라고 했다. 또 어떤 사람들은 한 마을에 사는, 이미 가족이 있는 사내일 거라고 의심했다.

　　조이의 엄마는 개의치 않았다. 그녀는 미혼모를 위한 시설에 가기 위해 집을 떠나지도 않았고, 주소를 적은 종잇조각을 들고 도시로 가는 버스를 타지도 않았다. 대신 홀어머니와 함께 집에 남아 배가 불러올 때까지 웨이트리스 일을 계속했다. 병원에도 가지 않았다. 자신의 어린 시절이 남아 있는 침대에서 아기를 낳왔다. 조이의 울음소리를 듣자 그녀는 어머니에게 아기를 한쪽으로 치워버리라고 했다. 조이는 세례를 받지 않았지만 그의 엄마는 교회에서 열리는 행사에는 빠지지 않고 모습을 드러내 위협하는 것처럼 다른 아이들 틈에 아이를 밀어넣었다.

"어쩌다가 그애랑 짝이 된 거니?"

대니 민턴의 엄마가 물었다.

"내가 고른 게 아니에요. 선생님이 짝을 정해주신 거예요."

대니가 말했다.

"그럼 랠프 커츠는 어떻게 된 거니?"

"우리는 모두 같은 그룹이에요. 역사 시간에만요."

대니는 다시 머리에 수건을 쓰고 스토브에서 끓고 있는 냄비 위로 몸을 기울였다. 김이 그의 얼굴 위로 피어오르다가 테리 타월 끝에서부터 물결치며 퍼졌다. 그의 뒤에는 아버지가 식탁 앞에 앉아 신문을 보고 있었다.

"아마도 과제는 몽땅 네 차지가 될 거다."

민턴 부인이 말하고는 대니의 어깨를 문질렀다. 그리고 그의 등 쪽을 주먹으로 툭툭 쳤다.

"여긴 이제 어떠니?"

"전 괜찮아요."

"아니, 넌 괜찮지 않아."

민턴 씨는 신문을 접었다.

"나도 랠프가 네 친구란 걸 안다. 하지만 그애 엄마가 무슨 일을 겪었는지 잊지 마라. 그런 미치광이의 피는 유전되는 거다."

민턴 부인이 말했다.

"그애는 학교에서 성적이 제일 좋아요."

"그건 그애 아빠가 교장의 차를 공짜로 고쳐주기 때문이다."

대니는 냄비에서 올라오는 김을 들이마셨다. 그는 왜 랠프가 성적이 좋은지 알고 있었다. 성적이 나쁘면 아버지한테 두들겨맞기 때문이었다.

민턴 씨는 다시 신문을 보기 시작했다. 민턴 부인이 식탁으로 와서 신문을 옆으로 홱 치웠다.

"아들의 미래에는 관심도 없어요?"

"난 이미 우리 아들의 미래를 알고 있어. 우리 애는 바로 여기서 일하게 될 거야. 나를 위해서."

민턴 씨가 말했다. 전쟁터에서 돌아왔을 때 그는 시인이 되어야겠다고 생각했다. 하지만 아내는 임신중이었고 나이 든 아버지를 대신해서 칠면조 농장을 운영할 사람이 필요했다. 십삼 년 동안 그는 담장을 고치고 우리를 손질해야 했으며 먹이를 준비하고 풀을 깎아야만 했다. 강철 칼날이 고기를 자르듯 풀을 베는 동안 그는 얼굴을 찡그린 채 트랙터 뒤에 앉아 있었다. 수확철에는 이동 우리에 칠면조들을 가득 싣고 트럭 한 대를 빌려 도축장으로 향했다. 며칠 후 칠면조들은 털이 모조리 뽑히고 손질되어 냉동

된 채 길 아래 시장에 진열되었다.

그의 아들 대니는 칠면조 알레르기가 있었다. 누구나 이 사실을 알고 있었지만 민턴 씨만은 아들의 끝없는 병치레가 게으르고 약해빠졌기 때문이라고 확신했다. 민턴 씨는 아이를 버릇없게 만들고, 몸을 허약하게 만들고, 고출력 진공청소기에 터무니없이 큰돈을 썼다며 아내를 나무랐다. 민턴 부인은 깃털 베개를 폼 베개로, 오리털 퀼트 이불을 면 퀼트 이불로 바꾸었다. 빅스*를 재두고, 의사의 충고를 듣자고 주장했다. 민턴 씨가 아들에게 품은 불만이 점점 커지는 동안, 그녀는 손으로 대니의 이마를 짚어보고, 깨지기 쉬운 알을 다루듯 그를 감싸기에 급급했다.

대니가 도서관에 도착했을 때 랠프는 이미 칸막이가 되어 있고 책이 가득 들어찬 참고도서실의 한가운데 책상을 차지하고 있었다. 랠프 커츠는 손톱이 지저분하고 조용한 소년이었다. 대니 민턴의 제일 친한 친구이기도 했다. 랠프는 언제 대니 옆에 서 있어야 하고(두 소년이 막대기를 들고 싸울 때), 언제 옆으로 비켜서야 하는지(해변에서 대니가 맘에 드는 소녀를 발견했을 때) 알고 있었다. 그의 어머니는 노스 햄튼에 있는 한 요양원에 있었다. 랠프를 낳은 후 그녀는 옷 입기를 거부했고 무슨 목소리가 들린다고

---

* 미국의 감기약 브랜드.

했다. 커츠 씨는 그녀를 요양원으로 보내는 서류에 서명하고, 가족이 운영하는 주유소에서 일하며 혼자 랠프를 키웠다.

"조이는 어딨냐?"

대니가 물었다. 랠프는 『정육 생산의 역사』의 책장을 넘기면서 대답했다.

"정기간행물실에."

대니는 막대에 꿰어진 신문과 비닐커버로 싸인 잡지가 놓인 책장 너머를 살펴보았다. 조이는 『내셔널 지오그래픽』 최신호를 읽고 있었다. 지도 수집이 취미인 그는 사서가 보고 있지 않은 틈을 타 몰래 잡지에서 지도들을 찢어냈다. 어머니가 야간 근무로 일하는 동안 그는 부엌에 놓인 카드 테이블에 지도들을 펼쳐놓고 그곳을 여행하는 자신을 상상했다.

"이것 좀 봐."

랠프는 책상을 가로질러 읽고 있던 책을 대니에게 밀며 말했다. 그 페이지에는 공장에서 죽는 새들의 사진이 여러 장 실려 있었다. 이동 체인에 거꾸로 매달린 채 끓는 물이 담긴 통에 처박혔다가 꺼내지는 새들의 사진.

"끓는 물에는 왜 담그는 거야?"

"깃털이 잘 뽑힌대."

"하지만 아직 살아 있잖아."

"새들은 머리가 아주 조그맣대. 우리 아버지가 그러는데, 그래서 아픈 것도 잘 못 느낀대."

대니가 말했다.

"역겨워. 도축장에서 그런 일이 일어난단 말이지?"

조이가 대니 뒤로 바싹 다가서면서 말했다.

"가본 적은 없어."

대니가 말했다. 어머니가 도축장에 가지 못하게 하기 때문이
다. 랠프는 친구들에게 종이를 한 장씩 건네주며 말했다.

"무엇에 관해 쓸지는 내가 다 뽑아놨다."

"죽은 새 부분은 내가 맡을게."

조이가 말했다.

소년들은 보고서를 다 쓴 다음 민턴 씨의 농장으로 점심을 먹으
러 갔다. 민턴 부인이 발로니 샌드위치를 만들어주었다. 그녀는
랠프에게 아버지에 대해서 물었지만 조이에게는 아무것도 묻지
않았다. 친구들이 가고 나면 어머니에게 혼날 게 뻔하다고 대니
는 생각했다.

점심을 다 먹은 후 소년들은 밖으로 나가 먹이를 주는 척하며
울타리 한쪽을 따라 뛰면서 새들을 괴롭히기 시작했다. 그 바람
에 칠면조들은 마치 최면에 걸린 듯 물고기 떼처럼 이리저리 몰려
다녔다.

"냄새가 정말 지독하다."

174

조이가 말했다. 코를 틀어쥐고 있어 냄새를 맡을 수 없으면서도 대니는 고개를 끄덕였다.

"칠면조 똥냄새야."

"이름은 있어?"

"아니. 우리는 그냥 십이 주 동안 키우기만 해."

대니가 말했다. 조이는 막대기를 집어들고 울타리를 치기 시작했다. 그것을 본 칠면조들은 마치 한 가지 생각에 모두가 조용히 동의한다는 듯 일제히 머리를 아래위로 흔들어댔다.

"잠깐만. 저 소리 들었어?"

랠프가 물었다. 대니가 재채기를 하고 나서 대답했다.

"아무 소리도 못 들었는데."

랠프는 손가락을 관자놀이에 갖다대고는 눈을 감았다.

"나는 칠면조들이 보내는 메시지를 받고 있는 중이야."

대니가 비웃는 듯한 표정으로 물었다.

"뭐라는데?"

"우리를 삶지 마세요."

"야!"

"칠면조들이, 우리가 할리우드에 가야 한대."

"뭐 하러?"

조이는 막대기로 울타리 다른 쪽에 있는 몸집이 크고 흰 수컷 칠면조를 쿡쿡 찔렀다. 칠면조가 고개를 돌려 한쪽 눈으로 조이를 보더니 머리를 조금 돌려 다른 한쪽 눈으로 조이를 보았다.

"신호가 점점 약해진다."

이마를 찌푸리면서 뭔가를 보듯 눈을 가늘게 뜨고 랠프가 말했다.

"기다려, 기다려. 알았다. 칠면조들이, 거기에 네 아빠가 있대."

조이가 랠프를 울타리 쪽으로 세차게 밀었다. 랠프는 말뚝에 부딪혀 넘어졌다. 잠시 후 랠프는 무릎으로 겨우 일어났다. 입술이 찢어져 있었다. 칠면조들이 그 뒤에 옹기종기 모여 먹이를 주기를 기다리고 있었다.

"내가 미친놈은 패지 않는 걸 다행으로 알아."

랠프가 일어나 옷을 털면서 말했다.

"미안해."

조이는 어깨를 으쓱 올리고는 막대기를 저쪽으로 던져버렸다. 칠면조 몇 마리가 그것을 쫓아갔다.

"칠면조들이, 네 아빠가 영화배우래."

랠프가 조용히 말했다. 조이가 돌아섰다.

"누구?"

"로버트 미첨."

"입 닥쳐."

"넌 진짜 그 배우랑 닮았어,"

대니가 말했다. 조이는 턱의 옴폭 파인 곳에 손가락을 댔다.

"제기랄."

조이가 욕설을 내뱉었다. 하지만 마음 한쪽에서는 그렇게 믿고 싶었다. 그것을 얼버무리려고 웃어젖혔지만 대니와 랠프는 그의 마음을 알 수 있었다.

보고서는 대실패였다. 대니는 그들이 써놓은 것의 반밖에 타이핑하지 못했다. 조이는 살육의 광경에 대한 무시무시한 묘사를 몇 번이나 반복했고, 랠프는 위기를 모면해보려고 노동운동가 한 곡을 불렀다. 존슨 부인은 그들에게 C⁻를 주었다.

"뭘 그렇게 걱정하냐? 어쨌거나 우리는 통과했잖아."

조이가 말했다. 랠프는 손가락 끝을 잘근잘근 씹었다.

"내 잘못이야. 내가 대신 너희 아빠한테 말해줄까?"

대니가 물었다. 랠프는 고개를 저었다. 그는 일부러 그렇게 했다. 항상 할 수 있는 최악의 일을 하는 것, 그 일을 저지르고 나서 겁에 질려 무슨 일이 일어날지 아는 채 뒤로 물러나 바라보는 것, 이것은 그의 일부였던 것이다.

랠프가 성적표를 탁자 위에 올려놓았을 때 그의 아버지 커츠 씨는 몸을 뒤로 젖히더니 두 손을 양 겨드랑이 사이에 꽉 끼웠다. 커츠 씨는 매일같이 양부모에게 얻어맞으면서 자랐다. 그의 코 세 군데가 부러졌었다. 말수가 거의 없는 그가 말을 할 때는 보통 누군가를 모욕하기 위해서였다. 마을에 다른 주유소가 있었다면 사람들은 커츠 씨의 주유소를 찾지 않았을 것이다.

아내를 공공 요양원에 집어넣어야 했을 때, 커츠 씨는 아들을 반드시 성공시키리라 다짐했다. 랠프가 자신처럼 기름때를 묻히며 자동차나 고치는 얼간이가 되기를 원치 않았다. 그는 아들이 물건들을 분해하고 다시 조립하는 것을 배우기를 원했다. 아들이 대학을 나와 돈을 많이 벌어서 환자들을 벽에 묶어놓지 않는 사설 요양원으로 아내를 보낼 수 있기를 바랐다. 랠프가 자신이 일하는 주유소나 차고 근처에는 얼씬도 하지 않기를 바랐다. 커츠 씨는 지금 자기 앞에 서 있는 아들에게서 자신의 잊고 싶은 부분, 맥없음, 불확실함을 볼 수 있었다. 그는 코를 문지르기 시작했다. 랠프는 아버지에게 얻어맞을까봐 긴장했다. 아버지의 행동이 무엇을 예고하는지 알기 때문이었다.

나중에 랠프는 침실 창문을 통해 집을 빠져나가 자전거를 타고 민턴 씨 농장으로 갔다. 농장 안에는 잠들어 있는 칠면조들의 깃털이 희뜩희뜩 빛났다. 공기중에는 건초 냄새와 떨어진 깃털에서 나는 눅눅한 냄새가 떠돌았다. 그는 울타리 옆에서 몸을 수그렸다.

칠면조 몇 마리가 미풍에 흔들리는 시계추처럼 볏을 흔들며 사육장을 가로질러 달려왔다. 달빛에 날개의 흰 부분이 반사되었다. 랠프는 숨을 죽이고 칠면조들이 다가오기를 기다렸다. 칠면조들의 이마에 난 오돌토돌한 돌기는 붉은 밀랍을 들이부은 듯 단단해 보였다. 칠면조들은 이미 랠프의 생각을 알고 있다는 듯 그를 가만히 바라보았다.

"나, 미친 거야?"

그가 물었다. 칠면조들이 점점 가까이 오는 것이 느껴졌다.

민턴 부인은 애써 웃음을 지으면서 문 앞에 서 있었다. 조이 루돌프가 현관 입구에서 그녀의 아들을 찾고 있었다. 그녀는 왜 선생이 그 아이들, 그러니까 미친 아이, 악당 같은 녀석, 칠면조 농장의 병약한 아이를 한 팀으로 묶었는지 추측해보려고 애썼다. 그 아이들은 모두 변두리 동네에 살고 있었다. 대니에게 무슨 일이 일어나든 그녀는 자기 잘못이라고 생각했다.

"대니는 축사를 청소하고 있다."

민턴 씨는 농장에 있어야 할 아들을 부엌에서 붙잡았다. 대니는 코와 입가에 바나나를 묻힌 채, 나무 축사에서 나온 똥무더기와 깃털을 써레로 긁어모으고 있었다. 칠면조들은 열심히 뒤뚱거리며 그를 피해 달아났다.

"내가 생각해봤는데, 우리는 여행을 가야 할 것 같아!"

대니와 가까워지자 조이가 소리쳤다.

"어디로?"

"글쎄. 우선은 여기부터 벗어나자."

조이가 울타리에 기대어 말했다.

대니는 아까 아버지가 부엌에서 했던 말들을 생각해보았다. 민턴 씨는 소리를 질렀다. 너는 잘하는 게 하나도 없어! 네가 하는 일이 도대체 뭐냐! 하지만 대니는 많은 일을 하고 있었다. 그는 고작 열네 살이었다. 그는 아버지가 무슨 생각을 하는지 신경을 썼고, 어머니를 기쁘게 해주려고 신경을 썼고, 순결을 잃는 것에, 친구들에게 신경을 썼다.

어느 축사에서 푸드덕거리는 소리가 들렸다. 대니가 펄쩍 뛰었다. 써레를 들어 야구방망이처럼 어깨에 둘렀다. 랠프는 엉금엉금 기어서 축사의 비좁은 입구를 빠져나온 후 햇빛 때문에 눈을 끔벅거렸다. 그의 바지는 똥으로, 머리카락은 깃털로 더러워졌다.

"무슨 일 있었어?"

대니가 물었다. 랠프는 어깨를 으쓱했다. 그의 뺨에는 짙은 색 줄이 나 있었고, 눈꺼풀은 옅은 푸른색으로 부풀어 있었다. 그는 손가락 끝으로 뭔가를 재듯 조심스럽게 눈을 만졌다.

대니는 바나나를 내밀었다가 재채기를 하고는 다시 바나나를 거두어들였다. 소년들은 봄날을 즐기는 칠면조들을 바라보며 잠시 말없이 서 있었다. 새들은 쩝쩝거리며 먹이를 먹고 또각또각 걸어다녔다. 그러고는 곧 식탁에 오르게 될 다리들을 쭉 폈다.

"언제 갈 건데?"

랠프가 물었다.

새벽이 오기 전에 소년들은 출발했다. 길은 텅 비어 있었고, 땅은 이슬 때문에 질척거렸다. 대니는 엄마의 지갑에서 훔쳐 온 주머니 속의 돈의 감촉을 느낄 수 있었다. 주유소에 가까워지자 손전등을 들고 노란 윗도리의 모자를 뒤집어쓰고 이마에 고글을 쓴 채 나와 있는 랠프가 보였다.

소년들은 커츠 씨의 낡은 셰비*를 거리로 밀고 나왔다. 랠프는 운전석 창문에 손을 넣어 운전대를 붙잡고 방향을 조절하면서 밀고 대니는 뒤에서 밀었다. 그들은 이런 식으로 교차로까지 차를 밀고 갔다. 그곳에서 차를 잔디 위에 밀어놓고 조이를 기다렸다. 그들은 잠시도 농장에서 눈을 떼지 않았다. 얼마 지나지 않아 조이가 농장을 가로질러 오는 것이 보였다. 그는 담요와 도시락을 들고 있었다.

며칠 동안 그들은 땅콩버터 샌드위치로 버텼다. 그들은 오줌을 누고 커피를 마시기 위해 트럭 운전사 식당에 차를 세웠다. 가는 내내 조이는 대니와 랠프에게 운전을 가르쳐주었다. 좁은 도로에서 갑자기 방향을 바꾸는 법, 교차로에서 정지하는 방법, 기어를 바꾸는 방법을 알려주었다. 그들은 구세군 센터를 발견하고 들어가 샤워를 했다. 그들의 마시멜로 봉지가 하나하나 비워져갔다. 어렸을 때 들은 우스운 이야기들, 장난들을 서로에게 들려주기도

---

* 미국제 자동차 시보레의 애칭.

했다. 그리고 순전히 시간을 죽이기 위해 그들 앞에 놓인 미지의 삶에 대한 것이나 누구에게나 다 말했던 생각들을 이야기했다.

아마릴로 근처에서 타이어가 터져버렸다. 멋진 폭발이었다. 셰비는 갑자기 유령에 쓴 듯 길 가운데서 들썩이며 춤을 추었다. 조이가 급정차를 하자 차가 덜커덕거리더니 점점 움직임이 잦아들었다. 그리고 남아 있는 고무가 도로에 튕기며 펄떡거렸다. 창밖에 펼쳐진 드넓은 붉은색 땅 위에는 볼품없는 자잘한 나무들이 버려진 새 떼처럼 드문드문 자라 있었다. 차창은 먼지로 뒤덮였고 길은 지평선을 향해 똑바로 뻗어 있었다.

소년들은 자동차 보닛 위에 앉아 엔진이 헛도는 소리를 들었다. 저녁식사 시간 무렵이었다. 그들은 땅콩버터 샌드위치 한 개를 나눠 먹고 담배 한 개비를 돌아가면서 피웠다. 그러고는 어린 아이들처럼 참을성 있게 도움의 손길을 기다렸다. 그들은 도움을 받을 수 있을 거라고 굳게 믿었다. 한 시간 후 노을빛이 멀리 보이는 트럭의 앞유리에 비쳐 번쩍거리자, 조이는 티셔츠를 벗어서 머리 위로 흔들어대며 소리를 질렀다.

그들은 새로운 땅을 밟게 될 때마다 번갈아가며 운전대를 잡았다. 조이는 엘크 시티, 산타 로사, 킹맨을 맡았다. 랠프는 샴록, 앨버커키, 니들스를 맡았다. 툴사, 갤럽, 바스토우, 산 베르나르도

를 약간 벗어난 곳에 위치한 레이 지 모텔(빈방 없음)까지 가는
동안은 대니가 운전했다.

그들은 새벽 세시 반에 모텔의 입간판을 들이박았다. 뒷좌석
에서 늘어져 자고 있던 랠프는 바닥으로 굴러떨어지면서 깼다.
헉 하는 신음소리가 절로 났고 유리 파편 때문에 살갗이 따끔거렸
다. 대니의 발이 보였다. 어딘가에서 목이 졸리는 듯한 소리가 났
다. 나중에 그는 조이가 조수석 창밖으로 머리를 내밀고 자고 있
었다는 것을 알게 되었다. 차가 부딪칠 때의 충격으로 몸이 앞으
로 튕겨나갔다가 제자리로 돌아오면서 창턱에 걸려 목이 짓눌린
것이다.

그날부터 조이의 목에 커다란 검은 얼룩이 퍼져나갈 것이다.
목이 매달렸다가 가까스로 풀려난 사람처럼. 그는 무엇을 삼킬
수도 없을 것이다. 경찰에게 이름 철자를 한 자 한 자 말해야 했을
때 그의 목소리는 뚝뚝 끊기는 속삭임처럼 들렸다. 이름을 받아
적던 경찰은 조이의 말을 알아듣기 위해 몸을 기울이고 귀를 바싹
갖다대야 했다.

소년들은 모두 면허증을 갖고 있지 않았다. 그들은 경찰서에
잠시 붙잡혀 있었다. 거기서 랠프는 손가락 끝을 씹어댔고, 대니
는 벽을 찼고, 조이는 침상에 기대서 얼룩으로 뒤덮인 천장을
올려다보았다. 그것이 기름일까, 물일까 궁금해하면서. 그런 다
음 다른 소년들에게 우는 것을 들키지 않으려고 슬그머니 고개를

돌렸다.

"나, 졸려 죽겠어."

대니가 말했다.

"뭐라고?"

랠프가 살갗을 잡아뜯었다.

"어떻게 될까?"

그의 아버지가 언제 오려나 하는 의미였다. 대니가 문을 당겨보았다. 문은 잠겨 있었다.

"이 자식들이 우리를 죽일 건가봐."

커츠 씨는 주 경찰로부터 전화를 한 통 받았다. 레이지 모텔의 입간판이 박살났고 주인은 돈을 물어내라고 요구했다. 소년들은 모두 미성년자여서 보호자에게 넘겨져야 했다. 이틀 후에 법정 소환이 있을 예정이었고, 누군가는 이 나라를 가로질러 날아가 그들을 데려와야 했다.

민턴 부인은 아버지 한 명이 대표로 가는 게 어떠냐고 제안했으나 남자들은 들으려 하지 않았다. 그들은 자기 자식이 저지른 일을 다른 사람이 뒤처리하기를 원치 않았다. 그들은 함께 식당으로 가서 조이의 엄마에게 아들이 어디 있는지 알려주었다. 그들은 대공황 때도 살아남았다. 전쟁도 겪었다. 문제가 생기면 자기 손으로 해결한다. 이것이 그들의 방식이었다.

캘리포니아로 가는 비행기 안에서 커츠 씨는 꼼짝 않고 앉아 아

184

들의 팔을 분지를 방법을 다각도로 생각했다. 비행기를 타는 게 이번이 처음이라 느긋하게 즐길 수도 없었다. 그는 비행기가 날아가고 있는 킬로미터 수를 세었고 킬로미터당 비행기 삯이 얼마나 드는지 계산했다. 랠프를 위해 모아온 돈을 갈 때 한 장, 올 때 두 장의 비행기 표를 사는 데 몽땅 털어넣었다. 이제 아들이 대학에 갈 수 있는 유일한 방법은 좋은 성적으로 장학금을 받는 것이었다. 그러려면 글씨를 쓸 수는 있어야 한다. 이것이 커츠 씨가 아들의 왼쪽 팔만 분지르려는 이유였다.

그 옆에 앉은 민턴 씨는 멀미용 종이봉투 뒤에 뭔가를 끼적거리고 있었다. 그것은 시(詩)가 아니었다. 아들을 집으로 데려온 후 시킬 일들의 목록이었다. 낡은 화장실부터 시작해 집 구석구석에 자기가 하려고 남겨두었던 제일 어렵고 거친 일들. 민턴 씨는 비행기의 작은 창문을 통해 밖을 내다보았다. 여기저기서 구름들이 밀려왔다. 그는 로버트 프로스트와 그의 시 「가지 않은 길」을 생각하면서 속으로 이렇게 중얼거렸다. 때때로 인간은 아무 선택도 하지 않는다.

경찰서에 도착한 아버지들은 아들들을 거들떠보지도 않은 채 세 아이에 대한 서류를 작성하고 선임된 변호사를 만나고 레이 지 모텔 주인과 보상금을 흥정하고는 금액을 아이들 머릿수로 나누었다. 그런 다음 그들은 함께 근처 식당으로 갔다. 배가 고팠던 소년들은 샌드위치와 콜라를 주문했다. 아버지들은 칠리를 주문해 숟가락으로 그릇을 긁으며 맹렬하게 먹어댔다. 마치 엇나간 그들의 인생이 음식 탓인 듯.

식사가 끝났을 때 민턴 씨는 봉투 하나를 조이에게 건네면서 말했다.

"네 엄마가 주신 거다."

소년은 봉투를 열었다. 안에는 사십 달러와 편지 한 통이 들어 있었다. 조이는 편지를 읽었다. 그런 다음 편지를 내려놓고 어른들을 바라보았다. 민턴 씨가 헛기침을 했다. 커츠 씨는 계산서를 달라고 웨이트리스에게 손짓을 했다. 그들은 음식값을 지불했다. 나중에 두 아버지는 조이에게 이십 달러를 더 주었다. 그런 다음 손을 흔들며 소년의 행운을 빌어주었다.

랠프와 대니는 편지 내용이 무엇인지 전혀 알 수 없었다. 근처 친척집으로 가라는 것인지, 조이 아버지의 주소를 적은 것인지, 아니면 단순히 이별을 고하는 것인지 궁금했다. 그다음 일들은 눈 깜짝할 사이에 일어났다. 랠프와 대니는 떠나고 조이는 남은 것이다. 소년들은 이것이 장난인지, 시험인지 알 수 없었다. 아버지들은 소년들의 어깨를 꽉 붙들고 식당 유리문을 통과했다. 소년들이 뒤돌아보았을 때, 목에 보라색 멍이 든 조이는 빈 접시에 둘러싸인 채, 이미 기억의 한 부분이 된 양, 적막한 식당의 식탁 앞에 꼼짝 않고 앉아 있었다.

비행 거리가 점점 늘어나는 동안, 랠프와 대니는 안전벨트를

186

단단히 맨 채 어색하게 앉아 있었다. 다른 종류의 흥분이 느껴졌다. 귀청이 떨어져나갈 것 같았고 위가 뒤틀렸다. 비행기 날개가 아래로 기울어질 때마다 그들은 좌석의 팔걸이 부분을 움켜쥐었다. 용기가 나면 창밖을 내다보았다. 용기가 사라지면 입술을 깨물고 집을 생각했다.

그들은 떠난 지 삼 주 만에 학교로 돌아왔다. 팔에 석고를 댄 랠프는 침통했다. 자동차 앞유리 조각들이 파고들어간 대니의 얼굴에는 조그맣게 꿰맨 자국이 남았다. 둘은 함께 어색한 안도감을 느끼며 친구들과 인사를 나누었다.

그 주에 수위 아저씨가 조이의 책상을 교실에서 치웠다. 수위 아저씨는 책상 뚜껑을 열고 안을 손으로 훑었다. 암적색 공책과 영어와 역사 교과서, 빈 담뱃갑, 그래프 종이 한 묶음, 작은 검정색 빗, 부러진 연필 몇 자루, 그리고 기름종이에 싸인 샌드위치가 나왔다. 기름종이에는 보라색, 푸른색, 녹색 곰팡이와 썩은 음식물이 괴물처럼 번져 있었다. 곰팡이들은 다른 데로 옮겨가 어둠 속 어딘가에서 계속하여 번성하고 있을 것이었다.

깁스를 풀자 랠프의 팔은 창백하게 시들어 있었다. 도무지 오른팔의 짝 같지가 않았다. 다음 날 그는 애리조나의 플랙스태프에서 온 엽서를 학교에 가지고 왔다. 거기에는 이렇게 적혀 있었다. **돌아가려면 좀 걸릴 것 같다!**

"몇 달이 지났는걸! 걸어오고 있대?"

대니가 말했다. 그들은 칠판 앞의 미국 지도를 당겨 내렸다. 대니가 테이프 조각으로 플랙스태프를 표시했다. 엽서 소식은 교실을 한 바퀴 돌아 불꽃 튀는 대화의 주제가 되었고 아이들의 엉덩이를 들썩이게 만들었다. 조이가 어디에서 뭘 하고 있을지 의견이 분분했지만 그가 살아 있다고 생각하고 집으로 돌아오려면 얼마나 걸릴지 궁금해하는 것은 대부분 비슷했다.

대니는 엽서를 식당으로 가져가 조이의 엄마에게 보여줘야 한다고 생각했다. 그는 책임감 있게 행동하고 싶었다. 민턴 씨는 멀미용 봉투를 냉장고에 테이프로 붙여두었고 대니는 목록에 적힌 일들을 해나가고 있었다. 낡은 화장실을 부수고 한 세기 동안 쌓인 쓰레기를 삽으로 퍼냈다. 엄마의 도움으로 상품 카탈로그에서 주문한 산소마스크를 쓰고 온종일 농장에서 일했다. 그는 이를 악물고 코로 숨 쉬면서 조이를 생각하며 다리가 얼얼해지도록 걸었다. 그는 목을 만졌다. 떠나올 때 혼자 남아 있던 친구의 모습을 머릿속에서 떨쳐버릴 수가 없었다.

랠프는 엽서를 건네주는 것이 내키지 않았다. 식당에도 가고 싶지 않았다. 조이의 엄마는 신경도 쓰지 않을 거라고 했다.

"그 엄마도 조이를 버린 거나 마찬가지야."

대니는 식당이 덜 붐비는 오후 시간을 골라 혼자 조이의 엄마를 만나러 갔다. 그는 카운터에 앉아 밀크셰이크를 주문했다. 조이의 엄마는 주방 입구에 서서 담배를 피우고 있었다. 그녀는 보기에는 예쁘지만 맛은 없는 유리 진열장 속 케이크처럼 보였다.

"실례합니다. 조이 루돌프의 어머니세요?"

대니는 그녀가 누군지 이미 알고 있었지만 이렇게 말을 걸었다. 그녀는 담배를 내려놓더니 내뿜기 전에 잠시 담배연기를 머금고 있었다. 그녀는 화장을 하고 있었다. 대니는 그녀의 옆얼굴에서 점을 뺀 흔적을 알아보았다. 햇볕에 타서 벗겨진 듯, 주변보다 피부 톤이 더 밝은 얼룩이 보였던 것이다.

"맞는데."

그녀가 말했다. 대니는 그녀에게 엽서를 건넸다. 오후의 햇살이 주크박스의 금속 테두리와 냅킨함에 눈부시게 반사되었다. 갑자기 오지 말걸 하는 후회가 밀려들었다. 조이의 엄마는 엽서를 보더니 억지로 웃어 보이고는 말했다.

"이건 그애 필체가 아니다. 소인도 찍혀 있지 않고. 너, 웃기려고 일부러 이러는 거냐?"

대니는 뭐라고 대답해야 할지 알 수 없었다. 밀크셰이크가 들어 있는 유리잔을 꼭 쥐었다. 손가락이 얼얼하고 축축해졌다. 바보가 된 느낌이었다. 랠프가 장난을 쳤다는 걸 깨달았기 때문이었다. 조이의 엄마는 엽서를 그의 앞에 탁 내려놓더니 뒤돌아서서 테이블에 놓인 팁을 집으려고 가버렸다.

집으로 돌아가자 랠프가 기다리고 있었다. 대니는 랠프에게 엽서를 건네주고 울타리 위에 걸터앉았다. 그들은 여전히 친구였고, 랠프가 대학에 진학하기 위해 고향을 떠날 때도, 대니가 사만다 라임즈를 임신시켰을 때도 친구일 것이다. 그들은 그들의 아버지가 병으로 쓰러졌을 때도, 민턴 부인이 머리를 염색하고 재혼할 때도 만날 것이다. 그들은 농장과 주유소를 팔고 멀리 이사 간 후에 서로 어떻게 지내는지 궁금해하다가 마침내 서로를 잊을 것이다.

칠면조들은 농장을 가로지르며 뛰어다녔다. 그러다가 너무 가까워지면 서로 옆에 있는 놈을 쪼았다. 랠프는 플래그스태프에서 온 엽서를 갈가리 찢어서 칠면조들에게 먹였다.

"진짜 먹이는 아니야……"

그가 말했으나 칠면조들은 신경 쓰지 않았다. 칠면조들은 기회가 왔을 때 뭔가를 뱃속에 잔뜩 채우기를 원할 뿐이었다. 시월이 막 시작되었고 밤은 싸늘했다. 칠면조들이 식탁에 오를 날이 얼마 남지 않았다.

당신 삶의 뱀을
다시 살아나게 하는 방법

그는 남겨졌다. 콜롬비아 산 붉은꼬리보아뱀은 검은 아이라이너를 그리던 프레드라는 남자, 간단히 말해 그녀의 애인이 두고 간 것이다. 그녀는 프레드를 거리에서 만났다. 그가 그녀의 세탁물 자루에서 하수구로 떨어진 속옷 한 벌을 집어든 것이다. 팬티는 낡아서 너덜너덜했다. 오래전에 버려야 했다. 하지만 지금은 낯선 사람의 손에 들려 있다.

"방금 세탁한 거예요."

그녀가 생각해낸 말은 고작 이게 전부였다. 말을 끝내기도 전에 그는 속옷을 코로 가져갔다.

"커피?" 하고 묻는 그는 나쁜 사람 같지 않았고 눈동자가 파랬다. 그들은 찻집을 지나쳐 그녀의 아파트로 올라갔다. 그녀의 아파트에 남자가 온 건 몇 년 만의 일이었다. 그녀는 자신이 자랑스러웠고 조금 어지러웠고 남자를 집 안으로 들이는 게 조금 겁나기도 했다. 그의 제안으로 그들은 함께 시트를 방에 펼치고 모서리를 맞춰 반씩 접어나갔다. 동작이 반복될수록 둘은 점점 가까워졌다.

"이건 뭐야?"

그가 검정색 표지에 해골이 그려진 커다란 책을 가리켰다.

"해부학 수업 책이에요. 의대에 다녔었거든요."

그녀가 대답했다.

"무시무시한걸."

그는 안면 해부 부분의 페이지를 펼쳤다. 거기에는 시체 한 구의 사진이 실려 있었다. 시체는 미동도 없었고, 눈꺼풀은 닫혀 있었다. 박박 민 머리에, 입술은 푸르스름한 빛이 돌았다. 다음 페이지는 피부를 벗겨낸 상태였다. 근육들은 하나하나 알아볼 수 있게 금속 도구로 분리되어 있었고 하얀 눈알은 무방비 상태로 눈구멍에 매달려 있었다.

"왜 그만두었는데?"

"나한테 잘 안 맞았어요."

그녀가 말했다. 그녀는 보통 이렇게 대답했다. 수면 부족, 고립감, 외로움 따위는 말하지 않았다. 미스터 그린 때문이라고도 말하지 않았다.

해부학 수업을 듣는 학생들 사이에서는 시체에 별명을 붙여주는 관례가 있었다. 그녀의 실험실 동료는 미스터 그린이 어떠냐고 제안했다. 그들에게 할당된 시체는 기껏해야 마흔 정도인 젊은 남자였다. 하지만 보존과정중에 문제가 있었는지, 피부색이 올리브그린색이 도는 회색으로 변해 딴 세상 사람 같았다. 그녀의 실험실 동료는 늪지 동물 같다고 말하기까지 했다.

그들의 첫번째 임무는 뇌를 들어내는 것이었다. 신경계를 공부하게 될 다음 학기를 위해 보관해두어야 했다. 뼈를 자르는 조그만 회전 톱으로 미스터 그린의 두개골 윗부분을 잘라냈다. 그녀는 뚫린 부분 속으로 손을 넣어 뇌를 쥐었다. 뇌의 한 부분이 검게 변한 채 짓눌려 있었다. 그녀가 뇌를 끄집어내자 한 줄기 피가 흘렀다. 고무장갑을 끼고 있었지만 그녀는 촉감을 느낄 수 있었고 그 무게감이 기억 속에 박혀버렸다. 미스터 그린이 차를 운전하고 이를 닦고 샐러드를 먹고 양말을 신는 모습이 머릿속에 그려졌다. 그가 책을 읽고 누군가의 이름을 기억하려고 애쓰고 〈제퍼디〉*를 보면서 답을 외치는 모습이 떠올랐다. 쟁반 위에 놓이자 뇌는 젤로** 젤리처럼 흔들거리다가 모양을 잡았다. 그것을 본 그녀는 돌아서서 조용히 기절했다.

프레드는 책을 덮고 그녀의 셔츠 아래로 손을 밀어넣었다.

---

* 미국의 인기 퀴즈 프로그램.
** 미국의 젤리 브랜드.

"괜찮지?"

그녀는 그것이, 그가 물어보는 것이 좋았다.

뱀이 베개 가까이 왔다. 프레드는 뱀을 그녀의 욕조에 풀어놓았다. 그녀는 그 동물이 몸뚱이를 위아래로 움직이며 욕조 속을 돌아다니는 것을 보았다. 뱀의 등에 있는 갈색 줄은 점점 밝아지다가 꼬리 쪽에서 붉어졌다. 각각의 무늬 안쪽에는 하얀 타원 두 개가 등뼈 양쪽에 자리잡고 있었다. 프레드의 아파트 관리인은 아파트에서 보아 뱀을 키우지 못하게 했다. 그녀는 어떤가? 그녀는 개의치 않았다.

그들은 그녀의 책장 위에 뱀 우리를 만들었다. 열전등, 온도계, 타고 올라갈 수 있는 나뭇가지, 숨을 곳으로 쓸 작은 양동이를 엎어서 그 안에 넣어주었다. 그는 그녀에게 항상 우리의 문을 잠가두라고 당부했다. 부엌 식탁에 놓인 테이크아웃 음식점의 작은 용기 안에는 발톱으로 온종일 딱딱한 종이를 긁어대는 쥐 한 마리가 있었다. 나중에 그녀는 그 설치류가 뱀에게 잡아먹히는 것을 보았다. 쥐는 마치 자신의 운명을 알고 그 운명에 몸을 내맡기듯, 살아 있으면서도 기운이 없었다.

프레드는 그녀의 손톱에 검은 매니큐어를 칠하고 아이라이너로 입술을 그려주었다. 어둡고 강렬한 경계선 때문에 그녀의 얼

196

굴은 줄에 매달린 인형처럼 보였다. 그는 아침에 베이글을 들고 와서는 햇볕이 잘 드는 그녀의 침대에 하루 종일 누워 있었다. 그가 발가락 부분을 쇠로 두른 부츠를 마룻바닥에 내팽개치고 허리띠를 풀어헤친 채 베개에 얼굴을 묻고 있으면, 그녀는 그의 등에 난 자잘한 점들을 훑고 빨면서 침자국을 남겼다.

프레드는 개념 예술가*였다. 그는 세부적인 것에 대해서는 두루뭉수리로 넘어갔다. 그것은 외부에 존재하나 어디에도 속하지 않은 어떤 것에 관한 것이었다. 그의 젖꼭지 둘레에 작은 털들이 나 있었다.

"나는 비서예요."

그녀가 말했다.

"못 믿겠는걸."

그녀는 실크 블라우스와 짙은 남색 스커트 정장, 발이 편한 구두와 진주목걸이를 있는 대로 몽땅 꺼내왔다. 갑자기 그에게 자신의 모든 것을 보여주고 싶어졌던 것이다. 그가 옷 한 벌을 골랐고 그녀는 그를 위해 그 옷을 입기 전에 먼저 윗부분 밴드가 허리를 꽉 조이는 타이즈를 신으려고 용을 썼다.

"당신, 바보 같아."

그녀는 지금까지 너무나 외로웠다.

---

* 예술 작품 자체보다 작가의 의도와 제시된 아이디어를 중시하는 예술의 일파.

밤이 되면 그는 자기 아파트로 돌아갔고 그녀는 홀딱 벗은 채로 뱀 우리 앞에 서서, 먹은 것을 소화시키는 뱀을 지켜보았다. 그녀는 손을 우리 안으로 넣어 불룩하게 부풀어오른 부분에 올려놓았다. 그 안에서 쥐가 숨을 쉬는 것이 분명히 느껴졌다. 뱀은 혀를 날름거리며 나른하게 그녀를 쳐다보았다. 마치 공기의 맛을 보고 있는 것처럼.

프레드는 그녀를 콘서트에 데려갔다. 건물 밖에는 저마다 입술을 검은 아이라이너로 그린 남녀가 떼거리로 모여 있었다. 검은 스펀지 고무로 된 높은 굽 때문에 그들은 몇 센티미터 허공에 떠 있는 것처럼 보였다.

바의 통로는 담배연기로 가득 차 있었다. 무대 끝에는 색색의 조명이 켜져 있었고, 금전등록기 근처에는 바텐더들이 돈을 셀 수 있도록 작은 알전구가 켜져 있었다. 그들은 술을 마시고 한구석의 부스 안으로 미끄러지듯 들어갔다. 그의 청바지가 그녀의 무릎을 눌렀다. 밴드가 악기들을 조율하더니 삑삑거리기 시작했다. 그녀는 물 속에 들어간 것처럼 귀가 먹먹해졌다. 바로 그때 프레드가 그녀를 떠났다. 그는 자리에서 일어나 술을 더 가지러 가서는 다시 돌아오지 않았다.

밴드가 연주할 준비를 끝냈을 때 그녀는 허공에 붕 뜬 듯한 갑작스러운 상실감을 느꼈다. 죽 이어진 계단 아래로 굴러떨어지기

직전 느끼는 붕 떠 있는 듯한, 이상하게 또렷한 느낌. 프레드는 부스 안에 담뱃갑을 두고 갔다. 안에는 담배 한 개비가 들어 있었다. 그녀는 그것을 해부했다. 담배 가운데를 분질러 필터를 제거하고 담배 가루를 여기저기 팬 자국이 남아 있는 탁자 위에 흩뿌렸다. 그런 다음 냄새를 맡아보려고 손가락을 들어올렸다.

그날 밤 그녀는 우리 문을 잠그지 않았다. 정말 위험한 도전이었다. 자신이 무서워하지 않는다는 것을 보여주는 방법이었다. 뱀은 주로 들어가 쉬는 곳 안에 있었다. 뱀이 이제 자유라는 것을 감지하고 밖으로 나올 때를 잠시 기다렸다. 뱀이 꼼짝도 하지 않자 그녀는 침대 옆에 전화기를 두고 불을 끄고 잠을 청했다.

그녀는 미스터 그린의 꿈을 꾸었다. 그는 벌거벗은 채로 그녀의 침대 발치에 서 있었다. 그의 머리 꼭대기는 구멍이 난 채 텅 비어 있었다. 그녀의 실험실 동료가 열심히 작업을 한 듯했다. 팔과 다리의 피부가 몽땅 벗겨져 힘줄이 드러나고 근육조직마다 꼬리표와 라벨이 붙어 있었다. 미스터 그린이 그녀를 향해 손을 뻗는 순간, 그녀는 침대 위에 뭔가 있다는 것을 깨닫고 움찔했다. 발치에 뱀이 똬리를 틀고 있었다. 뱀의 꼬리가 그녀의 발목을 감고 기분 좋게 조였다. 아킬레스건을 가로질러 미끄러지듯 움직이는 뱀의 무게감이 다리 위로 퍼지자 그녀는 묵직한 짐을 짊어진 것 같았다. 그녀는 베개에 몸을 기댔다.

그녀는 우리를 계속 열어두기로 결심했다. 뱀 덕택에 미스터 그린은 그녀의 악몽에서 사라졌고, 주방 근처에서 출몰하던 바퀴벌레들도 사라졌다. 찬장을 열다가 그녀는 뱀이 와인 잔의 손잡이 부분을 감고 움직이는 것을 보았다. 그녀는 뱀이 잔을 깨뜨리지 않을 거라고 생각했고 실제로도 그랬다. 뱀은 조용히 그녀의 어깨 위로 미끄러져 내려왔다. 뱀이 얼굴을 지나갈 때 그녀는 숨을 죽였다. 비늘이 바로 눈앞에 보였다. 뱀의 하얗고 펀펀한 배가 그녀의 쇄골을 건드렸다. 뱀의 무게가 축복처럼 느껴졌다. 뱀은 그녀의 팔을 감고 돌다가 어디로 갈지 몰라 잠시 머뭇거렸다. 그녀는 쿠션이 있는 소파 쪽으로 갔다. 그는 쿠션 밑에 들어가 자는 걸 좋아했다. 그녀는 천천히 그를 보내주었다.

직장에서 그녀는 파일을 정리하고 타이핑을 한다. 커피를 준비하고 냅킨과 크림 그릇을 정리한다. 그녀 주변에서 사람들은 주말 계획이나 스포츠 팀, 텔레비전 쇼에 관해 잡담을 나눈다. 그녀가 지나갈 때 사람들은 종이 클립이 어디 있는지 묻는다. 그녀가 하는 일은 사무실 비품을 주문하고 포스트잇과 수정액의 수량을 기록하고 사들이는 것이다. 의대에서 써먹던 암기 기술에 감사하면서 그녀는 그 기술을 구입할 물품의 크기와 색깔을 외우는 데 사용했다.

복사기가 고장나면 사람들은 그녀의 책상으로 몰려와 부탁했다. 그녀는 제대로 된 버튼을 누를 수 있고 문제가 잘 생기는 구석과 틈새를 잘 아는 유일한 사람이었다. 그녀는 롤러 부근에서 아코디언처럼 빡빡하게 접힌 종이 한 장을 찾아냈다. 동료들은 커피 잔을 소리나게 내려놓고 그녀의 등을 철썩 때렸다.

이것이 그녀가 받은 보상이자 그녀가 누린 최고의 순간이었다. 일은 쉬웠다. 동료들은 모두 좋은 사람들이었고 그녀도 그들을 좋아했다. 사장은 친절했고 일을 맡길 때는 미안하다고 사과부터 했다. 마치 문서를 교정하는 것이 세상에서 가장 힘든 일인 양. 그러면 그녀는 이렇게 말한다.

"걱정 마세요. 전혀 어렵지 않아요."

다섯시가 되어 그녀는 엘리베이터에 타려다 발을 삐끗했다. 사람들은 한쪽으로 비켜섰지만 아무도 도와주지는 않는다. 마치 비서 역할을 하는 그녀는 진짜가 아니라는 것을 알고 있다는 듯. 문이 닫히고 엘리베이터는 아래로 향한다. 근육이 당기는 것 같아 그녀는 잠시 바닥에 주저앉았다. 그러고는 집에서 물건 사이를 미끄러져 다니고 있을 뱀을 생각했다.

프레드의 냄새가 그녀의 침대 시트에 남아 있었다. 냄새가 나기 시작했을 때는 거의 느끼지 못하다가 지금에야 느낀 것이다. 바로 그 이유 때문에 그녀는 시트를 빨지 않고 한 달이 넘게 더러운 시트 속에서 뒹굴었다. 그녀는 그 냄새를 통해 자신이 버려졌다는 걸 실감했다. 마치 가슴이 열리고 갈비뼈가 드러난 채, 수술 도중에 버려진 환자처럼.

그녀는 그 클럽을 다시 찾아가 같은 부스에 앉아서 똑같은 보드 카 토닉을 마셨다. 밴드가 바뀌어서 이번에는 턱수염을 기른 사람들이었다. 그들의 음악은 조화로웠다. 그중 한 사람이 유연하게 봉고를 연주했다. 연주자들은 갈색과 오렌지색 옷을 입고 판 초를 걸치고 샌들을 신고 있었다. 아무도 옆에 앉지 못하도록 그녀는 의자에 발을 올려놓았다.

미스터 그린에게는 가족이, 부인과 두 딸이 있었다. 의대를 그만두기 전, 그녀는 병원 데이터베이스에서 그의 자료를 찾아보았다. 죽기 이 년 전 그는 사과나무를 손질하다가 사다리에서 떨어져 다리를 부러뜨렸다. 그는 아픈 몸을 질질 끌고 가서 자동차를 타고 병원까지 직접 운전해왔다. 뼈를 맞춘 의사는 그에 대해 이렇게 기록해놓았다. **고통을 견디는 힘이 매우 강함.** 하지만 미스터 그린을 죽인 것은 그녀가 손에 쥐었던 바로 그 뇌에 생긴 응혈, 동맥류였다. 실력 있는 학생이었다면 뇌를 보자마자 사인을 알 수 있었을 것이다.

뱀은 먹이를 구할 수 있는 장소를 발견한 듯했다. 이것이 갈등의 첫 조짐이었다. 그녀는 양손에 갈색 봉투를 하나씩 들고 직장에서 집으로 돌아왔다. 봉투 하나에는 인도 음식이, 다른 하나에는 흰쥐 두 마리가 들어 있었다. 애완동물 가게 주인은 고등학교 실험실에서 넘긴 것이라고 말했다. 흰쥐들은 미로찾기 때문에 멍한 상태였다. 그녀는 불을 켜고 방을 가로지르면서 부드럽게 뱀을 불렀다. 뱀은 소파 위에 똬리를 틀고 깊이 잠들어 있었다. 몸통 가운데 부분이 이상하게 불룩했다.

그녀는 뱀이 좋아하는 것의 목록을 써내려갔다. 실크 파자마, 햄스터, 물이 내려가는 욕조 구멍 주변의 움푹한 부분. 그런 다음 그녀는 최선을 다해 이것들을 제공하려고 애썼다. 냄새가 날 때까지 며칠 동안 실크 파자마를 입었고 적당한 수분 상태를 유지하려고 미지근한 물이 계속 조금씩 흘러내리도록 욕조의 수도꼭지를 열어놓았다. 싱크대 아래에는 여분의 햄스터를 우리에 넣어두었다. 적극적인 전술을 쓴 것이다.

이런 것들이 아무 효과가 없을 때면 그녀는 만만한 여자가 아닌 척 연기를 했다. 며칠 동안 그를 무시하고 그가 알아채지 못할 때는 화를 냈다. 그녀는 그에게 벌을 줘야겠다고 결심했다. 우리를 잠그고 이 주 동안 먹이를 주지 않았다. 그리고 어느 날, 거기에 있는 그를 처음 발견한 듯 호들갑을 떨었다. 누가 너한테 이런 짓을 했어? 가엾은 우리 아가! 그런 다음 햄스터를 우리에 넣어주었다. 그는 햄스터를 붙잡은 다음 아가리를 쩍 벌리고 삼키기 시작했다. 그녀는 이 광경을 보면서, 그가 몸의 일부를 분리해서 크기와 상관없이 어떤 것을 넣어도 맞도록 조절한 다음 작업이 끝나면 다시 몸의 아귀를 맞추는 게 틀림없다고 생각했다. 뱀이 집어삼킨 덩어리가 몸통 중간쯤 올 때까지 기다린 다음 그녀는 마빈 게이의 노래를 불러주었다. 밤이 되면 조용히 침대 속으로 미끄러져 들어간 후 그가 자신에게 오기를 기다렸다. 가끔 그가 돌아와 발목을 감고 있나 보려고 실눈을 뜨기도 했다. 그녀는 제2의 햄스터가 되기를 원한 것이다.

그는 지루한 듯 보였다. 변기 물 속에서 너무 오래 시간을 보낸 것이다. 그가 그럴 때마다 그녀는 질색을 했다. 그가 아파트 방을 가로지르면서 길고 가느다란 물 자국을 남겼기 때문이다. 그녀는 왜 자신이 다른 보통의 독신녀들처럼 고양이를 기르지 않는 걸까 궁금해하기 시작했다.

미스터 그린이 돌아왔다. 그녀는 우리에서 뱀을 내보내준 후로 그를 여러 달 동안 보지 못했다. 그러던 어느 날 밤 그가 나타났다. 해부된 손으로 신문 스포츠 면을 펼쳐 쥐고는 욕실에서 나온 것이다. 그녀는 해부학 수업의 진도가 어디까지 나갔는지 볼 수 있었다. 7장까지 온 것이 틀림없었다. 가슴뼈가 제거되어 있었고 갈비뼈, 쇄골, 흉골이 잘려나갔다. 간이 드러났다. 폐는 두 손을 포개듯이 심장 위에 얌전하게 포개져 있었다.

그는 그녀를 보고는 입술이 사라진 입으로 싱긋 웃었다. 그녀의 매력이 사라져버렸다고 말하고 있다는 것을 그녀는 알았다.

얼마 지나지 않아 그에게는 아무것도 남지 않게 될 것이다. 그녀는 자신도 같은 방식으로 내부가 벗겨져서 안에 들어 있는 것이 모조리 끄집어내진 다음 천천히 비어가는 것을 느꼈다. 주방의 시계가 큰 소리로 윙윙거렸다. 그는 냉장고 문을 열고 안으로 들어갔다.

그녀는 자신의 일에 감사했다. 커피와 그녀의 사무실 동료들이 건네는 아침 인사와 스위치를 켜면 웅 소리를 내는 컴퓨터에 감사했다. 그녀가 아무 일도 하지 않는다는 것을 아무도 눈치채지 못하는 것 또한 고마운 일이었다. 그녀가 하는 일이라고는 종이들을 책상 근처로 날라와 서류철 안에 잘 정리해 넣었다가 다시 꺼내는 것, 종이를 호치키스로 찍은 다음 호치키스를 다시 힘주어 떼어내는 것, 복사기 옆에 서서 같은 페이지를 복사하고 또 복사하는 것이 전부였다.

그녀가 복사한 페이지는 회사 조직표였다. 작은 네모칸 안에 씌어진 이름들은 서로 연결되어서 회사 내의 서열관계를 보여주었다. 그 표를 한 번만 척 봐도 즉각 회사에 어떤 사람이 있고 그들이 어디에 속해 있으며 누구의 권한이 더 강한지 알 수 있었다. 동료들의 이름도 조직표 내에 세밀하게 표시되어 있었다. 오른쪽 아래 구석, 그녀의 상사 이름 아래 그녀의 이름이 가느다란 선에 매달려 있었다. 이 조직표는 몇 달마다 승진과 강등, 신입사원 채용, 해고 등을 반영하기 위해 바뀌었다. 이것이 장기판이라면 그녀는 계속 같은 자리에 머물러 있는 것이다. 자신이 너무 수동적이었음을 그녀는 깨달았다. 지금보다 더 나은 사람이 되기 위해 일한다는 생각을 한 번도 해본 적이 없었다. 의대에 다닐 때도 마찬가지였다. 그녀는 미스터 그린의 뇌를 꺼낸 후 느꼈던 좌절감을 생각했다. 그 느낌이, 메스꺼움과 함께 자신을 사로잡아 어둠 속으로 끌어당겼던 것을 생각했다. 깨어났을 때 그녀는 여전히 고무장갑을 끼고 있었다. 장갑은 젖어 있었고 포르말린 냄새가 났다. 장갑을 통해 피부가 비쳐 보였다. 장갑을 벗자 손가락 끝이 쪼글쪼글해져 있었다.

그녀가 원한 것은 치킨수프였다. 뭔가 몸에 좋은 것, 기운을 되찾게 해줄 만한 것. 당근을 다지면서 그녀는 샐러드를 섞는 우묵한 그릇 안에 똬리를 틀고 있는 뱀을 보았다. 손을 뻗어 뱀의 머리를 톡 쳤다. 그는 머리를 들고 그윽한 눈길로 그녀를 보았다. 그러고는 길고 나직하게 쉭쉭거리는 소리를 냈다. 그녀의 몸이 얼어붙었다. 그가 다시 똬리를 틀자 그녀는 손에 쥐고 있는 칼로 그를 찔러 근육을 자르고 혈관을 끊고 뼈를 뚝 꺾듯이 그 단단한 칼슘 덩어리를 쪼개놓는 것이 얼마나 쉬운 일일지 생각했다. 그녀는 호박을 자르듯, 바게트를 자르듯 그를 자를 수 있다. 뱀을 해부한 적은 없지만 고양이와 개, 어미의 뱃속에 들어 있는 새끼돼지, 벌레들을 해부한 적은 있었다. 그러므로 뱀도 해부할 수 있었다.

그가 화장실 변기에서 나왔을 때 그녀는 준비가 되어 있었다. 그는 라디에이터 위에서 몸을 죽 폈고, 그녀는 정육용 칼을 집어들었다. 획 하는 소리와 함께 허공을 가르며 칼을 내리치자 그의 작은 머리가 댕강 잘려나가 소파 밑으로 도르르 굴러들어갔다. 생각한 것보다 피는 많이 나지 않았다. 일이 분 후 그의 몸통이 비틀리고 배배 꼬이더니 바닥으로 툭 떨어졌다. 그녀는 의자 위로 펄쩍 뛰어올라가 기다렸다. 잠시 후 의자에서 내려와 칼로 그의 몸을 건드려보았다. 그런 다음 벽장에서 빗자루를 꺼내 머리를 쓰레받기에 쓸어담았다. 머리카락 뭉치, 쓸모없는 동전과 섞여 있는 그의 머리는 슈퍼마켓에서 집으로 오는 길에 있는 십 센트 머신에서 빠져나온 플라스틱 구슬처럼 보였다. 그녀는 화장실로 가서 머리를 변기에 떨어뜨렸다. 그것이 바닥으로 가라앉자 물을 내렸다.

그다음부터는 간단했다. 그녀는 예전에 쓰던 칼과 겸자, 바늘, 침, 가위들로 이루어진 해부도구 세트를 가져왔다. 그리고 뱀의 긴 몸통을 따라 말끔하게 절개했다. 마치 아직도 의대생인 양 호흡관, 식도, 심장, 폐, 간, 위, 담낭, 장, 콩팥을 하나하나 확인해나갔다. 그녀는 내장을 쓰레기통에 버린 후 껍질을 벗겼다. 마지막으로 남은 것은 노란색 살덩이였다.

아래층 현관에서 초인종이 울렸다. 프레드였다.

"어서 와요."

그녀가 말했다. 그가 방문을 노크하기 전에 뱀의 껍질을 쓰레기통에 던져넣고 해부도구를 치우고 립스틱을 발랐다.

"지난번 밤에는 내가 미안했어. 옛날 친구를 우연히 만났거든."

프레드가 문 앞에 서서 뺨을 긁으며 말했다. 아이라이너를 그린 눈이 지저분했다.

"벌써 석 달 전 일이에요."

프레드가 어깨를 으쓱하고 아파트 안을 둘러보았다. 그의 시선은 뱀 우리에 가서 멈추었다.

"뱀을 풀어놨네?"

"네."

"좋은 생각이 아닌데."

이번에는 그녀가 어깨를 으쓱했다. 그녀는 그가 키스해주기를 기다렸다.

"아파트를 새로 얻었어."

프레드가 말했다.

냉장고 문이 열리고 미스터 그린이 기어나왔다. 그의 심장은 우심방벽, 좌심실 한쪽, 그 위 폐 판막, 이 세 부분이 떨어져나가고 없었다. 폐는 사라지고 기관지가 대동맥 양쪽으로 나무뿌리처럼 뻗어나가 있었다. 그것은 뼈만 남은 날개, 헐벗은 가지 같았다. 그녀는 프레드를 흘끗 보았다. 그는 여전히 그녀에게 말하고 있었다.

"뱀을 가져가려고 왔는데."

"워낙 숨는 것을 좋아하잖아요. 나올 때까지 기다려야 할 거예요. 음식을 만들고 있었는데, 좀 먹을래요?"

그녀가 말했다. 그러자 프레드는 좋다고 했다.

그녀는 튀김을 만들기로 마음먹었다. 도마 위에서 뱀고기는 금세 산산조각이 났다. 그녀는 그것들을 버터밀크에 담갔다가 밀가루에 굴린 다음 팬에 던져넣었다. 그동안 프레드는 아파트를 둘러보고 있었다. 쿠션을 집어들고는 소파 주변을 살피고 마루에 있는 빨랫감들을 쿡 찔러보았다. 미스터 그린은 이 모든 일을 흥미로운 듯 지켜보고 있었다.

"저녁 준비가 다 되었어요."

프레드는 주방에 놓인 작은 식탁에 앉았다. 그는 뭔가 불편한 듯했다. 하지만 건너편에 앉아 손가락뼈로 귀가 있었던 구멍을 긁고 있는 미스터 그린은 보지 못한 것 같았다. 이에 립스틱이 묻었나? 그녀는 혀로 앞니를 훑었다. 그리고 프레드에게 음식 접시를 건넸다.

튀긴 뱀은 기름졌다. 그녀는 양상추 위에 튀긴 뱀을 올렸다. 미스터 그린은 몸을 기울여 고기 한 점을 훔쳐갔다. 위가 없었기 때문에 음식은 그의 입에 들어가자마자 곧장 마룻바닥으로 떨어졌다. 실험 동료가 심장을 꺼내가면 그는 뼈만 남을 것이다. 그가 자꾸만 튀김을 입으로 가져가는 바람에 급기야 그가 앉아 있는 의자 위에 작은 음식 더미가 생겼다.

프레드는 포크로 뱀튀김을 쿡쿡 찔렀다. 입으로 가져가기 전에 이리저리 뒤집어보았다. 앞치마를 입은 그녀는 그 옆에 서서 그가 튀김을 삼키기를 기다렸다. 그는 뜸을 들였다. 그러고는 씹었다. 그의 목이 꿈틀 수축되었다가 이완되었다. 튀김 조각이 뱃속으로 내려갔다. 프레드는 놀란 얼굴로 그녀를 바라보면서 말했다.

"이거 맛있는데!"

갈루스, 갈루스

앨런 퍼킨은 키 작은 대머리 남자로, 다른 사람이 그를 위해 뭔가를 하도록 만드는 데 능했다. 예를 들면 그는 구두끈을 매는 법을 배운 적이 없었다. 어릴 때는 매일 아침 어머니가 아침을 먹고 있는 그의 발치에 쪼그리고 앉아 발등에 나 있는 구멍에 끈을 넣었다 뺐다 한 후 리본 모양을 만들어주었다. 결혼한 후에는 아내가 그 임무를 떠맡아서 매일 아침식사 후에 그 일을 수행했다. 하루 중 예기치 못하게 구두 한쪽의 끈이 풀리면 앨런은 바로 곁에 서 있는 사람에게 끈을 묶어달라고 공손하게 부탁했다. 그리하여 앨런이 서른이 될 무렵, 마을 사람 거의 모두가 한 번 이상은 그의 구두끈을 묶어주게 되었다.

앨런 퍼킨은 해수(海水) 태피로 유명한 퍼킨스 캔디의 소유주였다. 앨런을 이 사업에 끌어들인 것은 그의 아버지였다. 고등학교를 갓 졸업한 예쁜 소녀를 고용해 상점 창문 옆에 세워두고 손님을 끌라고 가르친 것도 아버지였다. 그 일에는 고도의 기술이 필요했기 때문에 소녀들은 상점 앞에 서기 전에 뒷방에서 엄격한 훈련 프로그램을 거치도록 되어 있었다. 사람들은 종종 특별한 소풍 삼아 퍼킨스 상점에 들렀다. 그러고는 그저 커다란 유리 창문 밖에 마주 서서 위생모를 쓴 어여쁜 소녀들이 녹아서 반짝거리는 긴 설탕 가락을 당기고 붙이고 꼬는 것을 지켜보았다. 사업은 번창해서 퍼킨 씨는 부인이 커다란 집에서 여러 명의 하인을 부리며 살 수 있게 해주었고, 이것은 그녀의 취미인 닭 키우기를 지원해줄 수 있음을 의미했다.

퍼킨 부인은 쯧쯧 소리를 내며 닭 모이를 흩뿌려주는, 일종의 아침 의식을 즐겼다. 그 의식을 치르고 나서야 뭔가 생산적인 일을 할 수 있는 힘이 솟구쳤다. 요리사인 메리가 매일 아침 퍼킨 부인의 옷이 더러워지지 않도록 앞치마를 입는 것을 도왔다. 퍼킨 부인은 뒷마당으로 통하는 문을 열고 정원사가 일찌감치 준비해둔 씨앗 바구니를 들고는 쯧쯧 소리를 내기 시작했다.

퍼킨 부인은 결혼 전에 가축병원 간호사가 되기 위해 잠시 공부한 적이 있었다. 결혼 전 이름이 다이애너 윌머트였던 퍼킨 부인은 어느 날 동물학 책을 넘기다가 동남아시아의 정글에 사는 붉은 야생 닭, 갈루스 갈루스의 해골 그림을 우연히 보게 되었다. 그녀는

214

활 모양으로 굽은 부리, 지나치게 작은 두개골, 날개의 근간을 만들기 위해 부챗살처럼 뻗어 있는 정밀하고 가느다란 뼈에 매혹당했다. 그녀는 생각했다. 이건 마치 작은 기형아처럼 보이는군. 무지막지하게 큰 손을 가진 작은 기형아. 다이애너, 곧 퍼킨 부인이 될 그녀는 눈물을 흘렸고 그 순간부터 가금류와 사랑에 빠졌다.

퍼킨 부인은 씨앗 바구니 속에 손을 집어넣었다. 얼마나 신선하고 산뜻한 느낌인가! 그녀는 손가락을 앞뒤로 놀리면서 씨앗들이 자갈이나 모래, 자잘한 별빛 같다고 생각했다. 제일 구석부터 모이를 떨어뜨리기 시작하자 닭들이 야단법석을 떨며 그쪽으로 달려왔다. 작은 머리를 소리나는 쪽으로 돌리고 다 함께 짧고 잽싸게 아래위로 움직여댔다. 그들의 작은 머릿속에는 온통 이런 생각뿐인 것 같았다. 그래, 저기서 소리가 났다. 그래, 저 소리는 먹을 것을 뜻해. 그래, 먹이를 주려고 사람이 온 게 틀림없어.

퍼킨 부인은 더 큰 소리를 내며 수탉 로미오를 찾았다. 로미오는 한때 투계 경기 챔피언이었다. 로미오의 며느리발톱은 상대편 닭의 목을 찢어발기는 데 쓰이는 쇠발톱을 끼우기 위해 잘려나갔다. 깃털은 번쩍이는 흑청색이었고 볏은 현란한 노란색이었다. 어둡게 빛나는 깃털 색과 대비되는 볏 때문에 로미오는 왕관을 쓴 왕처럼 보였다.

퍼킨 부인은 전국을 순회하며 닭싸움을 시키던 거친 시골 청년들의 손에서 로미오를 구해냈다. 어느 날 퍼킨 씨의 점심을 가져다주고 돌아오는 길에 로미오가 그 지역의 자랑인 투시라는 이름의 닭과 겨루고 있는 모습을 보았을 때였다. 흙먼지와 핏방울, 깃털이 허공에 자욱하게 날렸다. 그것을 바라보던 퍼킨 부인은 흥분했다. 싸움에서 이긴 로미오가 목의 깃털을 쫙 세우자 그녀는 자신이 그를 꼭 가져야 한다고 생각했다. 그녀가 이 야생 수탉을 길들이기까지는 거의 여섯 달이 걸렸다. 그후 그녀는 모성애에 가까운 집착으로 그가 야생 수탉으로 돌아가지 않도록 애썼다.

이제 모이 바구니가 비었다. 로미오는 아침식사를 하러 나오지 않았다. 퍼킨 부인은 한 번, 두 번, 발을 굴렀다. 그런 다음 정원사에게 로미오를 찾아보라고 일렀고 이웃들에게 전화를 하러 집 안으로 들어갔다.

코왈스키 부인은 로미오를 보지 못했다고 했다. 브론스톤 부인도 마찬가지였다. 듀이플 부인은 자기 집 닭 몇 마리가 이상하게 행동하는 것을 목격한 적은 있지만 딱히 로미오를 보지는 못했다. 퍼킨 부인은 이웃의 부인들에게 감사의 말을 하고 전화를 끊은 다음 아침식사가 차려진 식탁에 자리를 잡고 앉아 걱정에 휩싸였다.

그때 앨런 퍼킨 씨가 구두끈을 묶지 않은 채로 계단을 내려왔다. 그는 자리에 앉아 냅킨을 무릎 위에 펼치고 작은 은수저를 집어들고는 접시 가운데 놓인 작은 사기컵에 담긴 반숙 계란을 톡 깨뜨렸다. 그가 매일 아침 기계적으로 되풀이하는 일들은 모두

전날 밤 집사에게 남기는 상세 스케줄에 따라 진행되었다.

"잘 잤소, 여보?"

앨런 퍼킨 씨가 물었다. 아내는 대답하지 않았다. 그녀는 창밖을 내다보면서 로미오가 어디에 있을지 생각하고 있었다. 그런 아내를 보자 퍼킨 씨는 화가 났다. 그는 아침식사를 하려고 식탁으로 오면서 아내에게 인사를 건네 자신의 출현을 알렸다. 그리고 따뜻한 응대를 기대했다.

"이봐."

그가 아내를 불렀다. 아내가 퍼킨 씨의 그날의 균형을 깨뜨렸다. 그는 그녀에게 그것을 알리고 싶었다.

퍼킨 부인은 남편의 목소리 톤이 바뀐 것을 눈치채고 그 때문에 더욱 기분이 나빠졌다. 그녀는 입을 꽉 다물고 의자를 움직여 식탁에서 떨어져 비스듬히 옆으로 돌아앉아버렸다.

그러자 퍼킨 씨는 속이 탔다. 그는 재빨리 지난 주 자신의 행동들을 마음속에 떠올려보았다. (기념일이 있었던가? 그녀의 생일이었나?) 하지만 짚이는 것이 없었다. 그는 혼란스러운 침묵 속에서 반숙 계란을 먹었다. 아내는 아무것도 먹지 않고 계속 창밖을 바라보기만 했다. 곧 앨런 퍼킨 씨가 출근해야 할 시간이 되었다. 그는 손목시계를 보고 숟가락을 내려놓은 다음 아내가 구두끈을 묶어주기를 기다렸다.

퍼킨 부인은 여전히 밖을 내다보고 있었다. 로미오의 목을 손가락으로 훑어내릴 때의 감촉과 그녀가 만질 때마다 그녀의 말 한 마디 한 마디에 열정적으로 동의한다는 듯 아래위로 끄덕이던 그의 머리를 기억했다.

퍼킨 씨가 목청을 가다듬었다. 그에게는 처음 보는 사람도 구두끈을 묶게 만드는 탁월한 재능이 있었지만 아내에게 그 천부적인 설득력을 사용하는 데는 익숙하지 않았다.

"이제 아홉시 반이오. 일하러 가야 해요."

그가 말했다.

"그럼 가세요."

퍼킨 부인이 말했다.

"구두끈을 묶지 않고는 일이 안 된단 말이오!"

퍼킨 부인이 의자에서 펄쩍 뛰어올랐다. 그녀는 고함 소리를 듣는 것, 게다가 아침의 첫 일과에서, 그것도 아침식사 시간에 고함 소리를 듣는 데 익숙하지 않았다.

"미안해요, 여보. 깜빡 잊었어요."

퍼킨 부인은 이렇게 말하고 일어나 재빨리 남편 쪽으로 다가갔다. 그러고는 그의 발치에 무릎을 꿇었다. 그녀는 끈을 최대한 잡아당겨 매듭을 도저히 풀 수 없게 만들었다. 그러고는 일어나 방을 나가버렸다.

퍼킨 씨는 커피를 마시고 자리에서 일어났다. 구두는 발에 딱 맞게 조여져 있었다. 하지만 그는 집에서 가게까지 짧은 거리를 걸으면서 가뿐하다 못해 어딘가 불편하다는 것을 알아차렸고 사탕 가게에 도착할 무렵에는 발이 점점 무거워져서 약간 절뚝거렸다. 그는 무뚝뚝하게 점원 가운데 한 명에게 구두끈을 풀어달라고 했지만 아내가 단단히 묶어놓은 매듭은 풀리지 않았다. 점원은 끈을 잘라버리자고 했지만 남을 설득하는 데 엄청난 재능이 있을 뿐 아니라 지독한 구두쇠이기도 한 그에게 멀쩡한 구두끈을 못 쓰게 만드는 행위는 범죄였다.

"괜찮아."

점원의 말을 자른 후 그는 아내에게 복수할 잔인한 방법들을 상상하기 시작했다. 그는 사무실 문을 뻥 차고 들어와 의자에 몸을 던졌다. 그러고는 발에 쏠리는 몸무게를 덜기 위해 다리를 책상 위에 올렸다. 퍼킨 씨가 구두 굽을 따라 회색과 흰색 오물이 묻어 있는 것을 발견한 건 바로 그때였다. 그는 손가락으로 오물을 닦아낸 후 손가락을 코로 가져가 닭장의 냄새를 확인했다.

* * *

퍼킨 씨의 구두 매듭을 푸는 데 실패한 점원의 이름은 마이클 쉬이였다. 그는 왜소한 체격에 피부가 가무잡잡한 사내였고 말할 때마다 나른한 눈동자를 이리저리 굴렸다. 그는 그 가게에서 오년 동안 점원으로 일했다. 그동안 그는 앨런 퍼킨 씨의 구두끈을 종종 묶어주었다. 바닥에 몸을 구부리고 사장의 윤이 나는 이탈리아 산 가죽구두의 끈을 매주는 일은 그다지 즐겁지 않았지만, 그는 퍼킨스 사탕 가게의 유일한 남자 직원이었기 때문에 여러 가지 혜택을 누렸다.

마이클 쉬이는 늘 안대를 하고 있었다. 퍼킨스 사탕 가게에서 일하면서부터 말할 때마다 안대 얘기를 슬쩍 덧붙였다. 그는 모든 사람들에게 마르세유 산자락에서 펼친 한 독일 병사와의 백병전 중에 눈을 다쳤다고 했다. 실직의 위험을 느낄 때마다, 이리저리 돌아가는 그의 눈을 손님이 힐끔거릴 때마다 이 이야기를 늘어놓았다.

사실 마이클 쉬이는 전투를 해본 적이 없었다. 나쁜 시력과 평발 때문에 부적격 판정을 받았기 때문이다. 그럼에도 퍼킨스 사탕 가게에서 일하는 갓 고등학교를 졸업한 소녀들에게 그 눈은 역겨우면서도 로맨틱한 느낌을 불러일으켰다. 그 눈이 빤히 쳐다보고 있으면 소녀들은 왠지 신경이 쓰였고 그 눈의 남자가 따뜻한 손을 어깨나 작은 등에 대면 흥분과 공포를 느끼고 몸을 부르르 떨었다.

퍼킨 씨가 사무실 문을 차고 들어간 후 마이클의 마음속에서 뭔가가 떠올랐지만 곧 시큰둥해졌다. 그는 가게에서 위생모를 쓰고 작업하고 있는 소녀들을 바라보았다. 소녀들은 녹인 설탕 덩어리를 꼬고 늘여서 나선형 사탕덩어리로 만들고 있었다. 그러면서 자신들을 보려고 모여든 사람들에게 달콤한 웃음을 지어 보였다. 그들은 대단히 청결하고 매우 예뻤다.

마이클은 멋진 눈길로 퍼킨스 사탕 가게에서 태피를 당기는 소녀들 중 제일 서열이 높은 에멀린 도허티를 바라보았다. 그녀의 뺨은 발갛게 달아올라 있었고 긴 갈색 머리카락은 위생모 안에 얌전히 들어가 있었다. 그녀의 팔은 기계처럼 유연하게 움직였다.

마이클은 카운터 뒷문을 밀어 열고는 땅콩버터 태피 한 개를 집었다. 그것을 손에 쥐고 말랑말랑해져 모양을 잃을 때까지 기다렸다. 그런 다음 기름종이를 벗겨내 일하고 있는 에멀린을 향해 던졌다.

태피는 에멀린의 뒤통수에 맞았다. 그녀가 비명을 지르면서 당기고 있던 빛나는 설탕을 손에서 놓치는 바람에 설탕은 바닥으로 축 늘어졌다. 에멀린과 그의 동료가 미친 듯이 그 차진 설탕 반죽을 다시 꼬고 움직여서 원래대로 되돌리려 애썼으나 너무 늦었다. 태피는 사라져버리고 메이플 호두 맛의 부드러운 설탕 덩어리만 바닥에 남았다.

에멀린 도허티는 실수를 하는 소녀가 아니었다. 그녀는 어릴 때 비극적인 사고로 아버지를 잃었다. 일요일에 산책중인 그를 청새치 더미가 우연히 덮쳤다. 정신 나간 크레인이 고깃배에서 고기를 듬뿍 집어 부두 위에 부리다가 그를 매장해버리고 만 것이다. 이런 이유로 에멀린은 예기치 못한 일에는 상당한 공포심을 갖게 되었다. 그녀는 어릴 때부터 어머니의 도움을 받아 인생의 계획을 하나하나 세밀하게 짰다. 그녀는 위도와 경도로 구획된 마음속 틀 안에서, 보통의 돌발적인 실수, 뒤집어본 실수, 비스듬한 축으로 변환시킨 실수에 만반의 준비가 된 인생을 보았다. 퍼킨스 캔디 가게에서 태피를 당기는 소녀들 중 최고라는 그녀의 위치는 그녀라는 지형학적 존재에게 중요한 윤곽선이었다. 삼 년간의 월급은 치위생사 공부를 하기 위해 저축했다. 손가락에서 미끄러져 떨어진 사탕을 보았을 때 에멀린은 친숙한 상실의 공포를 느꼈다.

에멀린은 퍼킨 씨의 사무실로 달려갔다. 그녀는 노크도 하지 않고 들어가 높고 다급한 목소리로 조금 전 일어난 일을 보고한 다음 갑자기 울음을 터뜨리면서 자신을 해고하지 말라고 사정했다. 그녀는 돌아서서 증거를 보여주었다. 머리카락과 위생모에 단단히 들러붙은 태피 덩어리를. 퍼킨 씨는 에멀린에게 진정하라고 말하고 박하 향 태피 하나를 권했다. 다른 사람의 입을 막고 싶을 때 그가 곧잘 취하는 방어의 제스처였다. 그는 오늘은 이만 집으로 돌아가 쉬는 게 좋겠다고 조용히 권했다. 그런 다음 마이클에게 사무실로 들어오라는 말을 전하라며 그녀를 내보냈다. 그리고 다시 몸을 기울여 아내가 그날 아침 묶어놓은 매듭을 푸는 작업에 착수했다.

퍼킨 부인은 로미오를 찾고 있었다. 로미오를 찾는 정원사의 일에 진척이 없어 안달하다가 메리를 불러 자신의 '숄'을 가져오라고 했다. 그것은 코바늘로 뜬 길고 묵직한 숄로, 퍼킨 부인의 할머니가 섬에서 가져온 것이었다. 그녀는 그것을 갑옷처럼 가슴 위로 두 번 두른 다음 어깨 뒤로 넘겼다. 그녀는 마을로 가는 보도를 행진하듯 걸어가면서 지나가는 사람을 멈춰세우기도 하고, 이웃의 대문을 두들기면서 안쪽을 향해 소리를 지르기도 했다.

그녀가 꾸르륵꾸르륵 하는 소리를 들은 것은 중심가를 건너려는 찰나였다. 꾸르륵거리는 굵고 낮은 소리에 그녀의 심장이 기쁨으로 오그라들었다. 그녀는 가슴을 쥐고 다시 한번 귀를 기울였다. 다시 소리가 들리자 퍼킨 부인은 그쪽으로 달려갔다. 그녀가 멈춰선 곳은 나무로 만든 커다란 외알 안경 앞이었다. 그녀는 실눈을 뜨고 거기에 가로질러 씌어진 것을 해독했다. 듀이 안경원.

퍼킨 부인은 그 앞을 지나다니면서 토머스 듀이라는 사람이 종종 자기 사업의 표시인 커다란 외알 안경 옆을 산책한다는 것을 알고는 있었다. 하지만 그날 이전에는 한 번도 안경원이 무엇을 하는 곳인지, 토머스 듀이가 그곳에서 무슨 일을 하고 있는지 생각해본 적이 없었다.

그녀는 토머스 듀이가 상점 뒤에 딸린 작은 방에서 살고 있는 것을 몰랐고 그가 엄청난 양의 치즈를 먹어대면서 제임스 페니모어 쿠퍼의 가죽각반 시리즈를 읽고 또 읽는 것을 몰랐다. 토머스 듀이 전에는 그의 아버지가 안경원을 운영했다는 것도 몰랐다. 토머스 듀이의 할아버지가 원래는 대장장이였고 그의 삼촌이 지나가는 마차의 말에 밟혀 죽은 후 그 건물을 유산으로 받았다는 것도 몰랐다.

퍼킨 부인이 안으로 들어가자 문에 달려 있던 종이 울렸다. 토머스 듀이는 뒷방에 편안히 앉아 고르곤졸라 치즈를 먹으면서 『디어슬레이어』를 읽고 있었다. 종소리가 나자 그는 마지못해 책을 내려놓고 흰 가운에 떨어진 치즈가루를 털어낸 후 살림집과 가게 사이에 난 문을 열었다.

"무엇을 도와드릴까요?"

그가 조용히 말했다. 마음속에는 여전히 디어슬레이어가 칭가치국과 함께 와타와를 구할 적당한 순간을 기다리면서 숲을 지나 휴론 캠프 주변으로 잠입하는 장면이 남아 있었지만.

"혹시 검은색 수탉을 보셨나요?"

퍼킨 부인이 물었다.

상당한 시간을 홀로 지내는 대부분의 사람들이 그렇듯 토머스 듀이는 종종 큰 소리로 혼잣말을 해서 듣는 사람을 당황하게 만들었다. 퍼킨 부인의 질문은 그의 마음을 지나 숲으로 도르르 말려 들어갔다. 디어슬레이어가 그 질문을 집어들고 훑어본 후 그에게 대답했다.

"하얀 곰이 낯선 숲에서 나가는 길을 찾기 위해 그의 그림자를 따라가고 있다."

"뭐라고요?"

퍼킨 부인이 말했다. 왠지 성적인 유혹을 받은 듯한 느낌이 들어 숄을 더욱 단단히 여몄다.

"미안합니다."

토머스 듀이가 이렇게 말하고는 얼굴을 붉혔다.

"여기에 새는 한 마리도 없어요."

마치 자신의 판단을 못 믿겠다는 듯이 그는 좌우를 살폈다.

퍼킨 부인은 그의 눈길을 따라 시력검사표, 안경테 케이스들, 카운터 위에 열을 지어 쌓인 렌즈 상자들을 바라보았다. 그러자 수의과 학교에서 했던 실험이 생각났다. 그녀는 숄이 흘러내리는 데도 아랑곳하지 않고 다른 것을 바라보았다. 창문 위 차양의 찢어진 부분과 그곳으로 부서져 들어오는 빛, 부드럽고 얇은 갈색 먼지 막, 그리고 창문에 유령처럼 나 있는 희미한 선들을.

"소리를 들었어요. 불과 몇 분 전에요."

그녀가 말했다.

"무슨 소리였습니까?"

"내 수탉의 목소리는 특별해요."

"이런 소리 말입니까?"

토머스 듀이는 목청을 가다듬고 이른 아침 꼬끼오 하고 우는 수탉의 소리를 흉내냈다.

"상당히 좋은 소리군요. 하지만 우리 수탉의 목소리 톤이 더 놓아요. 오, 하는 부분에 비브라토가 더 들어가고요."

그녀가 말했다.

"흐음."

토머스가 눈을 감은 채 깊은 숨을 들이마시고는 다시 수탉의 울음소리를 뽑아냈다. 이번에는 로미오의 소리와 꽤 흡사했다.

"굉장해요!"

퍼킨 부인이 말했다.

"이게 내 취미입니다. 다른 소리도 들어보실래요?"

쿠퍼에게 영감을 받아 토머스 듀이는 지난 십이 년을 북아메리카에 서식하는 새의 울음소리를 연습하는 데 써왔다.

"내 수탉이 여기 없다면 나는 그만 가봐야 해요."

"그래야겠죠."

토머스가 말했다.

"하지만 창가에서 우리 닭을 한 번 불러봐주실 수 있을까요?"

"물론입니다."

토머스는 카운터를 돌아가 창문을 열었다. 그리고 손을 입가에 둥그렇게 모으더니 세 가지 다른 울음소리를 냈다.

"나중의 두 개는 암컷의 울음소리입니다."

"정말 고마워요."

"수탉이 화답하는지 보려면 여기에 좀더 계셔야 할 거예요."

토머스가 창문을 닫으며 말했다.

"나도 학교에 다녔어요. 간호사가 되려고 했거든요."

퍼킨 부인이 말했다.

"분명히 좋은 간호사가 되었을 겁니다."

토머스가 말했다.

"동물 간호사요."

그녀가 확실하게 말했다.

"그렇군요."

토머스가 말했다.

그의 뒤쪽 벽에 돋보기안경들이 매달려 있었다. 그것들을 보니 퍼킨 부인은 발생학 수업 시간에 했던 어떤 실험이 떠올랐다. 배양기에서 자라나 제각각 다른 단계에 이른 수정란을 페트리 접시* 위에 깨뜨려놓고 현미경으로 관찰하는 실험이었다. 그녀는 유사분열과 감수분열, 신체 발전 단계를, 둥그런 머리와 구부러진 등뼈, 점 두 개로밖에 보이지 않는 눈들을 보았다. 실험을 마친 학생들은 샘플들을 전부 한데 모아 양동이 하나에 쓸어담았다. 퍼킨 부인은 껍질이 깨진 계란을 꼭 쥐고 양동이가 흘러넘치도록 가득 담긴 노란 알 범벅들을 들여다보고는 잠시 머뭇거렸다. 양동이 속 노른자들에는 작은 붉은색 덩어리가 있었다. 그것은 여

---

* 세균 배양 따위에 쓰는 뚜껑 있는 유리접시.

전히 뛰고 있는 새의 심장이었다. 나중에 남편에게 그 이야기를 해주었을 때, 그는 이렇게 말했다.

"으음, 스크램블 에그로군."

퍼킨 부인은 카운터에 놓인 안경테 케이스들을 보았다. 네모난 것, 동그란 것, 타원형, 은으로 된 것, 금으로 된 것 등 모양이나 크기가 제각각이었다.

"안경을 좀 봐도 될까요?"

그녀가 물었다.

"시력검사도 해보실래요?"

"아뇨, 안경테만 보면 돼요."

퍼킨 부인은 접히는 부분과 안경다리에 긴 포도넝굴 무늬가 얄따랗게 새겨진 은테를 집어들었다. 그녀는 그것을 쓰고 거울을 들여다보았다. 거기에는 자신보다 더 늙어 보이는 여자가 있었다.

에멀린은 화장실에서 머리카락에 붙은 태피를 뜯어내느라 진땀을 빼고 있었다. 같이 일하는 소녀들이 그녀에게 위로의 말을 건넸지만 에멀린은 기름, 비누, 토닉워터를 써보라는 그들의 말을 무시했다. 피부를 쿡쿡 찌르는 아픔 같은 분노가 온몸으로 퍼져나갔다. 그녀는 돌연 소녀들 사이에서 빠져나와 옷장에서 코트를 집어들고 인사도 없이 자리를 떠났다.

에멀린이 아주 어렸을 때 아버지는 감정을 다스리지 못하면 어떻게 되는지 경고했다. 늘 히스테리를 부리는 그녀의 어머니 때문에 아버지는 자주 집을 나와 선창가를 따라 오래오래 걸었다. 아버지는 에멀린도 자주 데려갔다. 둘은 아무 말 없이 걸었다. 에멀린은 아버지가 한 걸음을 걸을 때 세 걸음을 걸어야 했고, 일부러 즐거운 듯 노래를 흥얼거려서 딸의 마음에 그늘이 질까 걱정하는 아버지의 마음을 안심시켰다.

집으로 돌아오는 길에 에멀린의 아버지는 어쩔 수 없이 멈춰서서 산책중에 도달한 결론들을 말해주었다. 때때로 그것은 그의 아내에 관한 것이었고, 가끔은 그 자신에 관한 것, 또 가끔은 에멀린을 위한 것이었다. 예컨대 "엄마를 닮지 마라. 감정들에서 한발 물러서 있어라" 하는 것들이었다.

에멀린은 머리카락에 태피를 붙인 채 중심가를 걸어내려가며 아버지가 한 말들을 생각했다. 청새치 더미 아래 깔린 아버지의 최후를 생각했다. 그 무게, 그 냉기, 축축한 미끌거림, 물을 찾아 퍼덕거리다가 조금씩 잦아드는 꼬리들을 생각했다. 그 더미 밑에 깔린 아버지는 화가 났을까, 아니면 뭔가 느낄 새도 없이 죽었을까, 그녀는 궁금했다.

토머스 듀이의 가게를 지나갈 때 에멀린은 나무로 만든 커다란 외알 안경 아래 보도에 퍼질러 앉아 있는 마이클 쉬이를 보았다. 위스키 한 병을 옆구리에 끼고, 머리에는 반짝거리는 검은색의 기다란 깃털 두 개를 꽂고 있었다.

"안녕. 나 해고당했어."

마이클이 말했다.

"그래요? 당신은 해고돼도 싸요."

에멀린이 말했다.

"당신도 그런 일을 당해 싸."

"취했군요."

"그래."

"여기서 뭐 하는 거예요?"

그는 안경점 간판을 가리켰다.

"내 눈알을 바로 맞추려고."

에멀린의 얼굴이 발개졌다. 화장실에서 그의 흉내를 내며 눈을 이리저리 굴리고 서로 몸을 더듬던 소녀들이 떠올랐기 때문이었다.

"나쁘진 않네요."

"그래. 당신은 나를 이해 못 해. 나한테 뭘 하라는 둥 그런 소리는 마."

마이클이 말했다,

"당신한테 아무 말도 안 할 거예요."

"미안해. 나를 용서해줘."

마이클 쉬이가 울기 시작했다. 그는 손을 뻗어 그녀의 치맛자락을 붙잡았다. 에멀린은 완전히 얼어버린 듯 그 자리에 서서 감정을 조절하려고 애썼다. 마이클은 엉덩이가 팽팽해지도록 치마를 잡아당겨 끝자락으로 얼굴을 닦았다. 산들바람이 그녀의 다리를 간질였다. 아버지가 그 광경을 봤다면 그녀를 심하게 나무랐을 것이다. 그녀는 확신했다.

안경점에서는 토머스 듀이가 퍼킨 부인에게 여러 가지 새 울음소리를 들려주고 있었다. 관객이 생긴 것은 이번이 처음이었다. 그는 입술을 오므리고 디어슬레이어의 쏙독새 무리의 노래를 최선을 다해 모창했다. 그런 다음 칭가치국이 사랑하는 와타와에게 보내는 은밀한 신호인 북아메리카 다람쥐의 찍찍거리는 소리를 내보았다. 퍼킨 부인은 창밖을 주시하며 공손하게 그 소리들을 듣고 있었다. 창밖을 내다보는 그녀의 눈에 들어온 것은 남편의 가게에서 태피를 당기는 소녀와 마음대로 통제할 수 없는 눈알을 굴리며 관목 숲에서 나온 점원, 그리고 로미오였다.

로미오는 한바탕 싸움을 하고 온 것처럼 보였다. 깃털이 바짝 서고 볏이 찢겨나가고 날개 한쪽이 뒤에서 질질 끌렸다. 그는 조심조심 신중하게 발을 움직이며 에멀린과 그녀의 발치에서 울고 있는 남자의 주위를 빙빙 돌았다.

그녀는 생각했다. 로미오는 아침도 먹지 않았다. 틀림없이 춥고 배가 고플 것이다. 그녀는 로미오의 날개가 땅에 쓸리는 것을 보고 다시 갈루스 갈루스를 떠올렸다. 도대체 어느 뼈가 부러진 것인지 머릿속에서 진단해보았다. 손바닥 뼈, 길고 얄따랗고 섬세한 손가락들을 생각했고, 자신이 다시 그 뼈들을 잘 맞출 수 있을지 걱정스러웠다.

로미오는 공중으로 펄쩍 뛰어올라 에멀린의 어깨 위에 앉았다. 에멀린은 쉭쉭 소리를 내어 쫓으려 했으나 로미오는 싸움닭 시절의 경험으로 어떻게 어깨를 잡아야 하는지 잘 알고 있었다. 그는 발톱 하나를 그녀의 쇄골에 박아넣고 다른 발톱으로는 그녀의 목 옆을 움켜쥐었다. 그러고는 심술궂게 머리카락에 붙은 태피를 공격했다.

에멀린은 비명을 질렀다.

마이클 쉬이가 그녀의 치맛자락을 놓고 보도에서 일어났다. 그는 원래 새를 무서워했다. 위스키 병을 양손으로 잡고 시험 삼아 에멀린 어깨 위의 수탉을 찔러보았다.

"저리 가. 저리 가란 말이야."

그가 말했다. 그가 병 주둥이로 로미오를 미는 순간 병이 손에서 미끄러졌고 보도로 떨어져 산산조각났다.

퍼킨 씨는 중심가로 들어서는 순간 유리가 깨지는 소리를 들었다. 그날은 아내가 점심도 가져다주지 않았다. 그래서 잔뜩 화가 난 채 지팡이에 의지해 샌드위치를 가지러 집에 가는 길이었다. 퍼킨 씨가 구두에서 시선을 들어올리자 수석 태피 당김이 아가씨가 공격당하고 있는 것이 보였다. 그는 노란 볏을 보고 그것이 아내가 제일 좋아하는 닭이라는 것을 알았다.

퍼킨 씨는 사업가였다. 기회를 놓치는 법이 없었다. 지켜보다가 기회가 다가오면 움켜쥐는 그런 사람이었다. 그는 절룩거리며 에멀린 쪽으로 다가갔다. 어깨 위로 지팡이를 들어올렸다. 지팡이를 휘둘러 머리에 일격을 가하자 로미오는 땅에 떨어졌다. 퍼킨 씨는 수탉을 밟고 서서 죽을 때까지 지팡이로 내려쳤다.

어떤 행동을 하는 데는 이유가 있다고 퍼킨 씨는 생각했다. 자기가 하는 행동은 모두 옳다고 믿었다. 그는 태피를 믿었다. 그것이 바로 그를 기쁘게 하는 이 인생을 구축한 토대였다. 이거야. 닭의 목을 부러뜨리면서 그는 생각했다. 사업, 태피를 당기는 아가씨, 먹지 못한 샌드위치. 이것들은 바로 그 자신이었다. 새의 주둥이에서 흘러나온 피가 단단하고 마른 땅 위에 조그만 피 웅덩이를 만들었다. 퍼킨 씨는 그 웅덩이를 피하려고 살짝 발을 들다가 구두끈이 풀어진 것을 보았다.

그는 깨달았다. 자신이 방금 구해준 소녀에게, 아니면 자신이 방금 해고한 남자에게 구두끈을 묶어달라고 부탁하는 것은 부적절한 일임을. 그는 중심가를 흘끗 보다가 토머스 듀이의 가게에서 시선이 멈추었다. 은테 안경을 쓴 한 여자가 검은 숄을 어깨에 두르고 창가에 서 있었다. 그녀의 손가락이 유리창을 누르고 있었다. 다섯 개의 손가락 끝이 놀란 입 모양을 만들어냈다. 앨런 퍼킨은 구두끈을 바닥에 끌리는 채로 두고 한쪽에 서서 기다렸다.

그녀가 이쪽으로 오면 구두끈을 묶어달라고 부탁할 수 있을 거라고 생각하는 게 틀림없었다.

폭력의 집

너, 왜 그랬냐? 리처드는 같은 질문을 자꾸 해야 하는 데 신물이 났다. 그는 아들 루커스에게 그렇게 물었다. 아들이 숙제를 다 끝내지도 않고 내팽개쳤을 때, 버스에 올라타는 나이 든 여자가 꾸물거린다고 밀어버렸을 때, 식당 테이블 옆을 뛰어가면서 식탁보를 잡아당겨 그들의 식사를 마룻바닥에 내동댕이쳤을 때. 리처드는 아들에게 뭔가 문제가 있다는 것을 알고 있었다. 밤이면 그는 서성거리면서 생각했다. 이 집에는 방이 너무 많아.

리처드와 메리앤은 열 살 먹은 아들에게 텔레비전을 못 보게 하거나, 저녁밥도 후식도 못 먹게 한 채 자기 방으로 보내버리는 방법을 써보았다. 대화를 시도하고 엉덩이를 때려보기도 했다. 그런데도 아들이 말을 들으려고도 하지 않고 여동생도 계속해서 때리자, 마침내 그들은 루커스를 바닥에 내다꽂은 후 눌렀다. 루커스가 지쳐서 발로 차고 물고 할퀴는 것을 그만둘 때까지, 점차 발의 움직임이 둔해지고 얼굴에서 핏기가 가실 때까지.

"얼마나 더 이 짓을 할 수 있을지 모르겠어요."

소년의 다리 위에 앉은 지 십 분쯤 지났을 때 메리앤이 말했다. 그녀는 마사지 치료사였다. 그날은 몹시 긴 하루였고 손에 힘이 하나도 없었다. 루커스가 아기였을 때는 그를 쓰다듬어주는 것이 좋았다. 그때 그에게서 깨끗하고 희망에 찬 향기가 났던 것을 그녀는 잊지 않았다. 그 향기를 맡으며 감사의 눈물을 흘렸었다.

"자는 것 같아."

리처드가 말했다. 루커스의 입이 한쪽 옆으로 벌어져 바닥에 작은 침 웅덩이를 만들고 있었다. 리처드는 그를 거실로 안고 가서 소파에 내려놓았다. 그런 다음 냉장고에서 맥주를 한 병 꺼내 가져왔다.

리처드는 안락의자에 앉아 아들을 보았다. 어떻게 아이를 이 모양으로 만들 수 있을까? 그는 아이를 처음 품에 안았을 때를 떠올렸다. 아기의 앙증맞은 주먹 안에 자신의 손가락을 넣어보려고 애썼던 것을 떠올렸다. 맥주를 한 모금 마시다가 병에 이가 부딪히는 바람에 얼얼한 아픔이 입 안에 퍼졌다. 그는 생각했다. 이번 일처럼, 지금까지 내가 해온 일은 모조리 엉터리다.

메리앤은 주방에서 저녁으로 먹고 남은 음식을 닥닥 긁어 쓰레기 분쇄기에 넣었다. 마카로니와 치즈가 너무 많이 남았다. 왜 비타민이 든 야채로 뭔가 더 좋은 것을 만들지 못했을까? 예전에 브라운라이스와 두부, 타히니 소스*로 음식을 만든 적이 있었지만 식구들은 아무도 먹으려 들지 않았다. 입씨름하는 데도 지쳐서 메리앤은 결국 버터 한 덩어리부터 시작하는, 레시피가 가득한 엄마의 요리책으로 돌아갔다.

그녀 자신은 여전히 건강식품 가게에서 이것저것 책을 읽고(결론은 언제나 브로콜리가 최상의 음식이라는 것이다!) 하리 크리슈나 카페 주방장에게 채식 요리에 관해 물으며 오후를 보냈다. 그녀는 몇 인분인지, 철자가 어떻게 되는지 생각했다. 문득 열두 살 때 좋아하는 남자애한테 자신의 발톱을 넣은 펀치를 먹으라고 주었던 일이 떠올랐다. 그것을 마시면 그애가 자신을 사랑하게 될 거라고 믿었다. 이제 그녀는 『요리의 즐거움』을 꺼내 건강과 영양을 위해 색인을 확인하고 있다. 머릿속으로는 바쁘게 칼로리를 계산하고 가족 수에 맞춰 환산해보면서. 그녀는 다음 레시피가 해답이 되기를, 다음번 레시피가 무슨 요리를 할지 말해주기를 바라면서 책장을 넘겼다.

루커스가 학급에서 행동하는 데 문제가 있다는 학교 상담교사의 전화를 받은 후 리처드와 메리앤은 상담교사의 의뢰서를 가지

---

* 주로 중동 지방에서 먹는, 깨를 갈아 만든 소스.

고 근처 병원을 찾았다. 루커스는 매달 스노 박사라는 중년여인에게서 심리 치료를 받기 시작했다. 『정신병의 징후별, 확률별 치료법』 제4판의 자문을 맡던 그녀는 차트 번호 314.01에 주의력 결핍/과잉행동 장애라고 적고 로탈린을 처방해주었다. 그러자 모두가 조금은 안심했다. 뭔가 했다는 안도감이었다. 스노 박사는 루커스의 분노 폭발은 하나의 단계에 불과하므로 사춘기가 지나면 그런 행동은 사라질 거라고 했다.

메리앤은 요리책을 넘기며 계단 위에서 놀고 있는 아이들을 보았다. 루커스는 손전등을 벽에 비추어 동그란 모양을 만들었다. 그런 다음 계단을 한 칸 내려가 손으로 거위와 갈매기를, 그다음에는 말, 그다음에는 개를 만들며 그림자놀이를 하고 있었다. 여덟 살 먹은 딸 사라는 루커스 옆에 앉아 그 모습을 지켜보았다. 잠시 후 사라는 오빠를 따라했다.

인정하기는 싫었지만 메리앤은 딸을 조금 덜 사랑했다. 첫아이에 대한 사랑은 그녀의 온 마음을 점령해 무겁게 짓눌렀다. 사라에 대한 사랑은 조금 달라서 가볍지만 경이로움에 차 있었다. 수호천사의 안내를 받은 듯 직감을 따라가다보면 그녀는 늘 우연히 뭔가를 발견했다. 화장실 문을 열자 사라가 발판 위에 서 있는 것이 보였다. 샴푸와 구강청결액, 헤어스프레이는 선반을 따라 죽 늘어서 대화를 나누고 있었고, 치실은 약장에 장식 리본처럼 드리워져 있었고, 세면대는 물로 가득 차 있었다. 사라가 수영장을 만들어 칫솔들을 수영시키고 있었던 것이다.

메리앤은 브로콜리 키쉬*를 만들기로 했다. 밖에서는 이웃집 고양이가 어슬렁거리며 우는 소리가 들렸다. 그 소리는 갓난아기의 울음소리와 너무나 비슷해 그녀는 밤에 자다가 몇 번씩 벌떡 일어났다. 그러면 다시 잠을 이루지 못하고, 누가 자신을 부르지 않았는지 확인하러 더듬거리며 아이들의 방으로 갔다.

사라는 손전등 불빛 앞에서 손을 흔들며 말했다.

"난 이거 못 하겠어."

루커스가 동생의 손목을 쥐었다. 그리고 동생의 둘째손가락과 셋째손가락을 똑바로 세우고 엄지손가락을 나머지 손가락 위로 구부렸다.

"그걸 똑바로 세워봐."

루커스가 말했다. 그러자 메리앤의 눈앞에 토끼의 이빨이 나타났다.

"자, 이제 그걸 단단히 오므려봐. 너무 많이는 말고."

그가 말했다. 그러자 이번에는 작은 불빛 하나가 토끼의 눈으로 변했다.

"엄지손가락을 움직여봐."

그가 말했다. 그러자 토끼가 코를 킁킁거리고 귀를 쫑긋거렸

---

* 야채와 달걀, 생크림으로 속을 채운 파이의 일종.

다. 메리앤은 아이들의 모습을 보고 기뻤다. 아이들이 이렇게 잘 어울려 노는 일은 드물었다. 보통은 눈에 띄지 않게 자기들 방에서 놀았다. 그녀는 가끔 아이들이 쿵쿵거리는 소리를 들을 수 있었고 싸움으로 커지지는 않는지 확인하고 싶은 충동을 억눌러야 했다.

두 아이를 키우는 것은 그녀의 인생에서 제일 힘든 일이었다. 사라가 태어난 후로 메리앤은 늘 피곤을 느꼈다. 자신이 져야 할 책임이 끝이 없는 것 같았다. 도망치고 싶다고 느낀 적이 한두 번이 아니었고 그럴 때마다 자신이 엄마로서 실패자라는 느낌이 들었다. 그 조바심과 싸우기 위해 그녀는 두 살배기 아이와 갓 태어난 아기 둘을 나란히 침대에 뉘어놓고 앞뒤로 발가락을 세었다. 모두 스무 개의 발가락이 살아서 꼼지락거렸다. 더할 나위 없이 건강하고 분홍빛을 띠었다.

루커스는 이제 일어나서 불빛 속에 새로운 생명체를 만들기 위해 팔을 꼬고 있었다. 메리앤은 자신의 위장, 그 부드럽고 느슨한 피부 주머니를 느꼈다. 그녀는 생각했다. **저 손가락들을 만든 사람은 바로 나야.** 루커스를 불러서 만들고 있는 동물이 뭐냐고 묻고 싶었다. 하지만 그만두라고 말하기도 전에, 토끼 그림자를 만들고 있던 아들을 제지하기도 전에 루커스의 손톱이 사라의 피부에 박혔고, 사라는 비명을 질렀다.

                            * * *

　리처드의 은으로 된 달러 컬렉션이 사라졌다. 그가 직장에서
돌아와 책상 서랍을 열자 붉은 벨벳 동전 주머니가 텅 빈 채로 바
람 빠진 파티 풍선처럼 늘어져 있었다. 리처드는 그것을 보자마
자 루커스의 짓이라는 것을 알아챘다. 지난 주말에 리처드가 아
들을 시내에 있는 만화책 서점에 데려다주지 않았기 때문이었다.
이 일로 그들은 며칠 동안 싸웠다. 루커스가 데려다달라고 소리
를 지르고 고집을 피울수록 리처드는 물러서려 하지 않았다. 심
지어 메리앤이 밤에 그에게 와서 한 번만 져주라고 부드럽게 간청
했는데도.
　"문 열어! 루커스! 문 열란 말이야!"
　리처드는 주먹으로 아들의 방문을 쾅쾅 쳤다. 그곳은 리처드의
집이었다. 리처드가 집세를 지불하는 집이었다. 이 복도의 벽지
를 바른 것도, 전등을 설치하는 데 든 비용을 지불한 것도, 나무
문 가장자리에 페인트칠을 한 것도 그였다. 문을 어깨로 밀면서
그는 루커스가 문 안쪽에서 바리케이드를 치고 있는 게 틀림없다
고 생각했다. 리처드는 의자를 가져와 문 앞에 앉아서 한 시간 동
안 문손잡이를 노려보며 기다렸다. 마침내 문이 열리자 그는 안
으로 쳐들어갔다.
　"너, 내 동전으로 무슨 짓을 한 거야?"

리처드는 장롱을 벽 쪽으로 움직여 밀어놓고 방을 뒤지기 시작했다. 커튼이 내려진 방 안은 어두웠다. 난리통에 스위치를 건드렸는지 핫 휠 레이스트랙*이 움직이기 시작했다. 그는 한 무더기의 옷가지를 바닥으로 내팽개쳤으며, 책상 위의 더께가 앉은 음식 접시와 그릇 아래를 살펴보았다.

"어딨어?"

"내 방에서 나가요!"

루커스가 소리쳤다. 리처드는 불현듯 삼 년 전 알츠하이머로 죽은 아버지를 보고 있는 듯한 느낌이 들었다. 노인은 끝내 리처드가 스파이고 간호사들이 고문 전문가들이라고 믿었다.

"이 집에서는 문을 잠글 수 없다."

리처드가 말했다.

"난 아빠의 그 잘난 동전에 손대지 않았다고요."

리처드는 손을 올려 아들을 치고 싶은 것을 애써 참았다. 동전은 유럽, 인도, 남아메리카의 것들이었다. 그의 아버지는 요양원에서도 그것들을 숨겨두었다. 리처드는 방을 치우고 쓰레기봉투에 카디건과 더러운 양말을 쑤셔넣다가 그 벨벳 주머니를 발견했다. 그는 아버지가 동전을 수집하고 있었다는 것을 몰랐다. 끈을 풀자 안에서 동전들이 짤랑거렸고, 그는 그것들이 귀한 것임을

* 장난감의 일종.

244

알았다.

"셋을 세겠다."

루커스가 그를 걷어찼다.

"바로 이거야."

리처드는 이렇게 말하고 소년을 벽으로 밀어붙였다. 루커스가 리처드의 얼굴에 침을 뱉었다.

"난 아무 짓도 안 했어요."

아니, 그가 한 짓이었다. 루커스가 동전들을 하수구에 버렸다고, 그가 길거리 하수구 속으로 동전을 하나씩 떨어뜨렸다고, 사라가 말했다.

스노 박사는 차트에 새로운 진단을 덧붙였다. 313.81 — 반항행동 장애. 그녀는 리탈린에서 멜라릴로 약을 바꾸었다. 처방전을 건네면서, 그녀는 이런 경우를 전에도 많이 보았다고, 루커스는 착한 아이라고 말했다. 그러고는 진료차트로 고개를 숙였다. 그들은 걱정할 필요가 없었다.

하지만 그들은 걱정스러웠다. 메리앤이 토요일 오전 만화를 할 시간에 텔레비전을 끄자 루커스는 옆 탁자에 놓인 소다수 잔을 움켜쥐고 그녀의 머리로 던졌다. 컵은 책장을 향해 비스듬히 날아가 부딪쳐서 그녀의 발밑에서 산산조각이 났다. 마룻바닥에 쏟아진 콜라는 산성 물질처럼 소리를 내며 거품을 일으켰다. 메리앤은 밖으로 나가 주차해놓은 차 안에서 사십오 분 동안 시동을 켰다가 끄고, 또 켰다가 껐다.

그녀는 자동차 안에 앉아 있는 것이 좋았다. 그래서 종종 집 앞 진입로에 세워진 차 안에 앉아 아무 데도 가지 않고 몇 시간 동안 앉아 있었다. 그녀는 그 적막함, 어떤 것의 안에 봉해진 듯한 느낌, 차문을 쾅 닫을 때 공기가 빨려드는 느낌을 즐겼다. 결혼 전 그녀는 미대륙을 차로 횡단한 적이 있었다. 밤이 되면 뒷좌석에 침낭을 놓고 그 안에 들어가 몸을 구부리고 잤다. 부모님에게는 친구들과 함께 여행한다고 거짓말을 했다. 그동안 위험을 느낀 적은 한 번도 없었다.

어느 날 밤, 그녀는 모래 바람에 갇혔다. 잡초가 섞인 회오리바람이 어둠 속에서 튀어나와 자동차 헤드라이트를 지나서 위로 솟구쳤다. 바람은 연신 자동차를 길 바깥으로 날려보낼 듯 위협적으로 불었다. 그녀는 교차로에 있는 버려진 주유소 뒤편에 차를 대고 모래가 우박처럼 창문을 두들기는 소리를 들으며 곤히 잠들었다. 그녀는 적막한 나바호 인디언 보호지구 한가운데에서 눈을 떴고, 일출을 보며 글렌 캐니언을 가로질러 운전했다. 자신이 그토록 허술한 자동차 문의 잠금장치를 믿은 것이, 별이 사라지고 아침이 찾아온 것이 놀라웠다.

아이들과 보내는 하루하루는 또다른 시험이었다. 일을 마치고 집으로 돌아온 메리앤은 누군가가 발을 질질 끄는 소리를 들었다. 사라는 거미줄과 낙엽으로 뒤덮인 채 서 있었다. 동전 사건을 고자질한 것 때문에 루커스가 그곳에 가둔 것이다. 메리앤은 잠금고리를 풀었다.

사라는 그곳에서 기어나온 후 옷자락으로 얼굴을 닦았다. 그러고는 웃으면서 말했다.

"이제 오빠가 혼날 차례지?"

지난 세월 어딘가에서 메리앤은 아들과 의사소통하는 능력을 잃어버렸다. 그녀는 지붕 밑 창고에서 작은 세일러복이나 앙증맞은 신발들을 넣어둔 아기 옷 상자들 틈을 뒤졌다. 아들의 더러운 빨랫감을 찾아 주머니에 손을 찔러넣어보고, 그의 셔츠와 속옷들을 주의 깊게 보았다. 그의 성적표와 칫솔, 자전거, 먹다 남은 음식, 그가 보는 잡지 『레인저 릭』을 하나하나 점검했다. 그녀는 다른 곳으로 가버리고 싶어하는 자신 때문에, 그의 엄마가 아니었으면 하고 바라는 자신 때문에 죄책감을 느끼고 있었다.

메리앤은 얼마든지 더 나빠질 수 있었다는 식으로 생각하기를 좋아했다. 고객의 몸을 마사지하는 동안 머릿속으로 목록을 만들어보았다. 루커스는 불을 지르지는 않는다, 가출하지는 않는다, 벽돌이나 야구방망이로 사람을 때리지는 않는다, 뒤에서 달려들어 목을 조르지는 않는다, 강간하지는 않는다, 동물을 괴롭히지는 않는다. 그는 단지 조금 미쳤을 뿐이다.

바로 이 말. 그녀는 생각했다. 그녀가 자주 쓰는 단어였다. 이것

말고도 더 있었다. 돌았다, 또라이다, 정신병자다, 하는 말들. 이제 그 말들은 개구리처럼 자동으로 입에서 튀어나왔다. 입에서 튀어나온 그 말들이 마룻바닥으로 떨어지는 것이 느껴졌다. 그런 말을 하고는 금세 제정신으로 돌아왔다. 그러는 동안 마사지 침대 위의 고객은 다른 쪽을 마사지받으려고 돌아누웠다. 메리앤은 목구멍에 걸려 있는 그 질척한 느낌을 꿀꺽 삼켜버리고 손바닥에 듬뿍 오일을 묻혔다.

리처드가 십대였을 때 밤길을 운전하다가 일부러 개를 친 적이 있었다. 하얀 털이 부숭부숭하고 왼쪽 눈에 회색 반점이 있는 양치기 개였다. 그 개는 오래된 소파 냄새를 풍겼다. 목에는 새로운 이름표가 달린 낡은 가죽끈을 두르고 있었다. 리처드는 죽은 동물의 털을 쓰다듬으며 아버지를 생각했다. 그가 집을 떠나기 전까지 두 부자는 끊임없이 싸웠다. 어느 정도는 그 이유 때문에 개를 죽였다는 것을 그는 알고 있었다. 그는 흐릿한 아침의 푸른빛을 맞으며 한쪽 길가에 서서 헤드라이트 불빛을 반사하던 개의 눈을 생각했다. 자동차를 움직인 것은 그의 분노였다. 분노가 가슴으로 흘러들어가 팔을 타고 손으로 전해져 전진기어를 넣게 한 것이다. 개가 자동차와 부딪치면서 털썩 날아오르자 그의 마음도 붕 날더니 온갖 분노가 일시에 사라졌다.

리처드는 루커스도 마음의 위안을 얻기 위해 그런 짓을 하는 게 아닌가 하고 생각했다. 리처드는 눈곱만큼도 위안을 찾지 못했고, 그의 아버지도, 그 아버지의 아버지도 결코 위안을 찾지 못했다. 요양원에서 죽기 전 리처드의 아버지는 자신의 아버지에 대해 말했다. 할아버지가 주기적으로 가족들을 때렸고, 헛간에서 볏짚을 먹고 지내며 매일 밤 울부짖었다고. 혹독한 겨울이 지나간 뒤 가족들은 서까래에 목을 매단 그의 시신을 찾아냈다. 노인의 얼굴은 보라색으로 변해 있었고 입술에는 알팔파가 붙어 있었다. 그 가족의 피에는 그런 것이 흐르고 있었다. 하지만 리처드는 그것을 다스리는 방법을 찾았다. 직장을 얻어 일을 하고 자식들을 낳았다. 아내가 처음으로 루커스를 팔에 안겨주었을 때, 리처드는 눈물을 흘렸다. 그는 아들을 몹시 원했던 것이다.

　매년 크리스마스 때면 리처드 가족은 아이들의 사진을 찍어 친지들에게 보냈다. 메리앤은 혼수상자에 그 사진 뭉치를 넣어두었다. 루커스가 아기였을 때 장난감 썰매 위에 앉아 있는 사진, 작은 산타 모자를 쓰고 있는 사진, 여동생의 손을 잡고 있는 사진, 가짜 눈더미에 기대어 씩 웃고 있는 사진을. 스튜디오에서 사진사는 사라를 크리스마스트리 옆에 세우고 금색과 은색 포장지로 싼 선물상자를 쥐여주었다. 사라는 그것을 흔들어보았다. 메리앤은 사라가 그 안에 아무것도 없다는 것을 알아차리고 고개를 떨구는 것을 보았다. 루커스는 뒤에 서서 사라의 어깨에 한 손을 얹었다. 메리앤이 아이들에게 짜준 스웨터들은 어딘가 잘 맞지 않았다. 사라의 옷소매는 겨우 팔꿈치 아래까지만 왔고, 루커스가 입은 스웨터의 눈송이 무늬들은 누군가 쥐고 당긴 듯 가슴께가 늘어나 있었다.

그들은 예쁜 아이들이었다. 둘 다 메리앤처럼 머리카락과 피부색이 짙었으나 옅은 청색 눈만은 리처드에게 물려받았다. 가짜 벽난로에 기대선 루커스는 더 커 보였다. 메리앤은 십대가 된 아들, 고등학교 앨범에 실을 사진을 찍으려고 포즈를 취하는, 턱에 드문드문 여드름이 난, 꿈꾸는 듯한 아들의 모습을 그려볼 수 있었다. 사라는 재채기가 나려는지 코를 찡그렸다. 그녀의 뺨은 아직도 아기처럼 통통했다.

리처드가 메리앤의 손을 잡았다. 메리앤은 손바닥을 그의 손바닥에 대고 누르다가 꼭 쥐었다. 루커스가 벽난로 쪽으로 몸을 기울이고는 사라의 귀에 대고 뭐라고 속삭였다.

"날 내버려둬."

사라가 말했다.

"자, 이제 카메라를 보세요."

사진사가 사진기의 검은 천 뒤로 몸을 웅크리며 말했다.

"그만 해."

사라가 말했다.

"엄마, 오빠가 나를 꼬집어요."

"카메라를 봐. 이제 거의 다 됐어."

메리앤이 말했다.

"하지만 아프다고요!"

"제발 웃어."

메리앤이 애원했다. 리처드의 손에 힘이 들어가는 것이 느껴졌다. 금방이라도 울음을 터뜨릴 듯 사라의 턱이 실룩거렸다. 갑자기 루커스가 사라가 쥔 선물상자를 쾅 치더니 그녀의 팔을 깨물었다. 그러고는 달아나려고 버둥거리는 그녀의 스웨터를 물어 찢어발겼다. 메리앤과 리처드가 둘을 떼어놓기도 전에 이미 금색과 은색 종이상자가 망가지고 크리스마스트리가 넘어지고 장식물들은 모두 깨졌다.

그래도 리처드는 사진을 찍어야 한다고 고집을 부렸다. 그가 말했다.

"이미 돈을 다 지불했다. 우리는 사진을 찍을 거야, 우리 모두."

그는 아이들을 한 명씩 양쪽 옆구리에 아프도록 꼭 꼈다.

"웃으세요."

사진사가 재빨리 조명을 다시 조절했다. 사진 한 장 찍기도 전에 다시 엉망이 되게 할 수 없었다. 메리앤은 어두운 구석에 몸을 반쯤 숨긴 채 서 있었다. 남편과 아이들이 사진을 찍는 동안 잠시 기다리다가 다 같이 가족사진을 찍기 위해 앞으로 나갔다.

집으로 돌아오는 길에 루커스는 자동차 뒷좌석에 앉아 사라를 발로 찼다. 가죽시트를 가로질러 다리를 뻗어 그녀의 옆구리에 발꿈치를 박았다. 리처드는 한 손으로 운전대를 잡고 다른 한 손으로 싸움을 막기 위해 무작정 아들의 다리를 찾아 뒤를 더듬었다.

"너 죽어버렸음 좋겠어!"

루커스가 소리를 질렀다. 사라는 두 손으로 귀를 꼭 막고는 몸을 웅크리고 구석으로 피했다.

메리앤은 말없이 앞만 바라보고 앉아 있었다. 곧 끝날 거야. 그녀는 자기 자신을 달랬다. 모두 각자 방으로 들어가면, 그러면 조용해질 것이다. 어쨌든 집에 가야 한다. 그녀는 사라와 루커스가 예전처럼 서로 이야기를 들려주고, 부엌 식탁 아래서 비밀 집회를 열고, 색종이로 용과 익수룡을 오리는 모습을 머릿속에 그렸다.

뒷좌석에서 찰칵 하는 소리가 나더니 차 안으로 공기가 밀려들어왔다. 사라가 차문을 연 것이다. 차문이 길 쪽으로 흔들거렸고 아스팔트가 눈앞으로 확 다가왔다. 사라는 안전벨트를 풀고 한쪽 다리를 밖으로 내민 채 뛰어내릴 준비를 하고 있었다.

"뭐 하는 거야?"

메리앤이 비명을 질렀다.

"차 세워요! 세우라고요!"

리처드가 급히 갓길로 차를 붙였다. 차가 멈추자마자 사라는 밖으로 뛰쳐나가 거리를 달렸다. 메리앤도 내려 딸을 뒤쫓아갔다. 너무 멀리 달아나기 전에 딸을 잡으려고 두 팔을 뻗었다.

차트번호 312.30 자극 통제 장애. 스노 박사가 차트에 표시를 하고 루커스의 처방약을 세로켈로 바꾸었다. 그녀가 말했다.

"이 약을 먹으면 안정될 겁니다."

그녀는 이렇게도 말했다,

"서로 도움이 되는 방법을 찾아봅시다."

리처드와 메리앤은 그것이 어렵다는 것을 알고 있었다. 왜냐하면 사실 그들은 서로를 비난하고 있었기 때문이다. 메리앤은 리처드가 루커스에게 맞서려고만 해서 일을 더 어렵게 만들고 있다고 생각했고, 리처드는 메리앤이 아들을 싸고돌기만 해서 상황을 악화시킨다고 생각했다. 매일 밤 아이들이 침실로 들어간 후 그들은 서로에게 속았다는 기분이 들어 말다툼을 벌였다.

그들은 매트리스 양 끝을 각각 차지하고 서로 몸이 닿지 않게 하려고 애쓰며 담요를 이리저리 끌어당겼다. 아침이 되면 메리앤은 루커스의 약을 잘게 부숴 오렌지주스에 넣었고 리처드는 신문을 읽으며 마당에서 나는 울음소리를 무시하려고 애썼다.

"조만간 내가 저 고양이를 죽여버릴 테다."

현관에서 뭔가 나쁜 냄새가 났다. 메리앤은 지난여름 다람쥐한 마리가 계단 옆 벽 속에 기어들어갔다가 죽었던 일을 떠올렸다. 시체가 썩어문드러져 아무 냄새도 나지 않게 될 때까지는 계단을 오르내릴 때마다 숨을 참아야 했다. 지금도 때때로 그녀는 그곳을 지나갈 때 숨을 참았다. 가끔은 벽 속에서 굳어버린 해골이 생각났다.

메리앤은 청소를 시작했다. 파인 솔*과 본 아미**를 여분으로 사서 준비해두고 작업에 착수했다. 벽지를 훑어내리고 책의 먼지를 털었다. 그 냄새는 희미해졌지만 여전히 루커스의 방 근처에 머물고 있었다. 메리앤은 문 앞에서 머뭇거렸다. 안으로 들어가고 싶지 않았다. 대신 방문과 문손잡이, 문 귀퉁이의 장식을 말끔히 닦고 소독했다. 루커스가 나타났을 때 그녀는 카펫 위에 러그 클리너를 뿌리고 있었다. 한낮이었는데도 루커스는 여전히 잠옷 차림이었다. 플란넬 직물의 잠옷 위에서는 작은 로켓들과 우주선들이 폭발하고 있었다. 윗도리는 그에게 너무 작았고 아랫도리는 발목을 지나 바닥까지 흘러내려와 있었다.

"뭐 하는 거예요?"

"이 냄새를 없애려고."

"나는 아무 냄새도 안 나는데요."

방문이 열리자 냄새는 더욱 강해졌다. 냄새는 그의 뒤쪽, 그 방에서 나고 있었다.

"방 안에 먹고 남은 음식 그릇 놔둔 거 없어?"

---

* 미국의 청소용 세제의 이름.
** 청소용 세제의 이름.

루커스는 주먹을 폈다 쥐었다 하면서 방문 앞에 서 있었다.

"그게 뭐든 상관하지 않을게. 그저 없애기만 해다오."

메리앤이 말했다. 그녀는 이제 아들에게 사정하고 있었다.

루커스는 발가락을 러그 클리너에 담갔다가 빼고는 발가락에 묻은 하얀 거품을 카펫 앞뒤로 문질러 닦았다.

"좋아요."

메리앤은 안도의 한숨을 쉬었다. 마치 그녀의 잘못을 루커스가 용서해주는 꼴이었다. 그녀는 루커스의 뒤통수를 쓰다듬었고 그는 잠시 그대로 가만히 서 있었다. 산발한 그의 머리카락은 얼마나 오래 감지 않았는지 알 수 없을 만큼 더러웠다. 그가 방문을 닫고 들어가자 그녀는 혼자 남겨졌다. 손가락에는 얇은 기름때가 남아 있었다. 그녀는 손을 코 밑에 갖다대보았다. 오랫동안 빨지 않은 시트 냄새 같은 것이 났다.

리처드가 쿵 하는 소리를 들은 것은 주방에서 신문을 읽고 있을 때였다. 그것은 몸뚱이와 어떤 물건이 부딪치는 둔중한 소리였다. 소리를 듣자마자 그는 신문을 떨어뜨리고 쏜살같이 계단을 올라갔고 메리앤도 요리중인 냄비와 팬을 내버려두고 허둥지둥 뒤따라갔다. 위층으로 올라간 그들은 루커스가 사라를 위협하며 손에 쥔 뭔가를 빼앗으려는 장면을 목격했다. 루커스는 리처드를 보자 자기 방으로 뛰어들어가 문을 쾅 닫아버렸다.

사라의 이마에 길게 찢어진 자국이 있었다. 찢어진 피부가 잠시 펄떡거리는 듯하더니 금세 얼굴 옆으로 피가 흘러내렸다. 사라는 투명한 비닐봉지를 쥐고 있었다. 엄마와 아빠를 본 그녀는 손에 쥐고 있던 것을 상이라도 되는 것처럼 번쩍 위로 들어 보였다. 그 안에는 오렌지색과 흰색 털이 섞인 새끼고양이 시체가 바싹 말라 딱딱해진 채로 들어 있었다. 비닐봉지 귀퉁이로 갈색 액체가 새어나왔다.

"오빠 방 옷장에서 찾았어요. 냄새가 지독해요."

사라가 말했다. 그리고 새끼고양이 시체를 내려놓더니 카펫 위에 토하기 시작했다.

"수건을 가지고 와!"

리처드가 소리를 질렀다. 상처는 생각보다 깊은 것 같았다. 사라가 고개를 숙이고 기침을 하는 동안 그는 벌어진 상처에 손을 대고 눌렀다. 사라가 울기 시작하자 그는 딸을 안아올렸다.

메리앤은 젖은 수건과 담요 한 장을 꺼내왔다. 병원에 가야 할 것 같았다. 사라는 고개를 자꾸 고양이 쪽으로 돌렸다. 리처드는 발로 비닐봉지를 옆으로 밀어놓고 메리앤에게 열쇠를 가지고 오라고 했다. 그런 다음 사라를 자동차에 태워놓고 루커스를 찾으러 다시 집 안으로 돌아갔다.

리처드는 주먹으로 문을 쳤다. 한 번, 두 번, 체중을 실어 방문을 밀었다. 아들이 안에서 문을 밀고 있는 것이 느껴졌다.

"됐다!"

리처드가 외쳤다. 그러고는 방문을 걷어차고 안으로 들어갔다.

의사는 상처를 꿰매기 전에 사라의 얼굴을 천으로 덮었다. 병원 침대 위에 누운 그녀의 몸은 창백했다. 덮어놓은 하얀 천 위로 그녀의 작은 코와 턱의 실루엣이 비쳤다. 그것을 보고 메리앤은 희생자의 머리 위로 뭔가가 건네지는 범죄 현장의 사진을 떠올렸다.

의사는 사라의 피부를 꿰매는 동안 뭐라고 계속 웅얼거렸다. 그가 자신을 형편없는 엄마라고 생각하는 게 틀림없다고 메리앤은 확신했다. 그녀는 침대 머리맡 쪽으로 접이식 금속의자를 당겨와 앉고는 재빨리 딸의 손을 잡았다. 마지막으로 딸의 손을 잡은 것이 언제였는지 기억나지 않았다. 여섯 살 땐가, 일곱 살 땐가? 차도를 건널 때였나? 그녀는 이빨로 물어뜯은 딸의 손톱을 보았다.

"거의 다 되었습니다."

의사가 말했다. 구석에 놓인 텔레비전에서는 게임 프로그램의 한 장면이 나오고 있었다. 누군가 이기고 있었지만 소리는 들리지 않았다.

홀 아래쪽에서는 리처드가 간호사와 함께 서류를 작성하고 있었다. 그는 대기실로 돌아오는 길에 급수대로 다가갔다. 물줄기는 약했지만 입술을 적시는 느낌이 꽤 괜찮았다. 그는 구석에서 잡지를 보느라 몸을 잔뜩 구부리고 있는 루커스에게서 눈을 떼지 않은 채 공중전화로 스노 박사에게 전화를 걸었다.

"그 약은 효과가 전혀 없어요."

"간혹 그런 경우가 있습니다."

"상태가 더 나빠졌어요."

스노 박사는 한숨을 쉬었다.

"형제를 공격하는 것은 상당히 흔한 일입니다."

그녀는 가족요법을 권하면서 다음 날로 약속을 잡았다. 그들은 집으로 돌아가 휴식을 취해야 했다.

"중국 요리를 배달시켜요. 먹기 편한 걸로요."

메리앤이 말했다.

리처드는 차를 집 앞 진입로에 대면서 이웃 여자가 나와 있는 것을 보았다. 여자는 치맛자락을 꼭 움켜쥐고 있었다. 무슨 문제가 생긴 것이 틀림없었다.

"어떡해야 될지 모르겠어요. 우리 고양이가 당신네 마당을 떠나려 하지 않네요."

리처드가 창문을 내리자 그녀가 말했다.

"잠깐만요."

리처드는 이렇게 말하고 차에서 내려 뒷좌석 문을 열었다. 루커스는 차문을 열고 나오면서 메리앤을 길 쪽으로 밀치고는 잽싸게 현관 계단을 뛰어올라갔다. 리처드는 다시 이웃 여자 쪽으로 몸을 돌렸다.

"지금은 그런 얘기를 할 만한 상황이 아니라서……"

"얘기하고 와요. 사라는 내가 데리고 들어갈게요."

메리앤이 말했다. 그녀는 집 열쇠를 주머니에 넣고 사라를 얼러 차에서 내리게 했다. 사라의 모습은 눈 뜨고 보기 힘들 정도였다. 이마에는 흰 붕대가 친친 감겨 있었고 의사가 머리카락을 밀어버려서 한쪽은 대머리가 되어 있었다.

"무슨 일이에요?"

이웃 여자가 물었다.

"아무것도 아니에요. 사고가 있어서."

리처드가 웃음을 지으려고 애쓰며 말했다.

"다쳤나봐요!"

"괜찮아요."

메리앤이 사라를 들어 어깨 위로 안고 말했다.

"괜찮지 않아요."

사라가 말했다.

"조금 쉬면 돼."

"내 방에서 텔레비전을 보고 싶어요."

"그렇게 해줄게. 이제 됐니?"

메리앤이 딸을 안고 계단으로 갔다. 사라는 메리앤의 어깨에 얼굴을 묻었다.

"그런데 무슨 일이라고요?"

리처드가 물었다. 고양이는 그들의 뒷마당 한곳에 붙박인 것처럼 가만있었다.

"정말 죄송해요. 보통 때처럼 구슬러서 제 집으로 보낼게요."

이웃 여자가 말했다. 그녀는 그 오렌지색 고양이에게 다가가면서 얼굴을 조금 씰룩거렸다.

"이리 와, 아가."

고양이는 썩썩 소리를 내며 다가와 여자의 손을 할퀴더니 원래 있던 곳으로 재빨리 돌아갔다.

"공수병에 걸린 것 같아요."

"아니에요! 우리 고양이는 단지 화가 난 것뿐이라고요! 얼마나 화가 났는지 안 보여요?"

이웃 여자가 소리를 질렀다.

이런 일에 허비할 시간이 없었다. 리처드는 목 뒷덜미를 문질렀다. 이웃 여자와 고양이 둘 모두에게서 벗어날 방법은 없는지 생각했다. 이웃 여자는 흙바닥에 앉아 부드럽게 손가락을 튕기기 시작했다. 고양이는 그녀를 못 본 체하고 그르렁거리면서 발톱을 세워 땅을 팠다.

고양이의 텅 빈 배가 출렁거리고 젖꼭지가 땅에 닿았다. 가까이 다가간 리처드는 고양이의 수염이 잘린 것을 보았다. 수염이 잘린 고양이는 장님이나 다름없다는 것을 그는 알고 있었다. 동물들은 입가에 난 수염을 눈이 미치지 않는 곳의 사물을 느끼는 데 쓰기 때문이다. 리처드는 슬쩍 집 쪽을 보았다. 차양이 내려져 있었다.

그는 고양이가 앉아 있는 곳으로 가서 발로 땅을 파보았다. 구두가 보드라운 흙 속에 푹푹 박혔다. 거기 묻혀 있는 것에 발이 닿는 순간, 그는 흙 속으로 푹푹 박히는 구두와 함께 기분도 가라앉는 것을 느꼈고 급기야 조금 슬퍼지기까지 했다. 그는 무슨 일이 닥칠지 생각해보았다. 땅 속에는 벌레들이 우글거리고 있었다. 그는 그것을 느낄 수 있었다. 작은 돌멩이들이 그의 양말 안으로 밀려들어오고 있었다.

미스 월드론의
붉은 콜로부스 원숭이

미스 월드론은 미국인이었다. 그녀는 열두 살 때, 수녀들이 운영하는 뉴햄프셔의 기숙학교에 보내졌다. 그녀는 창가에서 아버지가 진녹색 MG*를 타고 멀어져가는 것을, 차바퀴가 자갈길에 한 줄기 먼지를 남기는 것을 바라보았다. 그러고 나서 기분 좋게 그녀의 짐을 풀고 있던 수녀를 향해 돌아서서 뺨을 찰싹 때렸다.

이것이 사설탐정들이 찍은 첫번째 사진이었다. 손을 뻗은 미스 월드론의 머리카락과 이가 보이는 희미한 사진. 그녀 뒤의 격자창을 통해 들어온 햇빛은 커튼 위에 자잘한 사각형 그림자를 무늬처럼 남겼다. 탐정 세 명은 미네소타 출신의 교양 있는 남자들이

---

* 영국의 소형 스포츠카인 모리스 거라지.

었다. 그들은 토네이도와 쇠스랑에 박혀 죽은 남자들은 본 적이 있었지만 수녀의 뺨을 후려갈기는 소녀는 처음 보았다.

미스 월드론의 아버지는 이들을 고용해 딸의 동태를 파악했다. 탐정들은 매주 전보를 보내 그녀의 생활, 그러니까 무슨 옷을 입고 있는지, 어떤 종류의 시리얼을 먹는지, 차를 얻어 타고 제일 가까이 있는 술집을 간 것이 몇 시인지 상세히 보고했다. 가끔은 사진도 보냈다. 하지만 아무 답신도 받지 못했다. 가끔 탐정들은 그녀의 아버지가 이것들을 보고 읽기는 하는지 궁금했다.

미스 월드론은 그다음 몇 년을 기숙학교에서 탈출하는 데 썼다. 몇몇 시도는 꽤 성공적이었다. 열네 살 때 그녀는 동물원에서 영장류 우리의 나무 사이로 숨어든 후 사라졌다. 탐정들은 이틀 후, 교복과 바나나를 물물교환하고 여우원숭이 가족과 살고 있는 그녀를 발견했다.

열다섯 살 때는 생일날 받은 돈으로 살충제를 뿌리는 비행기 한 대를 빌렸다. 비행기는 미용체조 수업을 하는 학교 뒤 공터에 착륙했다. 점핑 잭*을 마치고 난 후 미스 월드론은 소녀들의 대열에서 이탈해 흰 스타킹을 신은 그대로 잔디 위를 걸어갔다. 조종사는 그녀를 기차역 부근에 내려주었다. 그녀는 그곳을 지나가던 순회 서커스단에 들어갔다. 이 사실을 보고한 탐정들은 그녀의

---

* 차려 자세에서 뛰면서 발을 벌리고 머리 위에서 양손을 마주쳤다가 다시 원래대로 돌아오는 동작.

아버지에게서 처음으로 전문을 받았다. 그애를 서커스단에서 빼내 수녀들에게 돌려보내시오. 일주일 후 마침내 탐정들은 루이지애나에서 얼굴을 베일로 가린 채 곡예 그네를 타고 있는 그녀를 붙잡았다.

수녀들은 본보기로 그녀를 징계했다. 이 징계에는 화장실 변기 청소, 로사리오 기도 암송, 조용히 그러나 조심스럽게 죄의식을 심어주는 것 등이 포함되어 있었다. 이 징계가 미스 월드론의 탈출 시도를 막을 수는 없었지만 다른 소녀들이 미스 월드론과 가까워지는 것을 막을 수는 있었다. 그리고 그 이탈리아 소녀, 마리아가 왔다.

마리아는 짐승의 갈기처럼 무지막지하게 검은 머리카락을 허리까지 기르고 있었다. 그녀는 머리카락을 관리해주는 몸종을 수녀원에 데리고 왔다. 백작부인과 정원사 사이에서 태어난 사생아였던 그녀는 늘상 아마레토*를 마시고, 페니스 모양의 붉은 모반을 감추기 위해 특별히 재단된 하이넥 드레스를 입었다.

소녀들은 실버 레이크로 소풍을 가서 짝을 지어 카누를 탔다. 강을 가로지르면서 미스 월드론은 마리아에게 무슨 재미있는 일이 없냐고 물었다. 마리아는 보트를 뒤집을 듯한 기세로 몸을 돌리며 프레도와 떨어져 있는 한 행복은 없다고 말했다.

---

*아몬드 향이 나는 달콤한 음료.

프레도. 미스 월드론은 그가 짧았던 백작부인의 세번째 결혼에서 얻은 마리아의 의붓오빠라는 사실을 곧 알게 되었다. 그는 속눈썹이 짙고 구레나룻을 기른 사내였다. 의붓남매는 삼 주 동안 함께 지내면서 여섯 가지 대죄와 마흔일곱 가지 가벼운 죄를 지었다. 미스 월드론의 노가 나선형을 그리며 부드럽게 물살을 가르는 동안, 마리아는 프레도와의 결혼 계획을 들려주었다. 그러고는 조용히, 음모를 꾸미는 듯한 말투로 이렇게 말했다. 꼭 우리를 보러 와야 해. 미스 월드론은 서로를 자신의 시골 영지에 초대하는 소설 속 인물들이 떠올랐다.

마리아는 기숙학교에 두 달간 머물렀다. 그동안 미스 월드론은 도망치지 않았다. 그녀는 마리아가 여행한 나라들, 프레도가 저녁 식탁 아래에서 한 짓들에 관한 이야기를 듣는 게 재미있었다. 마리아는 런던에 있는 의붓오빠가 다니는 학교 근처의 기숙학교로 전학할 계획이었다. 뉴 잉글랜드는 이제 싫어. 그녀는 역겹다는 듯 말했다. 그리고 그녀의 말대로 되었다. 얼마 후 그녀는 머리를 단정하게 땋고서 짐을 앞에 놓고 하녀와 함께 프런트 홀에 서서 운전기사를 기다리고 있었다.

일주일 후 미스 월드론은 한 무리의 해군 사관생도들을 설득해서 기숙학교에 잠입해 자신을 몰래 빼내달라고 부탁했다. 그녀는 한 달 후 탐정들의 에스코트를 받으며 돌아왔다. 잠수함과 주류 밀매점, 산호초와 코코넛, 베시 스미스의 레코드판, 길고 검은

궐련용 파이프, 하이힐 한 켤레, 성병 같은 이야깃거리를 잔뜩 가지고.

미스 윌드론은 스포츠카에서 혼자 기숙학교 앞에 내린 후로 아버지를 세 번밖에 보지 못했다. 두 번은 크리스마스에, 한 번은 메모리얼 데이* 소풍에서였다. 그런 아버지가 어느 병원에서 그녀가 치료를 받고 있다는 말을 듣고는 폭풍우를 헤치고 찾아왔다. 머리에는 고글을 쓰고 손에는 가죽장갑을 낀 채로 외투 자락을 펄럭이면서.

그녀는 아버지가 복도를 걸어 병실로 다가오는 소리를 들었다. 이 장면은 사설탐정들도 사진을 찍지 못했다. 환자복을 입은 채 구석에 웅크리고 앉은 소녀. 맨발에 손은 목 뒤에 가 있고 문이 쾅 열리자 창문에서 그쪽으로 겁에 질린 눈을 재빨리 돌리는 소녀.

아버지는 그녀를 더러운 동물이라고 불렀다. 그러고는 방을 가로질러 다가가서 그녀를 걷어찼다. 그리고 떠났다.

미스 윌드론은 배가 아파 몸을 구부린 채 멀어지는 아버지의 발소리를 들었다. 그후 몇 주 동안이나 열에 시달렸다. 땀이 그녀의 몸을 걸쭉한 풀처럼 덮었다. 너무 아파서 화장실조차 갈 수 없게 되자 그녀는 먹지도 마시지도 않았다. 살이 급격히 빠지면서 손

---

* 남북전쟁의 전사자를 기리는 기념일. 오월의 마지막 월요일.

가락뼈가 드러났고 손목 주변의 피부가 얼마나 늘어졌는지, 발이 얼마나 창백한지 알 수 있을 정도가 되었다. 그녀의 피부는 붉게 타들어가고 있었다. 어떤 부분은 레이저로 끝을 간 커다란 바늘이 천천히 살 속을 파고들어가는 듯 아팠다. 그녀는 죽고 싶었다. 대신 그녀는 영국으로 보내졌다.

신부학교*에 들어간 그녀는 마담 엽레이트라는 늙고 무자비한 여자의 직접적인 감시하에 놓였다. 마담 엽레이트는 한때 채찍을 매우 잘 다루어 파티에서 남자들의 조끼 단추를 낚아채는 것으로 꽤 유명한 고급 매춘부였다. 외모의 아름다움이 시들자 그녀는 이름을 바꾸고 런던으로 가서 젊은 여성을 위한 마담 엽레이트의 신부학교를 열었다. 그러고는 골칫덩이 소녀들을 데뷔탄트**로 변신시키는 것으로 금세 명성을 얻었다.

스티머 트렁크***와 함께 도착한 미스 월드론은 하녀의 뺨을 때리지는 않았다. 하지만 운전사에게 팁을 주는 것을 거부했다. 운전사가 돈을 달라고 난리를 치는 통에 마담 엽레이트가 대신 지불해야 했다. 이런 당황스러운 상황을 만든 벌로 미스 월드론은 지붕 밑 방으로 보내졌다.

---

* 사교계 진출을 준비하는 젊은 여성들에게 교양을 가르치는 학교.
** 처음으로 사교계에 나오는 여자.
*** 증기선을 타고 여행할 때 사용하는 튼튼한 여행가방.

밖에서만 잠글 수 있게 되어 있는 지붕 밑 방들은 여름에는 제일 덥고 겨울에는 북극처럼 추웠다. 벽은 오렌지색, 천장은 붉은색이었는데, 주로 다른 소녀들과 격리되어야 하는 소녀들이 여기로 보내졌다.

젊은 여성을 위한 마담 엽레이트의 신부학교에서 미스 월드론은 포크 사용법, 수수께끼처럼 복잡한 코르셋을 입는 법, 방에 들어갈 때의 예법 등에 익숙해져갔다. 꽃꽂이, 하프 연주, 사람들 앞에서는 배에서 꼬르륵 소리가 나지 않게 조절하는 법 등을 배웠다. 아픈데도 웃는 방법, 조명에 따라 얼굴의 각도를 바꾸는 방법, 테이블 위에 손을 내려놓는 방법도 배웠다. 그녀는 단어와 구문들의 억양을 고급영어뿐만 아니라 프랑스어로, 독일어로, 스페인어로, 아랍어로, 스웨덴어로, 이탈리아어로 연습했다. 마담이 그녀의 억양이 혐오스럽다고 했기 때문이다.

미스 월드론은 아버지에게 도움을 청할 뻔했다. 약속과 후회로 가득 찬 구슬픈 편지를 썼으나, 부치지 않았다.

그녀는 누가 자신을 도울 수 있을지 생각해보았다. 다른 학생들은 그녀의 야성을 존경했고 모험에 관한 뒷얘기를 재미있게 들었으나, 줄에서 나와 그녀를 자기 친구들에게 데려가지는 않았다. 발성을 가르치는 강사, 화장법을 가르치는 강사, 포즈 취하는 법을 가르치는 강사도 생각해보았다. 그러다가 마침내 그 이탈리아 소녀를 기억해냈다.

그녀는 상속권을 포기한 채 소호의 자그마한 아파트에서 함께 살고 있는 마리아와 프레도를 찾아냈다. 마리아는 이제 자기 손으로 머리를 손질해야 했다. 머리카락 끝은 온통 갈라져 있었다. 그녀는 목에 건 작은 리본 안에 작은 가위를 넣어두고는 얘기하는 중간중간 틈이 나면 꼬인 머리카락 끝을 다듬었다. 프레도는 거리에서 관광객들에게 그림을 그려 팔았다. 밤이면 둘은 이웃들이 경찰을 부를 정도로 요란하게 사랑을 나누었다.

미스 월드론은 토요일 고해성사 후에 그들을 방문하기 시작했다. 그리고 함께 근처 술집으로 가서 이른 저녁까지 술을 마셨다. 처음에는 신부학교의 누구도 이 긴 외출을 의심하지 않았다. 하지만 미스 월드론의 아버지는 사설탐정을 고용하고 있었고 마담은 나름의 직관을 가지고 있어서 얼마 지나지 않아 미스 월드론과 마리아와 프레도의 행각이 발각되어 학교가 발칵 뒤집혔다.

미스 월드론은 부드러운 하얀 등에 열 차례나 채찍질을 당했고, 이 주 동안 오트밀 말고는 아무것도 먹지 못하게 되었다. 하지만 때는 너무 늦었다. 어느 환한 오후, 프레도가 브라이튼세드 술집의 무겁고 둥그런 나무 탁자 앞에 앉아 있는 미스 월드론에게 몸집이 큰 백인 사냥꾼 미스터 월로비 로위를 소개해주면서 상처는 이미 생겨버린 것이다.

그는 그녀가 기대하던 사람이 아니었다. 미스 월드론은 〈타잔〉이나 〈킹콩〉 같은, 사냥꾼이 나오는 영화를 본 적이 있었다. 영화에서 사냥꾼들은 승마용 긴 바지를 입고 하얀 피스 헬멧을 쓰고 깔끔하게 면도를 하고 끝이 두 쪽으로 갈라진 턱을 하고 있었다. 윌로비 로위는 어쩐 일인지 두상이 둥그렇지 못하고 네모에 가까웠고 입술은 여자처럼 작고 붉었다. 얼굴 대부분과 한쪽 귀는 무성한 턱수염으로 덮여 있었다. 다른 쪽 귀는 남아메리카에서 악어를 사냥할 때 잘려나가고 없었다.

난 운이 좋았어요. 가이드는 다리 한쪽을 잃었거든요. 나는 정신을 잃었다가 깨어났을 뿐이니까요. 근데 뭐라고요? 어? 그가 물었다. 그러고는 고개를 들고 호기심이 가득한 눈으로 미스 월드론을 바라보았다. 마치 금방 그녀가 한 말을 못 들었다는 듯이.

그는 얼굴이 몸보다 더 늙어 보이는 사내였다. 가느다란 선들이 그의 뺨으로, 이마로 가로질러 뻗어 있었고, 그의 눈 주위로 동그랗게 주름이 새겨져 있었다. 그녀는 그가 웃으면 어디에 주름이 더 잡힐지도 알 수 있었다.

윌로비 로위를 보면 볼수록 미스 월드론은 라운드 스테이크, 티본, 필레 미뇽 같은, 마블링이 되어 있는 붉고 차갑고 두터운 살덩이가 생각났다. 그의 어깨는 우람했고 등은 근육 때문에 울퉁불퉁했다. 등뼈 양쪽의 두터운 등판은 마치 잘 썰어낸 쇠고기의 한 면 같았다. 그는 소매를 걷어붙이고 파푸아뉴기니에서 어느 부족의 일원으로 인정받을 때 새겼던 나선형 문신을 보여주었다. 팔에는 힘줄이 울룩불룩 튀어나와 있었다. 피부 바로 아래서 이리저리 뻗어나간 힘줄들은 서로 연결된 파란 강줄기처럼 보였다. 그녀는 잠시 눈을 감고 브레일 식 점자를 읽듯 그 힘줄들을 따라 손가락을 움직이는 자신을 상상해보았다. 그 느낌이 노래하는 것 같을 거라고 생각했다.

나중에 그녀는 옷 아래 감추어진 그의 몸은 털북숭이라는 것을 알게 되었다. 털은 목을 타고 내려와서 가슴을 가로질러 어깨로 올라가 등으로 넓게 퍼졌다. 그러다가 다리로 소용돌이쳐 내려와 허벅지 사이에 집중적으로 어둡고 무성한 숲을 형성했다. 그의 몸에서 털이 없는 유일한 곳은 엉덩이였다.

비비 같지. 월로비가 말했다.

처음에 그녀는 털을 무서워했다. 어디에다 손을 두어야 할지 몰랐다. 털은 거칠고 구불구불했고, 낙엽 더미에서 나는 흙 냄새 같은 것을 풍겼다. 그녀를 안고 누를 때 그의 털은 꼿꼿이 섰다. 두 사람의 다른 몸뚱이를 보면서 미스 월드론은 문득 자신이 갓 태어나 털이 나지 않은 작고 연약한 존재처럼 느껴졌다. 그녀는 털 속으로 손가락을 헤집어넣고는 그를 꼭 껴안았다.

그가 땀을 흘리기 시작하자 모든 것이 달라졌다. 반짝거리는 광택이 감돌더니 급기야 그의 몸이 빛나기 시작했다. 그가 그녀의 목덜미에 얼굴을 묻자 부드럽고 납작해진 털이 깃털처럼 그녀를 간질였다. 비단 솔로 그녀의 몸을 빗질하는 느낌이 들었다. 그녀의 온몸이 땀에 젖어 번들거렸다. 그녀의 손은 그의 목에서, 어깨에서, 등에서, 그녀가 붙잡고 싶은 곳이 어디든 거기에 머물지 못하고 미끄러졌다.

나중에 방 한구석에 놓인 세면대 앞에 섰을 때 그녀는 온몸에 그의 털이 달라붙어 있는 것을 보았다. 작고 구불거리는 검은색 털들이 엷은 땀으로 들러붙어 가슴에서 배까지 이어져 있었다. 그녀가 두 젖꼭지 사이를 손가락으로 긋자 면도를 한 것처럼 말끔한 하얀 살이 나타났다.

이것 봐요! 그녀가 핑그르르 돌며 말했지만, 윌로비 로위는 이미 코를 골고 있었다.

마담 옙레이트는 무슨 일이 일어났는지 눈치챘다. 미스 월드론은 폭죽처럼 격정으로 타오르고 있었고 그녀의 등에는 전에 없었던 아치 모양의 벌건 자국이 남아 있었다. 마담은 심하게 매질을 했다. 미스 월드론은 침대 가장자리를 움켜쥔 채 입술을 깨물고 소리를 내지 않으려고 애썼다.

사설탐정들 역시 알고 있었다. 그들은 윌로비 로위가 묵고 있는 호텔로 가는 미스 월드론을 미행했고, 둘이 사랑을 나누는 것을 열쇠구멍으로 들여다보았으며, 그녀가 가슴 위를 손으로 긋는 것도 숨을 삼키며 지켜보았다. 호텔 로비를 황급히 지나가는 그녀를 신문의 톱뉴스 너머로 바라보기도 했다.

수년 동안 지켜보면서 탐정들은 미스 월드론을 좋아하게 되었다. 그들은 그녀가 연약한 어린아이에서 강인한 여성으로 자라나는 것을 보아왔다. 그녀가 친딸처럼 느껴진 순간도 여러 번 있었다. 그녀가 창문을 타고 올라갔을 때, 고속도로에서 히치하이킹을 할 때, 위스키 마시는 법을 배웠을 때, 그들은 속이 타서 손톱을 질근질근 깨물었다. 하지만 그들은 유령 같은 침묵하는 부모, 기껏해야 목격자일 뿐이었다. 그녀에게 안 된다고 말할 수 없었고, 그만두라고 하거나 경고할 수도 없었으며, 잠든 그녀의 머리를 쓰다듬을 수도 없었다. 할 수 있는 일이라고는 고작 그녀를 후견인에게 데려다줄 때 그녀의 팔꿈치 뼈를 손끝으로 살짝 쥐고 가는 것뿐이었다. 그들은 그녀에게 지나치게 신경 쓰지 않으려고 애써 다른 방법들을 찾았다.

때로 사설탐정들은 미스 월드론이, 자신들이 거기서 그녀의 행동 하나하나를 매분 기록하고 있다는 것을 아는지 궁금했다. 왜냐하면 그녀가 주저하는 듯 웃거나 문 안쪽으로 미끄러지듯 들어가기 전에 어둠 속을 흘끗 바라볼 때면 모든 것을 알고 있다는 느낌이 들었기 때문이다. 최소한 그들은 언젠가 그녀가 지켜보고 있는 자신들을 위해 뭔가 근사한 일을 보여주기를 남몰래 갈망했다.

그런 이유로 미스 월드론이 모자 상자를 손에 들고 신부학교의 지붕 위로 올라갔을 때 사설탐정들은 의미심장한 수신호를 주고받았다. 얼마 지나지 않아 긴 사다리가 인접한 건물과 신부학교 사이에 가로놓였다. 미스 월드론은 사다리가 단단히 자리를 잡았는지 확인하고 나서 육층 높이의 그 열린 공간을 가로질러 기어갔다. 모자 상자의 손잡이를 입에 물고, 드레스를 허리께까지 걷어 올려 번쩍거리는 실크팬티를 만천하에 공개하면서.

사설탐정들은 미스 월드론의 아버지에게 전보를 보냈다. 따님 이 마담 엽레이트에게서 도망쳤음 마침표 가나로 향하는 중임 마침표 사랑에 빠진 듯함 마침표 지시사항은?

하지만 그들은 아무 답신도 받지 못했다.

아프리카로 가는 증기선에서 미스 월드론은 월로비 로위의 개인 비서 행세를 했다. 속는 사람은 아무도 없었다. 밤에 내지르는 그들의 신음소리와 사랑을 나눌 때 내뱉는 거친 말들을 배 어디에서나 들을 수 있었기 때문이다. 그 소리는 강철 선체의 가장자리를 흔들고 석탄실의 아궁이 속을 앞뒤로 울렸다가 프로펠러를 통과한 후 고래의 노랫소리처럼 파도를 가로질러 퍼져나갔다. 과학자들로 구성된 탐사대원들은 밤새 각자의 선실에서 엎치락뒤치락했고 승무원들은 침대에서 끙끙거렸다.

목적지에 도착한 미스 월드론은 아프리카에서는 모든 것이, 길이나 동물들, 심지어 사람들조차도 흙먼지로 뒤덮여 있음을 깨달았다. 월로비가 파리를 쫓아내기 위해 먼지를 바른 거라고 설명해주었다. 실상을 파악한 미스 월드론은 재빨리 자신의 드레스들을 여러 겹으로 층이 진 원주민들의 가벼운 면직물 옷과 바꾸었다. 하이힐들은 짐꾼들의 품삯으로 흥정하고, 대신 월로비의 부츠를 신었다.

　과학자들은 만반의 준비를 해두고 있었다. 그들이 샘플 테스트 튜브가 잔뜩 든 상자들과 종의 분류에 관한 서적들을 짐꾼들에게 나눠주고 있을 무렵, 가이드가 나타났다. 윌로비와 그는 아는 사이 같았다. 서로 친근하게 인사를 주고받은 뒤 윌로비는 미스 윌드론의 귀에 대고 그 가이드가 노예라고 속삭였다. 정글에서는 그가 어디에 텐트를 세워야 하는지, 어떻게 음식물을 저장해야 하는지, 언제 모닥불을 지펴야 하는지 등등 모든 것을 지휘했다. 어둠이 내리고 그들 모두 불 옆에 둘러앉아 있을 때면, 미스 윌드론은 숲이 내는 소리에 귀 기울이면서 그 남자를 자세히 살펴보았다.

　그의 피부는 벗겨져 떨어져나간 것처럼 보였다. 분홍색, 갈색, 검은색 선들 사이에서 콧구멍을 알아보기도 힘들었다. 부풀어오른 상처들과 찢어진 근육들이 벌레처럼 그의 몸을 이리저리 가로지르고 있었다. 그럼에도 그녀는 그 아래 숨겨진, 서른 살쯤 되어 보이는 남자의 강인함을 볼 수 있었다. 그의 눈은 크고 빛이 났다. 눈을 감으면 눈꺼풀이 얼굴의 주름들에 파묻혔다.

　다른 사람들이 잘 때도 그는 결코 자는 법이 없었다. 탐사대원들이 잠이 들면 그는 나무 위로 올라가 나뭇가지 사이에 해먹을 묶고 거기 앉아 불을 지켰다. 그는 뱀을 죽이는 데 쓸 큰 칼과 밀렵꾼들을 위협할 때 요긴한 권총을 옆에 차고 있었다.

　아침이 되자 윌로비 로위는 총을 분해한 다음 소제했다. 미스 월드론은 그 모습을 지켜보다가 노예의 얼굴이 왜 저렇게 되었는지 물었다. 윌로비는 그가 화덕에 갇힌 적이 있기 때문이라고 말해주었다. 주인이 도망치려는 그를 붙잡아 화덕에 넣어버렸다는 것이다. 나중에 재 아궁이에서 질질 끌려나왔을 때 그의 피부는 사라져버리고 없었다. 주술사의 힘을 빌려 겨우 목숨을 구한 그는 다시 자연사박물관의 한 관리자에게 팔렸다. 그런 다음 아프리카 탐사대의 안내원으로 동원된 것이었다.

왜 당신은 그를 풀어주지 않는 거죠?

미스 월드론이 물었다.

우리하고 있는 편이 그한테도 훨씬 좋아.

윌로비가 말했다.

베이컨으로 아침식사를 마친 후 탐사대원들은 물 한 동이와 무기를 싣고 정글을 향해 나아갔다. 노예가 앞장섰다. 미스 월드론은 바지 뒷주머니에 날씬한 피스톨을 넣은 채 하늘을 가린 울창한 나무에 눈을 고정시켰다. 그들은 원숭이를 찾고 있었다.

윌로비는 침팬지 한 마리와 비비 세 마리에게 총을 쏜 후 차 마실 시간이 되었음을 알렸다. 그들은 깡통에서 꺼낸 비스킷을 곁들여 연한 잉글리시 브렉퍼스트를 마셨다. 미스 월드론은 찻잔과 차받침을 들고 죽은 동물들 사이를 걸어다녔다. 그녀는 그 동물들이 총을 맞은 후 나무에서 떨어지는 광경을 다시 그려보았다. 총포가 터지자 원숭이들은 나뭇잎 사이에서 휙 소리와 함께 가지를 부러뜨리면서 과일처럼 쿵 하고 떨어져 흙먼지 위에 나뒹굴었다. 나머지 원숭이들이 도망치면서 내지르는 새된 비명소리와 바스락거리는 소리가 뒤를 이었다. 그 소리는 점점 약해졌다. 그녀는 얼마나 많은 동물들이 얼마나 가까이 있는지 알 수 없었다.

미스 월드론은 손가락을 뻗어 죽은 비비의 코 주름을 만졌다. 비비의 입은 벌어져 있었고 날카로운 앞니 사이로 보이는 혀는 피투성이였지만, 눈은 마치 자고 있는 것처럼 기분 좋게 감겨 있었다. 그녀는 주위를 둘러보다가 몸을 숙여 죽은 비비에게 키스를 했다.

사설탐정들은 이 장면을 사진으로 찍어 항공우편을 통해 미스 월드론의 아버지에게 보냈다. 그날 내내 그들은 땀을 뻘뻘 흘렸다. 큰 칼로 정글을 헤치고 벌레 퇴치 스프레이를 몸에 뿌리고 야생돼지들을 피해 여기까지 왔다. 담배마저 땀에 푹 젖어버렸다. 그들은 몸을 낮춘 채 쌍안경 속의 미스 월드론을 들여다보았다. 그러고는 좀더 쉬운 일은 없을까 생각하기 시작했다.

그동안 미스 월드론은 나무 타는 법을 배우기 시작했다. 며칠 동안, 그녀는 노예가 맨발로 나무껍질을 감싼 후 위로 몸을 훌쩍 들어올리는 것을 보아왔다. 그때마다 서커스단에서 보냈던 나날들이 생각났다. 그리고 매일 이른 아침 나무둥치를 타고 오르는 것을 연습했다. 얼마 지나지 않아 그녀는 땅에서부터 삼십 센티미터를 올라갈 수 있었고, 그다음에는 육십 센티미터를, 그다음에는 일 미터를 올라갈 수 있게 되었다. 오후에는 낮게 매달린 해먹에서 낮잠을 잤다. 넝쿨 사이에 걸린 해먹의 높이는 그녀의 실력이 나아지는 만큼 매일 조금씩 올라갔다.

어스름 무렵이면 윌로비는 그녀를 찾아 돌아다녔다. 숲으로 들어온 후 미스 월드론은 크게 변했지만, 윌로비는 사람들이 야생의 상태로 돌아가는 모습을 하도 많이 보아서 익숙했다. 그 자신도 한두 번 경험한 일이었다. 짐꾼들이 식사 준비를 하는 동안 윌로비는 그 음식 이름을 크게 외쳐서 그녀를 깨웠다. **럼소스를 곁들인 플럼 푸딩! 와인을 넣고 끓인 샤토브리앙!** 그가 숲에 대고 외치면, 곧 잎이 바스락거리는 소리가 나고 뒤이어 땅을 울리는 작은 발의 부드러운 소리가 들렸다.

미스 월드론은 라이플 한 자루를 가져왔다. 그동안은 조금 더 무거운 총으로 빈 비스킷 통이나 멜론을 쏘면서 연습해왔다. 그녀는 윌로비 바로 옆에서 정글을 헤치고 나아갔다. 윌로비가 원숭이 한 마리를 보고 쏘았다. 이번에는 그녀도 총소리나 다른 동물들이 달아나는 소리에 겁먹지 않았다. 남자들이 원숭이의 팔다리를 함께 묶고 운반하기 좋게 꼬챙이에 꿸 때는 가까이 가서 지켜보기도 했다.

그 원숭이는 총에 맞아 배가 뚫렸다. 꼿꼿이 서서 번들거리는 털가죽에 남아 있는 것이라고는 온통 붉은빛뿐이었다. 길고 가느다란 손가락들은 아무것도 쥐고 있지 않은데도 안쪽으로 단단히 말려 있었다. 얼굴은 딱 맞는 검은 가면 같았다. 미스 월드론은 손을 내려 꼬리를 만졌다. 그러자 원숭이가 몸을 돌리더니 이빨로 그녀의 팔뚝을 꽉 깨물었다.

그 순간 노예가 큰 칼을 들어 원숭이의 목을 베었다. 미스 월드론이 팔을 빼려고 당기자 머리가 딸려왔다.

이건 콜로부스다! 이런 종류의 원숭이는 처음 본다!

윌로비가 소리쳤다. 그는 원숭이의 코에 손가락을 집어넣어 턱을 위로 올려서 약간 느슨하게 한 다음 머리를 미스 월드론의 팔에서 세심하게 떼어냈다. 마치 수갑을 푸는 것 같았다.

그날 밤 과학자들은 위스키 병을 땄다. 그들은 하루 종일 콜로부스를 해부하고 나서 그것이 완전히 새로운 종이라는 결론을 내렸다. 윌로비는 과학자들에게 열 마리를 더 잡아주겠다고 약속했고 미스 월드론한테는 원숭이에게 그녀의 이름을 붙이겠노라고 다짐했다.

그들은 모닥불 주위에 모여 앉아 음담패설을 주고받다가 고주망태가 되어서 춤을 추었다. 호리병박으로 만든 피리 소리에 맞춰 왈츠를, 투스텝을, 미뉴에트를, 찰스턴을 추었다. 윌로비는 엉덩이춤을, 미스 월드론은 캉캉을 추었다. 허공에 대고 총을 쏘아댄 후 남자들은 하나둘씩 쓰러져 잠이 들었다.

사설탐정들은 근처 카카오나무 숲에서 참을성 있게 기다렸다. 미스 월드론의 아버지에게서 한 줄의 전보를 받았기 때문이었다. **원숭이 처녀를 원래 자리로 돌려보내 끝장을 내시오.**

사설탐정들은 월로비의 코 고는 소리가 들릴 때까지 기다렸다. 그들이 잠자고 있는 과학자들 위로 지나가는 동안 달은 은빛으로 반짝거렸다. 미스 월드론의 발은 텐트 밖으로 삐죽 빠져나와 있었다. 달빛 속에서 그 발들은 갓 죽인, 하지만 숨이 끊어지지 않은 생선처럼 보였다. 사설탐정들은 발목을 붙잡고 조용히 그녀를 끌어냈다.

미스 월드론은 꿈을 꾸고 있었다. 그녀는 시트로 다리를 묶인 채 병원 침대에 누워 있었다. 원숭이 해골들이 그녀의 손목을 물고 있었다. 아버지의 발소리가 점점 가까워졌다. 그녀 위로는 눈 달린 뿌리들이 얼기설기 드리워져 있었다. 노예가 몸을 숙여 그녀를 깨웠다. 눈을 뜨자 그녀는 사설탐정들의 머리 위로 번쩍 들려서 정글 속으로 운반되고 있는 자신을 발견했다.

마치 물속으로 가라앉는 것 같았다. 달빛이 파도처럼 나뭇잎들 사이에서 흔들거렸다. 그녀는 진흙 길을 서둘러 걷는 탐정들의 쿨럭쿨럭 하는 발소리를 들었다. 이끼 한 켜가 그녀의 얼굴을 스쳤다. 거미줄 맛이 났다. 아버지에게 챈 배 부분이 묵직해지더니 돌처럼 딱딱하게 뭉쳤다.

그녀의 팔에 난 이빨 자국들이 아우성치기 시작했다. 미스 월드론은 그 소리를 듣고 저항하기 시작했다. 발버둥을 치고 때리고 주먹으로 치고 이로 물어뜯었다. 이제 다 큰 어른이어서 그녀를 잡기 위해서는 탐정들도 전력을 다해야 했다.

머리 위로 그림자들이 보였다. 그중에 붙잡을 만한 커다란 나뭇가지가 있을 거라는 생각이 들었다. 미스 월드론은 나뭇가지를 붙잡으려고 팔을 뻗었다. 나무들이 그녀를 향해 가지를 뻗으며 따라오는 것을 상상했다. 긴 팔들이 어둠 속에서 추격해오고 있는 것이다. 그녀의 손끝이 나무껍질을, 털을, 피부를 스쳤다. 그런 다음 뭔가가 자신의 팔을 붙잡는 것을, 그리고 하늘을 가린 나무 위로 자신을 들어올리는 것을 느꼈다.

미스 월드론은 실종되었다. 노예도 사라졌다. 윌로비 로위는 덩굴식물을 헤치고 관목 숲 뒤와 땅에 쌓인 나뭇잎 더미 아래를 샅샅이 뒤져가면서 정글을 수색했다. 그에게는 어떤 위로도 통하지 않았다. 과학자들은 미스 월드론이 원숭이에게 물려 미친 거라고 생각했다.

사설탐정들은 그녀를 다시 잡기 위해 몇 주 동안 윌로비의 캠프를 지켜보았다. 그들은 탐사대의 수색조를 따라갔고, 서로의 어깨를 밟고 올라가 덩굴에 매달려 나무를 타고 오르는 법을 배웠다. 그들은 숲에 수없이 많은 지문을 남겼다. 밤낮으로 그녀를 찾아다니다가 신경이 날카로워져서는 마침내 그녀의 아버지에게 그녀가 도망쳤다는 것을 알렸다. 그리고 즉시 응답을 받았다. 더이상 바나나는 없다 마침표 당신들은 해고되었다.

하지만 그들은 수색을 계속하기로 했다.

사설탐정들은 다른 사설탐정들에게 연락을 취했다. 스파이들을 불러 회합을 가졌다. 그들은 침입자, 이중첩자, 현상금 사냥꾼, 보이스카우트 등 뭔가 보고 알려줄 만한 이들이라면 누구에게든지 연락을 취했다. 그들은 연락망을 더욱 확대하고 기다렸다.

사설탐정들은 미스 월드론이 낙타를 타고 이집트로 향하는 것을 보았다는 정보를 입수했다. 사설탐정들은 중절모를 고쳐 쓰고 정글을 나섰다. 하지만 그들이 사막에 도착했을 때 그녀의 자취는 모래로 덮여버린 다음이었다. 몇 주 후 미스 월드론은 카슈미르 지방의 어느 힌두 사원 근처에서 목격되었다. 한 달 후에는 파푸아뉴기니에 나타났다. 여섯 달 후에는 유칸 지방에서 개썰매를 타고 지나가는 것이 목격되었다. 털옷을 입은 그녀는 웃음을 머금은 채 가끔 부츠로 땅을 차 개들을 재촉했다.

탐정들은 그녀를 놓쳤다. 몇 번이나 놓쳤다. 몇 년이 지났고 그들은 목적지 없이 여기저기 돌아다니는 데에 지쳐갔다. 결국 그들은 미네소타로 돌아와 안전요원들이 되었다. 그들은 동물학 교재와 『월간 영장류』에 실린 그녀의 콜로부스에 대한 글을 읽었다. 때때로 예전 연락책에게서 미스 월드론의 목소리를 들었다, 미스 월드론의 냄새가 감지되었다, 나무 위에 있는 미스 월드론이 목

격되었다, 하는 소식을 전해 듣기도 했다. 이런 소식들은 점점 줄
어들고 뜸해지다가 나중에는 완전히 끊겼다.

'미스 월드론의 붉은 콜로부스 원숭이' 에 관해

가나와 아이보리 코스트가 원산지인 미스 월드론의 붉은 콜로부스 원숭이(프로콜로부스 바디우스 월드로니)에 관해 처음 기술된 것은 1936년으로, 과학자들이 제시한 여덟 구의 표본을 바탕으로 했다. 이 표본들은 대영박물관이 고용한 수집가 윌로비 P. 로위라는 남자가 1933년 총으로 사냥한 것이었다. 로위는 미스 F. 월드론의 이름을 따서 그 원숭이에게 '미스 월드론' 이라는 이름을 붙였다. 그녀는 로위 씨의 '여행 동료' 로만 기록되어 있다. 이 원숭이는 2000년에 멸종된 것으로 확인되었지만, 2002년에 갓 벗겨낸 미스 월드론의 붉은 콜로부스 원숭이 가죽이 발견됨으로써 이 동물이 아직 서식하고 있을 거라는 기대를 불러모으고 있다.

역사적인 사실에 기초했지만, 이 이야기 속의 등장인물들과 사건은 모두 창작된 것임을 밝혀둔다.

옮긴이 **권영미**

연세대학교 영문학과를 졸업하고 교육방송에서 프로듀서로 일했다. 어린이 책 『그리스 로마 신화』 『세계우수단편 모음』 『아라비안 나이트』 『폭풍의 언덕』 『유관순』 『안데르센 동화』 등을 엮었고, 『내 이름이 교코였을 때』 『크리스핀의 모험』 등을 우리말로 옮겼다. 현재 미국에 거주하고 있다.

문학동네 세계문학
애니멀 크래커스

초판인쇄 | 2007년 4월 9일
초판발행 | 2007년 4월 16일

지 은 이 | 한나 틴티
옮 긴 이 | 권영미
펴 낸 이 | 강병선
책임편집 | 염현숙 오영나 황문정
펴 낸 곳 | (주)문학동네
출판등록 | 1993년 10월 22일 제406-2003-000045호

주   소 | 413-756 경기도 파주시 교하읍 문발리 파주출판도시 513-8
전자우편 | editor@munhak.com
전화번호 | 031) 955-8888
팩   스 | 031) 955-8855

ISBN 978-89-546-0298-3 03840
www.munhak.com